악당

AKUTOU

© Gaku YAKUMARU 2009

First published in Japan in 2009
by KADOKAWA CORPORATION, Tokyo.

Korean Translation Copyright © Minumin 2016

Korean translation rights arranged with KADOKAWA CORPORATION
through THE SAKAI AGENCY.

이 책의 한국어 판 저작권은 THE SAKAI AGENCY를 통해
KADOKAWA CORPORATION과 독점 계약한 ㈜민음인에 있습니다.
저작권법에 의해 한국 내에서 보호를 받는 저작물이므로 무단 전재와 무단 복제를 금합니다.

악당

야쿠마루 가쿠
박춘상 옮김

황금가지

차례

프롤로그　　　7
제1장 악당　　14
제2장 복수　　49
제3장 유품　　82
제4장 맹목　　112
제5장 통곡　　148
제6장 귀향　　188
제7장 임종　　223
에필로그　　286

프롤로그

아직 6시 전인데 주변은 어둑했다.
찬바람에 손잡이를 쥔 손이 에였다. 나는 자전거를 힘껏 몰았다.
축구부 연습이 끝난 뒤 친구들이 편의점에 같이 가자고 권했지만, 오늘은 곧장 귀가하기로 했다.
땅거미가 진 주택가를 지나자 빨강, 파랑, 하양이 어우러진 삼색 등이 보였다.
평소에는 집 현관문을 열고 들어가지만, 오늘은 읽고 싶은 잡지가 있어서 이발소 안으로 들어갔다.
"다녀왔어요."
이발소에 들어가자 아버지가 나를 힐끔 쳐다봤다. 그러고는 곧바로 단골인 다바타 씨를 다시 쳐다봤다. 아버지는 다바타 씨와 흥겹게 잡담을 나누면서 머리카락을 자르고 있었다.

나는 입구 근처 소파에 앉아 책장에서 오늘 발매된 만화잡지를 꺼냈다. 일단 가장 읽고 싶었던 두 만화를 눈으로 훑은 뒤 잡지를 펼치며 아버지를 쳐다봤다. 마침 면도칼로 다바타 씨의 수염을 깎고 있는 중이었다.

그 시절에 나는 만화를 읽는 것만큼이나 아버지가 일하는 모습을 바라보는 게 좋았다. 예전에는 그런 느낌이 들지 않았다. 장래를 속박당하는 게 싫어서 이 이발소를 물려받는 상상 따윈 해 본 적도 없었다. 하지만 요즘 들어 여기서 아버지처럼 손님들과 즐겁게 떠들면서 일하는 것도 그리 나쁘지만은 않겠다는 생각이 들기 시작했다.

다바타 씨가 말끔한 얼굴로 가게에서 나가자 아버지는 폐점 준비를 시작했다.

"슈짱. 집에 왔으면 숙제부터 해야지."

안에서 어머니의 목소리가 들렸다. 나는 일어서서 집으로 이어지는 문으로 향했다.

"인마, 슈이치."

아버지가 부르기에 나는 뒤를 돌아봤다.

아버지는 이발대 선반에서 포장된 상자를 꺼내 나에게 내밀었다.

"네 엄마한테는 비밀이다. 다음에 가는 법을 알려 주마."

아버지의 말을 듣고 나는 내용물이 무엇인지 눈치 챘다.

"받아도 돼요……?"

나는 조금 불안해져서 물었다.

"어른이 됐다는 증거야. 무슨 뜻인지 알지?"

"예."

신이 난 나는 상자를 받고서 2층 방으로 뛰어 올라갔다.

책상에 앉자마자 포장을 뜯고 상자를 열어 봤다.

가죽 칼집에 담겨 있는 아웃도어 나이프.

나는 두근거리는 마음으로 칼집에서 나이프를 뽑았다. 형광등 불빛을 반사한 날이 예리하게 번뜩였다. 멋있다. 아버지가 쓰는 나이프와 똑같은 종류다. 칼날에 내 이름인 '사에키 슈이치'가 새겨져 있었다.

나는 한동안 나이프를 황홀하게 바라봤다.

최고의 생일 선물이다.

어머니가 "생일 선물로 뭘 사줄까?" 하고 물었을 때 나는 아웃도어 나이프를 갖고 싶다고 했다. 하지만 곧바로 어머니는 눈썹을 찡그리며 부정적인 반응을 보였다. 유카리 누나는 "틀림없이 아버지한테 영향을 받았겠지." 하고 웃었다. 아버지는 아무 말 없이 저녁 반주로 맥주를 마시고 있었다.

유카리 누나의 말이 맞다. 우리 가족은 올해 여름방학 때, 지치부로 캠핑을 하러 갔었다. 아버지의 제안이었다.

맨 처음에는 내키지 않았다. 이발소는 월요일이 휴일인지라 학교가 방학에라도 들어가지 않으면 가족이 다 함께 나들이를 나갈 일이 없다. 기왕 가는 나들이라면 디즈니랜드가 좋을 것 같았다. 유카리 누나도 동감인 듯했지만, 아버지는 자식들의 말은 귓등으로도 듣지 않고 어디선가 텐트와 침낭을 빌려와 캠핑을 강행했다.

그것은 나에게 신선한 체험이었다. 아버지와 함께 텐트를 치고서 계곡으로 낚시를 하러 갔다. 누나도 차 안에서는 투덜거렸지만, 막상 온 뒤에는 어머니와 함께 나물을 뜯기도 하며 즐거운 시간을 보내는 듯했다.

아버지는 젊은 시절에 자주 계곡 낚시나 캠핑을 했다고 한다. 나이프를 쥔 아버지는 익숙한 손놀림으로 생선을 손질하고, 나무를 깎았다. 지금까지는 아버지를 보면서 어딘가 모르게 신통치 않다고 여겨 왔는데, 그때 그 칼놀림은 정말로 멋있었다.

한동안은 하나도 쓸모없는 물건이라는 건 잘 안다. 플레이스테이션이라는 엄청난 게임기가 발매된 지 얼마 되지 않았다. '그걸 사달라고 조를 걸 그랬나?' 하는 생각을 하기도 했다. 하지만 게임으로는 절대로 맛볼 수 없는 기쁨이 눈앞의 나이프에 있었다.

나이프를 선물로 주었다는 건 나를 어른으로서 인정해 줬다는 뜻이다. 나이프를 소지해도 괜찮다고 말이다. 신뢰할 수 있는 어른으로 인정을 받았다는 사실이 나는 가장 기뻤다.

"슈짱……."

어머니의 목소리를 듣고 나는 황급히 나이프를 상자에 도로 담고서 서랍에 집어넣었다.

"유카리가 아직도 안 돌아왔는데…… 뭐 들은 말 없니?"

어머니가 문을 열고 물었다.

"부활동이 아직 안 끝난 거 아녜요?"

유카리 누나는 고등학교에서 축구부 매니저로 활동하고 있다. 나는 시계를 봤다. 7시 반이 지났다. 평소였다면 진즉 귀가하고도 남을 시간이었다.

분명히 마쓰야마와 함께 있는 거겠지.

"그러고 보니…… 아까 역 앞에서 만났을 때 친구네 집에서 공부를 좀 하고 오겠다고 했는데……."

나는 거짓말을 했다.

"그래……? 네 누나가 케이크를 사가지고 온다고 했는데…… 그럼 조금만 더 기다려 봐야 하나."

유카리 누나에게는 3개월 전부터 사귀고 있는 남자 친구가 있었다. 마쓰야마라는 1년 선배로, 축구부 주장이었다.

역 앞 햄버거 가게에서 단둘이 있는 모습을 우연히 목격하고는 누나의 자백을 받아냈다. 하지만 부모님에게 비밀로 해준다면 라면 세 그릇을 사주겠다는 말에 매수가 됐다.

마쓰야마는 남동생인 내가 봐도 호감을 느낄 만한 남자였다. 말쑥한 스포츠맨 같은 인상이었다. 공원에서 만나면 종종 나에게 축구를 가르쳐 주기도 했다.

어쩌면 둘이서 내 생일 선물을 한창 고르는 중일지도 모른다.

하지만 밤 9시가 지나도 유카리 누나는 돌아오지 않았다. 평소보다 호화스러운 저녁상을 앞에 두고 나는 조금 불안해졌다.

유카리 누나가 아무런 연락도 없이 이 시간까지 돌아오지 않은 적은 없었다. 설령 남자 친구와 즐거운 시간을 보내고 있더라도 가족에게 걱정을 끼쳐서는 안 된다는 사리 분별은 하는 누나다. 더구나 오늘은 내 생일이다.

"친구 누구라고 했니?"

어머니가 물었지만 나는 "거기까지는 못 들었어요……." 하고 얼버무릴 수밖에 없었다.

"잠깐 주변 좀 둘러보고 올게요."

나는 안절부절못하고 집에서 나왔다. 자전거를 타고 옅은 어둠 속을 달려 나갔다.

유카리 누나가 다니는 고등학교는 집에서 자전거로 15분 거리에 있다. 그러나 고등학교까지 가서 담장 너머로 교정을 들여다봤지만, 부활동을 하는 학생은 아무도 없었다. 나는 유카리 누나와 마쓰야마가 들를 만한 곳을 돌아다녀 봤다. 가와고에 가도 인근의 패밀리 레스토랑, 도서관, 역 앞 햄버거 가게와 CD 가게 등등. 하지만 그 어디에도 유카리 누나의 모습은 보이지가 않았다. 역에서 집으로 돌아가는 길을 달리고 있을 때, 학생복을 입은 한 무리와 스쳤다. 마쓰야마와 축구부 부원들이었다.

"슈이치, 다 늦은 시간에 무슨 일이야?"

마쓰야마가 말을 걸었다.

"누나랑 함께 있는 거 아니었어요?"

"아니…… 유카리는 일찍 돌아갔는데. 오늘 네 생일이지? 케이크랑 선물을 사가야 한다고 하던데. 그런데 유카리가 왜……?"

유카리 누나가 아직도 돌아오지 않았다고 말하자 마쓰야마와 학생들의 낯빛이 싹 바뀌었다.

"슈이치, 같이 찾자……."

마쓰야마는 내 대신에 자전거에 올라타고서 뒤에 타라고 손짓했다. 다른 부원들도 흩어져서 찾아보겠다고 말해 주었다.

얼마나 찾으러 돌아다녔을까? 벌써 30분 가까이 자전거로 온갖 곳을 돌아다녔다. 어두컴컴한 길을 달리니 심장이 쿵쾅거렸다. 자전거를 몰고 있는 마쓰야마의 숨소리도 거칠어져 갔다.

마쓰야마가 급하게 브레이크를 잡았다.

"왜요?"

내가 묻자 마쓰야마는 눈앞에 있는 어떤 폐건물을 가리켰다.

원래는 자동차 정비 공장이었던 모양이지만, 지금은 셔터가 닫힌 채로 황폐했다. 부지 안에 자전거가 쓰러져 있었다.

"잠깐 보고 올 테니까 여기서 기다려."

마쓰야마의 목소리는 떨리고 있었다.

자전거 전조등을 떼어 철문을 열고 건물 부지 안으로 들어갔다. 마쓰야마는 전조등으로 자전거를 비춘 뒤 공장 뒤쪽으로 돌아갔다.

나도 부지로 들어가 쓰러져 있는 자전거에 다가갔다. 주변은 캄캄했지만 열쇠에 달려 있는 토끼 모양 키홀더를 보고 누나의 자전거임을 확신했다.

심장이 옥죄이듯이 아팠다. 나는 천천히 공장 뒤편으로 향했다. 창이 깨진 문이 열려 있었다. 그 안으로 한 발자국, 발을 내디뎠을 때, 마쓰야마의 절규가 울려 퍼졌다.

나는 흠칫 놀라 창에서 새어 드는 흐릿한 빛에 의지해 안으로 나아갔다. 뿌연 빛이 흔들리고 있었다. 마쓰야마는 전조등을 든 채로 온몸을 덜덜 떨면서 서 있었다. 가까이 다가가니 빛이 비춰진 바닥이 눈에 들어왔다. 찌부러진 상자 안에서 케이크 크림이 밖으로 튀어나와 있었다.

떨고 있는 마쓰야마 손에서 전조등을 빼앗아 다른 방향을 비춰 봤다.

나자빠져 있는 여자를 보고 나는 숨이 멎어 버렸다.

누나……?

다가가려고 하자 마쓰야마가 나를 제지했다. 나는 마쓰야마의 손을 뿌리치고서 유카리 누나에게 다가갔다.

교복이 찢겨져서 하얀 살갗이 훤히 드러나 있었다. 누나의 멎어 버린 눈이 나를 올려다보았다.

제1장

악당

"시간 괜찮으면 함께 한잔하겠나?"

카운터 끝에서 누군가가 말을 걸기에 경계심을 품으며 뒤를 돌아봤다.

세 자리 건너에서 술을 마시던 사카가미 요이치가 카운터 위에 있는 술병을 가리키고 있었다. 맥캘란 18년산. 그 브랜드 이름과 대강의 가격은 알고 있지만, 박봉인지라 물론 마셔 본 적은 없었다.

"아뇨, 그 비싼 걸."

나는 눈앞에 있는 하퍼 스트레이트에 입을 댔다. 혹시 눈치 챈 게 아닐까 하고 곁눈질로 사카가미의 안색을 살폈다.

"요미우리 자이언츠 팬 맞지? 함께 축하하자고."

방금 전까지 사카가미와 바텐더는 한창 야간 경기 이야기를 하고 있었다. 바텐더가 경기를 어떻게 봤느냐고 묻자 자이언츠 팬이라며 대충 말장구를 쳐줬다. 사실 야구 따위에는 흥미가 없었다.

사카가미가 바텐더에게 눈짓을 보냈다. 내 앞에 맥캘란 18년산 스트레이트가 나왔다.

"그럼 감사히."

사카가미를 향해 잔을 든 뒤에 비싼 술을 사양 않고 목구멍으로 흘려 넘겼다. 향기로운 향이 입안에 퍼졌다. 하지만 사카가미가 한턱낸 술이라고 생각하니 기분 좋게 취할 수는 없었다.

"본 적이 없는 얼굴인데?"

사카가미의 물음에 바텐더가 "처음 오신 손님입니다." 하고 덧붙였다.

"한잔하고 싶어서요. 좋은 바군요."

나는 무난하게 대답을 했다. 조사 대상자와 너무 가까워진 게 아닌가 하고 걱정이 됐다.

사카가미를 미행하던 나는 이 바에 들어가야 할지 말지 고민했다. 다른 건이었다면 그 시점에서 조사를 끝냈어야 했다. 필요 이상으로 발을 깊숙이 담가서는 안 된다는 걸 잘 안다. 하지만 이 남자의 과거가 나로 하여금 경계선을 넘게 한 모양이다.

"무슨 일을 하지?"

남자가 싹싹하게 웃으며 물었다.

사카가미의 표정을 보아하니 아무래도 내 존재를 눈치 채지는 못한 듯했다.

만약에 이 술집에서 처음 만난 사이였다면 그저 사람 좋은 형으로 봤을 것이다. 세련되게 갖춰 입은 브랜드 정장이 이 남자의 포악한 본성을 감추고 있는 거겠지.

"지금은 잠깐 빈둥빈둥……."

역시 탐정임을 밝힐 수는 없었다. 적당한 아무 직업을 대며 얼버무렸다가 나중에 제 무덤을 파는 상황이 생기기라도 하면 성가시다. 요즘 화제에 오르고 있는 인력파견업체에서 하루 벌이로 입에 풀칠을 하고 있다고 대답해 뒀다.

"몇 살?"

"스물아홉."

"나랑 동갑이군. 인력파견업체라…… 생활이 불안정하겠어."

사카가미가 미소를 지으며 바텐더를 힐끔 봤다.

우월감에 잠겨 있는 거겠지. 옆에서 보면 그야말로 승리자와 패배자의 전형이었다.

"맞아, 힘들지. 언제 목이 날아갈지 모르니까. 그러는 당신은 무슨 일을 하지? 보아하니 나와 달리 어디 대기업 같은 데에서 일하는 것 같은데. 나 같은 건 평생을 일해도 이런 술을 병째로 마시지는 못하거든."

"대기업은 아냐. 나는 가방끈이 짧아서 대기업에는 못 들어가. 하나 머리는 쓰기 나름이지. 나름의 지혜와 배짱만 있다면 이 정도 술은 마시고 살 수 있어."

사카가미가 의기양양한 표정으로 말했다.

"어떤 직종인데?"

일단 나는 물어봤다.

"세일즈업 비슷한 일이라고 할까. 부서 영업사원들을 단속하는 관리직이라고 해두지."

세일즈업? 말 한번 뻔지르르하게 잘하는군.

사카가미가 몸을 담고 있다는 회사의 광경을 옆 빌딩 비상계단에서 줄곧 지켜봐 왔다. 수많은 젊은이들이 하루 종일 휴대전화로 여기저기 뻔질나게 전화를 걸고 있었다. 수상쩍은 회사였다. 단언할 수 없지만, 아마 보이스피싱 사기단의 거점일 것이다.

"나 같은 놈도 당신처럼 살 수 있을까?"

야유 섞인 어조로 그렇게 물어봤다.

"글쎄…… 이만한 생활을 하려면 그만한 고생은 해야겠지."

문이 열리고 한 여성이 들어왔다.

"리사, 늦었네."

사카가미가 여성에게 손을 흔들었다.

머리칼이 짧은 그 여성은 청바지에 티셔츠 차림이었다. 어깨에는 커다란 가방을 메고 있었다. 사카가미의 지인치고는 인상이 수수했다. 그녀는 나에게 살짝 끄덕이며 인사하고서 사카가미 옆에 앉았다.

리사라는 여성은 낯이 익었다. 이케부쿠로에서 네 정거장 떨어진 혼고 3가 역 인근의 맨션에서 사카가미와 함께 생활하는 여성이다. 맨션을 감시하고 있을 때, 여러 번 봤었다. 문패에 사카가미와 엔도라는 두 이름이 적혀 있었으니 저 둘은 동거하는 사이일 터였다.

나에게 이미 흥미를 잃었는지 사카가미는 리사와 대화하기 시작했다.

하퍼 스트레이트를 다시 입에 대며 나는 그쪽으로 남몰래 귀를 기울였다.

리사는 노인 요양사 일을 하는 모양이다. 오늘 노인을 돌보면서 힘들었던 점을 애인에게 털어놓는 중이었다. 사카가미는 리사의 이야기에 맞장구를 치면서 경청하고 있었다.

두 사람의 대화를 들으면서 의문이 들었다.

매일 노인을 돌보는 일에 쫓기며 살아가는 요양사 여성과 사람을 속여 갈취한 돈으로 흥청망청 놀아 대는 사카가미 같은 남자의 관계를 대체 뭐라고 할 수 있을까? 리사는 사카가미를 얼마나 알고 있을까? 그의 과거와, 그의 현재를……

흥미가 솟았지만, 더 이상 이 남자의 근처에는 있고 싶지 않았다. 그 마음이 호기심보다 앞섰다.

"잘 마시고 갑니다."

나는 계산을 끝낸 뒤 일어서서 사카가미에게 인사를 했다.

"혹시 아까 얘기에 흥미가 생긴다면 이 바에서 또 보자고."

사카가미가 나에게 말했다.

"그러도록 하죠."

"이름은."

"사에키……"

결국 본명을 댔다. 더는 만날 일이 없으리라고 여겼기 때문이다.

위스키 바 '돌'에서 나와 이케부쿠로 역으로 향했다. 막차에 탈 수 있는 시간이다.

도부토조 선을 타고 가와고에로 향했다. 직장은 오미야에 있지만, 오늘 밤은 이대로 아파트로 돌아가 잠을 청할 작정이었다. 열흘 동안의 조사 활동 때문에 지칠 대로 지쳤다.

내일 아침에 일찍 출근해서 조사 보고서를 작성해야만 한다. 그 뒤에 의뢰인인 호소야 히로후미에게 연락을 해야 한다.

전철 손잡이를 잡으며 창밖에 펼쳐진 어둠을 보고 있노라니 음울한 감정이 왈칵 솟았다. 호소야 부부의 얼굴이 뇌리에 스쳤기 때문이다.

처음으로 대면했을 때, 초로의 부부는 쇠약해 보였다. 하지만 그 쇠약함 속에서 억누를 길 없는 증오가 펄펄 끓고 있으리라고 이번에 조사를 하면서 알게 됐다.

호소야 부부가 내가 일하는 '호프 탐정사무소'를 찾은 것은 열흘 전이었다.

처음에는 직감으로 가출한 사람을 찾아달라고 왔겠거니 생각했다. 부부가 함께 오는 경우에는 대개는 식구, 특히 가출한 자식을 찾아 달라는 의뢰를 많이 하기 때문이다.

그러나 호소야 부부의 의뢰는 11년 전까지 사이타마 현 가와구치 시에 살았던 사카가미 요이치라는 남자가 지금 어디서 살고 있고, 또 어떻게 살고 있는지 조사해 달라는 것이었다.

즉시 11년 전 사카가미의 행적을 조사해 보니 의뢰인과 그 남자와의 관계가 뚜렷하게 떠올랐다. 사카가미는 11년 전에 호소야 부부의 외동아들인 겐타를 살해했다.

사카가미는 고등학교 2학년 때 학교를 그만뒀다. 공갈과 절도를 밥 먹듯이 해서 동네에서도 유명한 불량배였다. 겐타와 그 남자는 중학교 때 동급생이었다. 사카가미는 병약한 부모를 위해 고등학교를 다니는 틈틈이 근처 공장에서 아르바이트로 돈을 벌어 살림에 보태던 겐타에게서 종종 돈을 뜯어냈다. 저항을 하는 겐타에게 가하는 폭력은 점점 수위가 높아졌다. 그리고 월급날 밤, 귀갓길에 잠복하고 있던 사카가미는 겐타를 공원으로 끌고 가서 마구 패고 차며 폭행을 휘둘렀다. 그리고 월급 4만 엔을 빼앗고는 축 늘어진 그를 방치한 채 밤거리를 쏘다녔다. 그날 밤, 겐타는 외상성 쇼크로 사망했다.

상해치사 혐의로 체포된 사카가미는 가정재판소의 선고를 받고 소년원에 들어갔다. 하지만 사건이 벌어진 뒤에 사카가미의 가족은 행방이 묘연해졌다. 사카가미도, 그 가족도 호소야 부부를 찾아 사죄하지 않았다고 한다.

하나밖에 없는 아들을 죽인 사카가미가 지금 어디서 무얼 하고 있는가? 의뢰인 부부는 절실하게 알고 싶었으리라.

조사 자체는 손쉬웠다. 사카가미는 사건이 벌어지고 2년 뒤에 소년원에서 나왔다. 사건 당시에 살았던 가와구치 시에서는 나왔으나 옛날에 어울렸던 나쁜 패거리와는 지금까지도 연락을 주고받고 있었다.

그의 지인에게서 단골로 드나든다는 술집을 전해 듣고서 사흘을 죽쳤더니 사카가미의 모습을 쉬 포착할 수 있었다. 그로부터 오늘을 포함해 나흘간 그를 미행했다. 혼고에 있는 맨션과 매일 출근하는 이케부쿠로의 복합빌딩을 확인했다.

오전에 사카가미는 맨션에서 나와 이케부쿠로의 복합빌딩으로 향한다. 저녁 7시 무렵에 동료들과 빌딩에서 나와 함께 밥을 먹은 뒤에 고급 클럽에서 2차, 3차를 한다. 경비가 적어서 클럽 안은 확인할 수 없었지만, 이것이 나흘 동안 조사한 사카가미의 일상이었다.

오늘 밤에 클럽에서 나와 동료들과 헤어진 사카가미는 혼자서 아까 그 바에 들어갔다. 망설이다가 20분 뒤에 거기에 들어가 보기로 했다.

의뢰인과 사카가미의 관계를 알기에 뒤집어지는 속을 내내 참으며 조사를 했다.

하지만 그것도 오늘 밤이면 끝이다. 이 조사 결과를 호소야 부부에게 알리기만 하면 일은 마무리가 된다. 사카가미의 거주지를 알게 된 의뢰인이 앞으로 어떻게 할는지는 애써 생각하지 않기로 했다.

"조사를 계속 해주실 수는 없는지요?"

맞은편 소파에 앉아 있는 호소야가 말을 꺼냈다. 옆으로 눈을 돌리니 호소야 부인도 고개를 숙이며 작게 끄덕이고 있었다.

"조사 결과가 충분하지 않은 겁니까?"

내 옆에 앉아서 이야기를 듣고 있던 고구레 마사토 소장이 콧수염을 만지면서 말했다.

30분 전에 호소야 부부가 사무소를 찾아온 뒤로 네 사람은 서로 마주 보고 앉아 조사 결과에 대해 이야기를 하고 있는 중이었다.

"이번 조사에 불만이 있는 건 결코 아닙니다. 그 남자가 어디서 살고 있고, 또 어떻게 살고 있는지 아주 잘 조사해 주셨습니다. 저희들이 자력으로 이만큼 조사하기는 어려웠겠지요. 그러니 방금 꺼낸 얘기는 다른 부탁입니다."

예순을 바라보고 있는 초로의 호소야는 여전히 쇠약한 표정을 짓고 있었다. 하지만 말 한 마디 한 마디마다 흔들림 없는 굳건함이 느껴졌다.

"겐타를 죽인 사카가미는 체포되어 2년 동안 소년원에 있었습니다. 법률적으로는 죗값을 치르고 사회로 나온 거지요. 하지만 저희

들은 도저히 납득할 수가 없습니다."

"그럼 앞으로 뭘 조사해야 한다는 겁니까?"

고구레가 물었다.

"그 남자를 용서해야 하는지, 용서하지 말아야 하는지 알고 싶습니다. 용서해야 한다면 그 근거를 찾아봐 줬으면 합니다."

고구레는 나를 쳐다봤다. 나의 당혹스러운 감정을 눈치챘다는 듯한 눈빛이다.

호소야 부부의 바람을 모르는 바도 아니다. 아니, 나는 그 누구보다도 고통스러울 만큼 잘 안다. 하지만 무엇으로, 무슨 근거로 죄를 용서할지 말지를 정할 수 있다는 건가?

"그걸 알아내려면 시간을 더 들여 조사해야 합니다. 당연히 조사 비용도 그만큼 더 듭니다."

고구레답게 돈 이야기부터 꺼냈다.

"돈이라면 괜찮습니다."

호소야는 옆에 둔 가방에서 봉투를 꺼내 탁자 위에 뒀다.

"여기 320만 엔입니다."

"오호."

놀란 듯한 고구레의 시선이 봉투에 꽂혀 있었다. 마음속이 훤히 보였다. 필시 방방 뛰고 싶은 기분이리라.

"이 돈은 겐타를 잃고 받은 범죄 피해자 기부금입니다. 저희도 병약해져서 지금껏 몇 번이고 이 돈에 손을 대려고 생각했습니다. 하나 도저히 쓸 수가 없었습니다. 오직 겐타를 위해서만 쓸 수 있는 돈이라서."

"잠시만요."

고구레가 봉투를 집기 전에 내가 끼어들었다.

"무슨 근거로 사카가미의 죄를 용서하라는 말씀입니까? 사카가미의 어떤 말과 행동을 봐야만 죄를 용서할 수 있다는 겁니까?"

"여러분의 판단에 맡기겠습니다. 피해자와도 가해자와도 관계가 없는 당신이 판단해도 됩니다."

"난 그런 판단을……."

"사에키, 잠깐 나 좀 보지?"

고구레가 손으로 제지하며 일어섰다. 칸막이 밖으로 나를 불러낸다.

"소메야 씨, 호소야 씨한테 새 차 좀 내어 드리세요."

소장은 사무 책상에 앉아 자료를 정리하고 있던 소메야에게 말했다. 소메야는 성가시다는 듯한 표정을 지으며 커다란 몸뚱이를 의자에서 일으켰다.

"사에키, 지금 우리가 맡고 있는 일이 몇 건이나 있는지 아나?"

소장이 나를 보며 작게 물었다.

"없습니다."

"잘 아네? 근데 거절할 이유가 있나?"

"아까도 말했다시피 대체 무엇으로 죄를 용서할 수 있느냐는 겁니다."

"그런 건 간단하잖아. 네가 보기에 사카가미를 용서할 만한 건더기가 하나라도 있다면 그걸로 족한 거 아냐?"

용서할 만한 건더기…….

고구레의 말을 듣고 누나의 얼굴이 뇌리에 스쳤다.

컴컴한 폐건물 안에서 교복이 찢겨진 채로, 멎어 버린 눈으로 나를 올려다보던 유카리 누나의 모습…….
 내 마음속에는 범죄자를 향한 격렬한 증오가 소용돌이치고 있다. 그렇기에 사카가미의 무엇을 보든 용서할 만한 건더기를 찾아낼 수 있을 리가 없다.
 "이 의뢰는 이미 맡기로 정했다."
 고구레는 손가락으로 권총 모양을 만들고서 나에게 겨눴다. 나에게 명령을 하거나 달랠 때, 곧잘 보여 주는 버릇이다.

 내키지 않았지만, 고구레 소장의 뜻을 거역할 수는 없었다.
 고구레는 12년 전까지 사이타마 현경에 몸을 담고 있었다고 한다. 옛날에 나도 같은 일을 했었다. 하지만 내가 경찰관으로 임관했을 때는 고구레가 이미 경찰을 그만뒀기에, 서로 면식이 있는 것은 아니었다. 또한 40대 중반에 왜 경찰을 그만둔 건지 자세한 사정도 모른다.
 고구레와는 4년 전에 처음으로 만났다. 어디서 알아낸 건지 그가 내 아파트로 느닷없이 들이닥쳤다. 징계면직 처분을 받고 전과가 붙어 자포자기하던 때였다. 그 사정을 알면서도 고구레는 이 호프 탐정사무소에 나를 받아 주었다.
 조그마한 탐정사무소다. 상근하는 사람은 나와 사무 일을 보는 소메야라는 아주머니, 그리고 소장인 고구레뿐이다. 인원이 필요한 조사를 벌일 때면 고구레는 어디선가 생판들을 머릿수만 채워 데리고 왔다.
 호소야 부부가 돌아가고 고구레가 파친코를 하러 나간 뒤에, 나는 줄곧 이번 의뢰에 대해 생각했다.

몹시도 어려운 의뢰다.

사카가미의 내면에 조금이라도 발을 들이지 않으면 이번 의뢰를 완수할 수 없으리라.

"소메야 씨, 내일까지 알아봐 줬으면 하는 게 있는데요."

조심스럽게 소메야에게 말하자, 그녀가 성가시다는 얼굴로 나를 쳐다봤다.

이튿날 밤, 나는 돌 바의 카운터에 있었다. 바텐더에게 사카가미가 언제 오냐고 묻자, "슬슬 올 때가 됐는데요." 하고 대답했다. 세 잔째 마시고 있으니 사카가미가 다가왔다.

사카가미는 나를 보더니 표정을 바꾸지 않고 친구인 양 자연스레 옆에 앉았다.

"올 것 같은 느낌이 들더군. 육감이라는 건가?"

사카가미는 맥캘란 18년산과 잔 두 개를 부탁했다.

"그저 마땅히 할 일이 없어서 허덕이고 있으니 그렇게 여긴 거 아니야?"

"그럴지도 모르지."

"요즘에는 자꾸 허탕만 치는군……. 이대로는 노숙자가 되겠어. 일전에 꺼냈던 그 얘기에 흥미가 있는데 말이야."

"난 인사(人事) 쪽 일도 겸하고 있어. 일단 면접을 보도록 하지. 마스터, 적을 것 좀 있나?"

메모지와 볼펜을 받은 뒤 그는 병과 잔을 들고서 탁자석에 오라고 했다.

"이름이랑 주소, 전화번호를 적어."

나는 사카가미가 시킨 대로 메모지에 적고서 건넸다.
"사에키 슈이치……."
메모를 읽던 사카가미가 웃었다.
"주소가 PC방?"
"돈이 있을 때는."
"잘도 이 바에 들어올 생각을 했구만. 이 집에선 하퍼 스트레이트도 싸지 않아."
"자포자기 상태였어. 이 술을 마셨을 때는 죽어도 좋겠구나 싶었거든."
"죽을 마음을 먹었다면 웬만한 일은 어떻게든 굴러가는 법이지. 운전면허는?"
"없어. 필요한가?"
주소 등의 정보를 알려 주고 싶지 않았다. 나는 거짓말을 했다.
"딱히 필요는 없어. 다만 발이 빠르다면 더할 나위가 없지."
사카가미가 엷은 웃음을 지었다.
"알고 있겠지만, 그만큼 위험한 일이다."
나는 잠자코 고개를 끄덕였다.
"일단 친가의 주소를 알려 줘."
"몰라."
"모른다고?"
"부모한테 의절당했어. 빈둥거리는 사이에 어딘가로 이사한 모양이더군."
"의절이라. 대체 무슨 짓거리를 한 거야?"
"아들이 살인자라면 나라도 의절하고 싶겠지."

작은 소리로 말하자 사카가미의 눈이 반응했다.

"무슨 소리지?"

"웬 노인네한테 펀치기를 하다가 힘이 좀 들어갔거든. 열일곱 살 때."

어제 소메야가 조사한, 실제로 벌어졌던 상해치사사건을 말했다.

"어딜 들어갔다 왔나?"

"도치기에서 2년."

사카가미가 들어간 곳과 다른 소년원의 이름을 댔다.

"역시 불합격인가?"

나는 물었다.

"일단 채용은 하도록 하지. 그렇지만 적성에 맞을지 어떨지 모르니 일주일 동안은 수습 기간으로 하자고. 괜찮겠지?"

"알았다."

사카가미가 메모지에 주소를 적었다.

"내일 낮 12시에 여기로 와."

메모지를 내밀었을 때, 문이 열리더니 리사가 들어왔다.

리사에게 눈을 돌리는 순간, 사카가미의 표정에 어두운 그늘이 드리웠다. 부담스러워하는 눈빛이었다.

리사는 사카가미의 진짜 모습을 알지 못한다. 나는 그렇게 확신했다.

"그럼 내일부터 잘 부탁드립니다."

분위기를 바꾸려는 듯 사카가미가 말투를 바꿔서 말했다. 이제 사라져 달라는 뜻이겠지.

나는 일어서서 리사에게 살짝 알은체를 한 뒤 바에서 나왔다.

이튿날 12시, 지정된 사무소 인터폰을 눌렀다.

이름을 대자 문이 열리더니 사카가미가 얼굴을 내밀었다.

"일단 들어와."

사카가미의 말대로 사무소에 들어가자 여러 젊은이들이 의자에 앉아 휴대전화에 대고 이야기를 하는 중이었다. 내용을 들어 보니 변호사나 경찰을 사칭해 잔꾀를 부리고 있었다. 역시 사카가미가 하는 일은 내 생각대로 보이스피싱 사기였다.

"이쪽으로."

안쪽 방으로 안내를 받았다. 가운데에 커다란 탁자가 있고, 그 주변에 파이프 의자가 놓여 있었다. 두 젊은이가 앉아 있었다.

"소개하지. 오늘부터 함께 일하게 된 사에키라는 친구다. 잘 도와주도록."

사카가미가 소개하자 두 젊은이가 가볍게 인사를 했다. 약간 맥이 빠졌다. 아무리 봐도 범죄 조직에 몸을 담고 있는 것 같지 않은, 요즘 흔히 볼 수 있는 유약한 젊은이들이었다.

"사무소 안 광경을 보고 무슨 일을 하는지 이해를 했나?"

사카가미가 말했다.

"세일즈업이군. 전화를 해서 돈을 입금 받는 거네."

"뭐, 그런 셈이지. 하지만 요즘에는 통장으로 송금을 해달라고 유도하지 않지만."

사카가미의 말에 따르면 법률이 개정되어 ATM을 통해 10만 엔 이상의 현금을 이체시킬 수가 없어서 수법을 바꾸었다고 한다. 송금 대신에 퀵서비스를 쓰거나, 상대방이 확실하게 믿고 있다면 뒷골목에서 고용한, 여차하면 잘라 버릴 수 있는 젊은이를 보내 직접 회수를 하는 것이다.

발이 빠르다면 더할 나위가 없다는 말은 그런 뜻이었나?

"갑자기 실전에 나서라고 하면 애로 사항이 많을 테니 일단 일주일 동안은 이쪽 일을 도와줬으면 싶어."

의자에 앉아 탁자를 사이에 두고 두 명씩 마주 보고 있었다. 사카가미는 탁자 위에 놓여 있던 종이 다발을 건넸다.

"이건 업무 매뉴얼이야. 지금껏 써먹은 각종 사기 패턴이 실려 있지. 한데 말이야, 이걸 그대로 써먹을 수는 없어. 이미 뉴스에 수법이 드러났으니까."

"그래서 여기 있는 넷이서 시뮬레이션을 하며 새로운 시나리오를 작성하고 있는 건가?"

"눈치가 빠르군. 그래, 맞아."

사카가미가 만족스럽다는 듯 웃었다.

"사에키, 넌 목표물의 친구 역할을 맡아 줬으면 해. 이상한 점이 있으면 마구 지적해 줘."

사카가미와 젊은이가 경찰관과 변호사와 교통사고 피해자 역을 맡아 이야기를 한다. 속이는 쪽이다. 나머지 한 젊은이가 목표물 역을 맡는다. 나는 목표물 옆에 앉아 냉정하게 지적을 하는 역할이 주어졌다. 무엇이든 의심을 한다는 전제로, 속이는 쪽인 사카가미와 젊은이의 이야기를 반론해 나간다. 사카가미가 입을 다물면 거기서 상황극은 끝이다. 다시 처음으로 돌아가 넷이서 어떻게 해야 탄로가 나지 않을지 다시 궁리한다. 몇 시간 동안 그 일을 거듭했다.

"쉬었다 하지."

사카가미는 젊은이 중 한 명에게 옆방에서 맥주를 가져오라 시켰다.

"사에키, 지적이 날카로운걸. 법률이나 경찰 쪽 사정에도 빠삭한 것 같아."

"아니, 전혀."

분위기에 너무 휩쓸렸다. 범죄 조직 따위에 가담하고 싶지 않으니 구멍투성이 시나리오로 만들어 줬어야 했는데.

이 공간에 쭉 있으니 감각이 마비되어 가는 것 같다. 마치 동아리 활동이나 게임을 하고 있는 듯했다.

사카가미는 두말할 것도 없고, 시뮬레이션을 하는 젊은이도, 옆방에서 전화를 걸고 있는 녀석도, 돈을 회수하러 가는 녀석도, 자신들이 범죄에 가담하고 있다는 현실성이 결여되어 있는 것이다.

그들은 목표물에게서 돈을 회수할 때마다 환성을 지르며 자신들의 성과를 순수하게 기뻐했다. 그 마음속에는 얼굴도 모르는 한 인간의 생활을 망가뜨렸다는 자각은 없는 듯했다.

"네가 있으면 좋은 시나리오를 만들 수 있을 것 같아."

사카가미가 맥주를 권했다.

"피곤한가?"

사카가미가 물었다.

고급 클럽에서 동료들과 한바탕 술자리를 벌인 뒤에 귀가를 할까 말까 하던 차였다.

"피곤하네."

나는 솔직하게 말했다.

오늘 하루 사카가미와 함께 있으면서 호소야 부부의 의뢰를 수

락한 고구레를 미워했고, 뿌리치지 못한 것을 후회했다.

사카가미가 1만 엔짜리 지폐를 내밀었다.

"아직 수습 기간이니 봉급이라고 할 수는 없지만, 오늘은 어디 호텔에라도 가서 묵으라고. 한두 달쯤 일하면 맨션 정도는 빌릴 수 있겠지."

"아니, 괜찮아. 아직 변변히 한 것도 없고."

이 돈을 받을 수는 없었다.

"양심에 찔려서 그러나?"

"그건 아냐. 할 일을 제대로 하고서 받을 것을 받겠다는 거다."

"의리가 있군. 이런 녀석은 처음이야."

"그런가? 그럼 내일 보지."

나는 사카가미와 작별하고서 PC방으로 향했다.

사카가미의 무엇을 봐야 죄를 용서할 마음이 들까?

좁다란 개인실 안에서 나는 소파에 기댄 채로 생각했다.

적어도 오늘 하루 사카가미 옆에 있으면서 그 건더기를 찾을 수는 없었다.

극악무도한 인간은 결코 아닌 것 같다. 옛날에는 어떤 인간이었는지 모르겠으나 지금의 사카가미는 폭력으로 남을 지배하는 인간은 아니다. 나름의 배려를 할 줄 알아 동료들에게서 인망도 얻고 있다.

다른 방식으로 만났더라면 친구가 되고 싶다고 생각했을지도 모른다.

만약에 사카가미가 어엿한 직업을 구해 살아가고 있었다면 그를 용서할 근거가 됐을까? 겐타의 묘 앞에서 향을 바치며 참회하는 것이 반성일까? 사카가미의 어떤 모습을 봐야만 이 일을 끝낼 수 있을까? 알 수가 없었다.

무의식중에 마음속으로 답을 구하고 있었다.

눈을 감으니 죽은 유카리 누나의 얼굴이 지금도 눈꺼풀 속에서 되살아난다. 이 세상 것이 아닌 듯한 번민하는 표정이 그 얼굴에 남아 있었다.

유카리 누나를 죽인 범인은 이틀 뒤에 체포됐다. 동네에서 불량배로 유명한 에노키 가즈야라는 열여덟 살짜리 백수와 데라다 마사시, 다도코로 겐지라는 열일곱 살짜리 인근 고등학생이었다.

미성년자가 벌인 사건이라는 이유로 어느 신문에도, 뉴스에도 범인들의 실명과 얼굴은 나오지 않았다. 또한 유족들을 납득시킬 수 있는 벌도 내려지지 않았다.

주범인 에노키에게는 징역 10년이 선고되었고, 데라다와 다도코로는 징역 3년에서 5년 사이라는 부정기형이 내려졌다.

유카리 누나를 죽인 놈들을 어떻게 용서할 수 있다는 말인가. 유카리 누나를 죽인 세 놈은 이미 형무소를 나와 사회로 돌아왔다. 그놈들의 현재 모습을 상상하는 것만으로도, 그놈들이 아직도 살아 있다는 생각을 하는 것만으로도 주체할 수 없는 격정이 솟구친다.

절대로 용서 못 한다. 설령 형무소에 들어가 죗값을 치르고 나왔을지라도, 우리들 앞에서 어리석은 행동을 저질렀다며 눈물을 흘릴지라도, 사회적으로 선량하게 살아가고 있을지라도 절대로 용서할 수 없다.

호소야 부부는 나와 달리 사카가미를 용서하고 싶은 것인가? 아들을 죽인 남자를 용서하고 싶은 마음을 품고 있는 건가? 그래서 겐타의 목숨과 맞바꾼 그 돈을 우리에게 맡긴 건가?

사람을 끝없이 증오한다는 건 고통스러운 일이다. 증오는 이윽고 격렬한 불꽃으로 번져 마음속을 모조리 태우려 든다. 그리고 언젠가의 나처럼 그 열화(烈火)를 다른 사람에게 쏟아 버리는 것이다.

아들을 죽인 사카가미를 용서할 수 있는 날이 찾아오는 게 호소야 부부의 행복이 아닐까?

이튿날, 일을 끝마치고서 사카가미가 한잔하러 가자고 권했다.

오늘 밤은 돌 바가 아닌 다른 술집이다. 아마 리사가 오는 그 가게에서는 터놓고 이야기를 할 수 없어서겠지.

"꽤나 익숙해졌구만."

오늘은 3시간쯤 시나리오 미팅을 한 뒤에 실제로 전화를 걸어 연기를 하는 사카가미와 젊은이들의 모습을 지켜봤다.

"배우라도 된 것 같더군."

솔직한 감상이었다. 사무소에 있는 사람들은 놀라울 만큼 화술이 뛰어났다.

"다들 그럴 만한 배짱은 없어. 봐서 알 거라고 생각하는데 말이야, 의외로 대부분 간이 요만하거든. 상대방의 얼굴이 보이지 않으니 저렇게 속일 수 있는 거야. '야, 인마!' 하고 으름장을 놓는 녀석도 실제로 만나고 보면 별거 없는 법이지."

사카가미가 웃으며 그렇게 말했다.

"한 가지 이상하군."

"뭐가?"

"쭉 함께 있으면서 생각했는데, 당신은 상당히 머리가 잘 돌아가는 편이야. 더욱이 리더십도 있고."

"리더가 아냐. 전에도 말했지만 난 관리직 비슷한 걸 맡고 있는 거뿐이야."

그건 알고 있다. 사카가미는 이 조직의 머리가 아니다. 상부 조직에서 맡긴 그룹 일부를 관리하고 있을 뿐일 터이다.

"이렇게 위험한 일이 아니어도 써먹을 수 있지 않을까?"

"평범한 일 말인가?"

"그래."

"나도 너와 똑같아. 열여덟부터 소년원에 들어갔어. 나오고 보니 부모도, 지인들도 다들 나를 피해 도망쳤지. 옆에 있어 준 건 옛날 친구 정도. 그 친구 중에 하나가 권해서 이 일을 시작하게 됐어."

"뭘 했는데?"

"중학교 동급생을 협박하다가 힘이 조금 들어갔어. 죽일 생각은 없었는데 그냥 내버려 뒀더니 죽었더군."

사카가미의 입에서 처음으로 겐타의 이야기가 나왔다. 조금 더 사카가미의 마음을 떠보고 싶었다.

11년이 지난 지금, 자신이 저질렀던 범죄를 어떤 식으로 받아들이고 있을까?

"유족과 만나거나, 무덤 앞에 향을 올린 적은 있나?"

내가 묻자 사카가미는 무언가 떠올렸다는 듯이 시계를 쳐다봤다.

그러고 보니 사흘 뒤인 4월 25일은 겐타의 기일이다. 그것을 떠올렸는지도 모른다.

"넌 가봤나?"

사카가미가 물었다.

"몇 번이나 가봤지."

나는 굳이 그렇게 말했다.

"그래? 그거 대단하군. 한데 나는 용서받고 싶은 생각 따윈 그다지 없어. 이미 벌은 충분히 받았으니."

소년원에 들어갔다가 나온 것을 말하는 건가? 만약에 그렇다면 큰 착각이다. 진짜 친구였다면 그렇게 충고했을 것이다.

"그나저나…… 아까 그 이야기, 진짜로 그렇게 생각하나?"

그 화제는 더 펼치고 싶은 않은지 사카가미가 화제를 바꿨다.

"뭐가?"

"나라면 평범한 일도 잘 해낼 수 있을 거라고."

"현 수입의 몇십 분의 일밖에 못 벌어도 참을 수 있다면 가능하겠지. 그러고 싶나?"

"언제까지고 해먹을 수 있는 일은 아냐. 다 늙어서 감방에 들어가는 건 싫거든."

사카가미가 쓴웃음을 짓고서 말했다.

"요전에 봤던 그 여자 때문이겠지."

내가 묻자 사카가미가 허를 찔렸다는 듯한 얼굴로 쳐다봤다.

"왜 그리 생각하지?"

"그냥. 딱히 엿들으려고 했던 건 아닌데 여러 얘기가 들리더라고. 요양사 일을 하는 모양인데."

"일은 궂고 월급도 쥐꼬리고. 아무리 열심히 일해도 제대로 된 보상을 받을 수 없는 일이야."

여자 친구는 노인을 돌보는 데 정성을 쏟고, 남자 친구는 그런 노인들을 속여 손쉽게 돈을 갈취한다. 이 얼마나 얄궂은 이야기인가.

"여자 친구는 당신이 지금 이런 일을 하는 걸 아나?"

일부러 짓궂게 물어봤다.

"알 턱이 없잖아?"

언짢음이 담긴 대답이 돌아왔다. 사카가미가 처음으로 나에게 보인 짜증이었다.

자신과 사는 세상이 다른 리사를 어지간히도 사랑하는 모양이다. 사카가미의 표정이 그리 말하고 있었다.

"리사한테는 친구와 함께 회사를 운영하고 있다고 했어. 내 과거도 몰라."

"어떤 계기로 알게 됐나?"

흥미가 일었다.

"2년 전에 카바레 클럽에서 만났지."

"오호, 의외인데?"

리사의 수수한 겉모습을 떠올렸다.

"그래, 어울리지 않고말고. 애당초 생계를 위해서 한 거야. 어머니한테 생활비도 보내야 해서 요양사 월급만으로는 빠듯하니까. 그만두게 하고서 내가 얼마간 부담하고 있지."

사카가미의 말을 듣고 심경이 복잡해졌다.

만약에 리사나 그녀의 어머니가 돈의 출처를 안다면 어떤 생각을 품을까?

"왜 안 지 얼마 안 된 녀석한테 이런 소리를 지껄이고 있는 거지……."

사카가미가 중얼거렸을 때 전화가 울렸다. 그는 주머니에서 휴대전화를 꺼내 받았다. 업무용이 아니라 자기 휴대전화인 듯했다.

잠시 누군가와 통화를 나누던 사카가미가 심각한 얼굴로 전화를 끊고서 나를 쳐다봤다.

"부탁이 있어."

"뭔데?"

뭔가 성가신 부탁을 하지 않기를 바랐다.

"리사가 일을 하다가 다리를 다쳐 병원에 실려 갔다고 하는군. 당장에라도 가고 싶지만, 곧 윗사람한테 가봐야 해서 말이야. 병원에 가서 택시에 태워 집까지 보내 줄 수 없겠나?"

"그러지."

위법한 부탁이 아니라서 안도했다.

"알고 있겠지만, 무슨 일을 하냐고 물으면 적당히 얼버무려. 우리는 리사가 싫어하는 유형의 인간이니까."

사카가미가 1만 엔짜리 지폐를 두 장 내밀었다.

"택시비야."

바에서 나와 택시를 잡고는 이타바시에 있는 병원으로 향했다.

수납처 소파에서 리사가 목발을 들고 앉아 있었다.

"안녕하세요. 사카가미 씨는 도저히 빠질 수 없는 일이 있어서 대신 부탁을 받고 왔습니다."

나는 리사에게 말을 걸었다.

"요전에 돌에 계셨던 분이네요. 그이 회사에서 일하신다고 들었어요."

나는 리사에게 어깨를 빌려주어 택시에 태웠다.

"일은 어떠세요?"

혼고에 있는 맨션으로 향하는 차 안에서 리사가 물었다.

"들어간 지 얼마 안 되어서 아직은 잘 모릅니다. 잘리지나 않으면 좋겠는데."

사카가미의 당부대로 무탈하게 대답했다.

"당신을 좋게 보고 있으니까 괜찮아요."

뜻밖의 말을 듣고 잠깐 리사를 쳐다봤다.

"왜 그렇게 생각합니까?"

"그냥요. 저한테 회사 사람을 보여 준 건 처음이거든요. 믿고 있는 것 같아요."

가슴속이 욱신거렸다.

나는 신용할 만한 인간이 아니다. 사카가미를 조사하고 있는 일개 탐정일 뿐이다.

"언젠가 직장에서 그이가 어떻게 일을 하는지 알려 주세요. 저한테는 일절 그런 얘기를 안 하거든요."

"알고 싶습니까?"

내가 묻자 리사는 잠시 골똘히 생각했다.

"알고 싶기도 하고, 알고 싶지 않기도 하고……. 하지만 우리를 위해서 혹사하고 있는 건 아닌지 걱정이에요. 병약한 어머니를 위해서 생활비도 보내주고 있고."

"아버님께서는?"

"10년쯤 전에 돌아가셨습니다. 술집에서 야쿠자끼리 붙은 시비에 휘말려 칼에 찔리셨어요."

리사가 입술을 지그시 깨물었다.

떠올리고 싶지 않은 과거를 건드린 모양이다.

"사카가미 씨는 그 일을 물론 알고 있겠군요."

"예. 사귀기 시작하고 얼마 뒤에 말했어요. 그 얘기를 듣고 울더라고요. 줄곧 냉정한 사람인 줄 알았는데 깜짝 놀랐지 뭐예요. 사람의 아픔을 아는 상냥한 사람이었다니······."

이미 벌은 충분히 받았다······. 사카가미가 말한 그 벌은 혹시 이게 아닐까?

리사를 사랑하면서 사카가미는 줄곧 고통스러웠으리라. 영원히 숨길 수만은 없다. 언젠가 자신이 저질렀던 범죄를 털어놓아야만 한다.

사카가미는 어떤 생각을 하면서 울었을까?

자신의 무분별한 폭력 때문에 사망한 겐타와 남겨진 유족을 생각하며 울었을까?

아니면 자신과 가까운 사람의 고통이었기에 공감할 수 있었던 건가?

어느 쪽이든 사카가미는 어중간한 악당이다.

공연히 화가 치민다. 사카가미를 끝내 증오할 수 없는 제 자신에게 화가 치밀었다.

4월 25일······ 오늘을 끝으로 나는 사카가미의 앞에서 사라질 작정이다.

겐타의 기일에 사카가미를 끝까지 지켜보고서 이 일을 마무리 지을 것이다.

여기서 오랫동안 눌러 앉아 있다가는 전과가 또 늘지도 모르고, 그 이상으로 사카가미의 옆에 더는 있고 싶지 않았다.

사카가미의 옆에 더 있다가는 용서할 건더기를 찾기는커녕 제 자신조차 용서할 수 없을 것 같았다.

저녁 5시, 조금만 있으면 오늘 일이 끝난다. 호소야 부부에게 뭐라 설명해야 좋을는지 고민하면서 나는 사무소 구석에서 우두커니 서 있었다.

"사에키."

사카가미가 부르기에 몸을 그쪽으로 돌렸다.

"살짝 실전을 맛보겠나?"

사카가미가 웃는 낯으로 말했다.

"실전이라니?"

사카가미의 말을 듣고 마음이 딱딱히 굳어 버리는 것 같았다.

"걱정할 거 없어. 백 명한테 전화를 걸어 한 명만 걸리면 감지덕지인 장사야. 조금씩 적응해 나가면 돼. 너한테는, 그렇지…… 경찰 역할을 좀 맡겨 볼까?"

사카가미의 주변에 두 젊은이가 모여들었다. 탁자 위에 시나리오와 명부를 펼쳤다.

"여보세요. 난데……."

사카가미는 명부를 보고서 닥치는 대로 전화를 걸었다. 그리고 실마리를 잡지 못하면 끊었다. 그는 그렇게 명부에 적힌 전화번호를 펜으로 지워 나갔다.

나는 의자에 앉으면서 사카가미를 쳐다봤다. 손목시계를 쳐다보면서 살짝 짜증스러운 표정을 지었다.

나는 이대로 아무도 걸려들지 않기를 바랐다.

"여보세요, 난데……."

수십 번째 전화를 걸었을 때, 사카가미의 입꼬리가 씨익 올라갔다.

"맞아, 할머니……. 나, 류스케. 실은 친구랑 드라이브를 하다가 사고를 냈어. 사람을 쳤는데……."

사카가미의 눈시울이 젖어들었다. 그는 입을 악물어 오열을 참는 듯한 울먹이는 목소리로 시나리오를 읽었다.

시나리오에서 사카가미는 사고를 일으킨 당사자를 연기했다. 그 뒤로 사고 피해자, 변호사, 경찰이 교대로 전화를 받아 사정을 설명했다.

피해자 역, 변호사 역 젊은이가 이야기를 한 뒤에 나에게 전화가 돌아왔다.

사카가미를 봤다. 그는 시나리오를 가리키며 고개를 끄덕였다.

"여보세요……."

허둥대는 여성의 목소리가 들려왔다.

가냘픈 목소리였다. 수화기 너머에서 쩔쩔매고 있는 노파의 모습이 떠올랐다.

내 말투를 듣고 수상하다는 걸 깨달아 주기를 바라면서 나는 사카가미가 가리킨 글을 읽었다.

어떻게든 마지막까지 읽고서 사카가미에게 휴대전화를 넘겼다.

"여보세요, 할머니. 돈을 받으러 친구가 갈 테니까……."

사카가미가 돈을 받는 단계를 진행했다. 노파가 살고 있는 근처 슈퍼 ATM에서 돈을 받기로 한 모양이다. 주소를 메모지에 적었다.

"친구 이름?"

손목시계를 보던 사카가미가 말했다.

"호소야…… 호소야 겐타야."

그 이름을 들은 순간, 마음속에서 무언가가 터져 버렸다.

나는 그 정체를 알고 있다. 증오다. 그때와 비슷한 증오가 화염이 되어 온몸에서 날뛰고 있었다.

사카가미가 전화를 끊고 일어섰다. 회수 담당 젊은이를 불러 메모지를 건넸다.

"깜빡 넘어갔으니까 괜찮아. 이름은 호소야 겐타."

사카가미가 내 어깨를 두드렸다.

"처음치고는 잘했어."

고개를 들 수가 없었다. 그대로 서서 사무소 문으로 향했다.

"이봐, 사에키. 왜 그래?"

사카가미가 부르는데도 나는 뒤도 돌아보지 않고 그대로 밖으로 나왔다.

복합빌딩에서 나와 공중전화를 찾았다. 아까 그 노파에게 전화를 걸어 모든 것이 사기임을 밝힌 뒤에 이케부쿠로 역으로 향했다.

가와구치 시내에 있는 호소야 가의 자택을 찾은 것은 이틀 뒤였다.

사무소에 와달라고 할 수도 있었지만, 겐타의 위패 앞에 향을 올리고 싶었다.

거실로 안내를 받아 향을 피운 뒤에 호소야 부부와 마주 봤다.

"나라면 용서 못 합니다."

상세한 근거는 말하지 않고, 그 말만을 했다.

"그렇습니까?"

호소야 부부는 한동안 침묵하다가 그렇게 말하고는 고개를 깊숙이 숙였다.

나는 가방에서 봉투를 꺼내 탁자 위에 올려 뒀다.

"이번 조사는 일주일쯤 걸렸습니다. 조사비용으로 14만 엔을 받았고, 이건 그 나머지입니다."

이번 조사로 320만 엔이나 받는 건 지나치다고 고구레에게 따졌다. 고구레는 떨떠름해했지만, 어떻게든 허락을 받아 냈다.

"고맙습니다."

호소야 부부가 황송하다는 듯 다시 고개를 꾸벅 숙였다.

나는 영정 사진으로 눈길을 돌렸다. 영정 사진 속 겐타가 미소를 보내고 있었다.

나는 지금껏 여러 조사를 해왔다. 불륜 조사나 이력 조사 등. 의뢰인은 알고 싶은 것이 있기에 의뢰한다. 하지만 결과적으로 나는 얼마나 많은 사람들을 불행하게 만들었을까? 앞으로 더 얼마나 불행하게 만들까?

그런 생각을 하면서 호소야 부부의 집에서 나와 사무소로 향했다.

편의점에서 나왔을 때 주머니 안에서 휴대전화가 진동했다.

이 진동을 느낄 때마다 그때의 조사가 떠올랐다.

사카가미 곁에서 모습을 감춘 지 일주일 동안 나는 새 일을 하고 있었다.

주머니에서 휴대전화를 꺼내 확인했다. 아마 사카가미이리라. 같은 번호로 몇 번이나 걸려 왔다.

진동하는 휴대전화를 쳐다보면서 쓰레기통으로 다가갔다.

사카가미에게 알려 준 휴대전화는 대포폰이라 버려도 딱히 상관없었다. 하지만 마음속에는 끊어 낼 수 없는 생각도 있었다.

"여보세요……."

나는 잠시 망설인 뒤에 전화를 받았다.

돌 바의 문을 열자, 안쪽 탁자석에서 사카가미가 술을 마시고 있었다.

나름 각오를 하고 있었지만, 사카가미는 혼자였다.

나는 사카가미의 맞은편에 앉았다. 사카가미가 빈 스트레이트 잔에 술을 따라서 건넸다. 술잔을 사카가미의 손 쪽으로 민 뒤에 바텐더에게 하퍼를 주문했다.

"오랜만이군."

사카가미가 코웃음을 쳤다.

나는 아무 대답도 하지 않고, 나온 하퍼를 입에 머금었다.

"네가 사라진 날에 회수 담당이 경찰에 잡혔다. 뭐, 쓰고 버려도 되는 녀석이니 업무에 지장은 없었지만 말이야."

"그거 아쉽군. 너도 잡히는 편이 나았을 텐데."

사카가미의 눈빛이 번뜩였다.

"사에키 슈이치……. 네 정체는 대체 뭐지?"

사카가미는 웃옷 주머니에서 종이를 꺼내 탁자 위에 올렸다. 신문 축쇄판을 복사한 것이었다.

"순전히 재미로 네 이름을 인터넷에 쳐 봤더니 재미있는 기사가

뜨더군. 4년 전, 어떤 순경이 검거한 폭행범의 입속에 권총을 쑤셔 넣어 징계면직을 당했다는 이야기. 단순한 동명이인인가? 아니면 나한테 말했던 모든 게 거짓말이었나?"

"그 멍청한 순경은 징계면직이 됐을 뿐만 아니라 체포까지 당했어."
나는 대답했다.

교통과 순경이었을 때, 순찰을 하다가 지금은 폐쇄된 슈퍼 주차장에서 수상한 원박스 왜건을 발견했다. 차에 다가가니 여성의 신음 소리가 새어 나왔다. 경찰이라 외치며 문을 열었더니 차 안에서 두 남자가 한 젊은 여성을 강제로 범하고 있었다. 여성을 차에서 꺼내 보호하자 그녀는 얼이 나간 것처럼 아스팔트 위에 털썩 무너져 내렸다. 생기가 없는 눈으로 나를 올려다본 그 여성과 유카리 누나의 모습이 겹쳐져서…….

남자들은 술이나 약이라도 했는지 차 안에서 낄낄대고 있었다. 주눅 든 기색도 없는 남자들의 태도에 치솟은 분노를 억누를 수가 없었다. 정신을 차리고 보니 한 놈의 입에 권총을 쑤셔 넣은 채였다.

"너 같은 쓰레기는 한번 죽어 봐라."
나는 그렇게 말하고서 방아쇠에 손가락을 걸었다.

결국 방아쇠를 당기지는 않았지만, 추후에 이 일이 큰 문제가 됐다. 나는 특별공무원폭행·가혹행위죄 혐의로 체포되었고, 징계면직 처분을 받았다.

"얘기가 나온 김에 묻지. 그 멍청한 순경은 어째서 그런 짓을 벌였을까?"

"호소야 겐타의 부모와 엔도 리사의 마음과 똑같아. 한 사람을 망쳐 놓고서 태연하게 구는 어리석은 인간을 용서할 수 없었겠지."

"호소야 겐타……."

사카가미는 모든 것을 깨달았다는 눈빛을 했다.

"그렇군……. 그날…… 그래서."

사카가미의 눈동자가 제자리를 찾지 못하고 헤매고 있었다. 나는 그 눈동자를 물끄러미 쳐다봤다.

"내 육감도 아무짝에 쓸모가 없군. 친구가 될 수 있을 것 같은 예감이 들었는데 말이야."

나는 일어섰다. 주머니에서 지폐 여러 장과 동전을 꺼내 탁자에 올려 두었다.

"요전에 받았던 택시비 거스름돈이야. 이걸 돌려주러 왔어."

바텐더에게 계산을 끝내고 나서 문으로 향했다.

"사에키."

뒤에서 부르는 소리에 몸을 돌렸다.

"나한테도 권총을 들이댈 건가?"

잠시 시선이 교차했다.

"손에 총이 있다면."

나는 대답하고서 바에서 나왔다.

한동안 번화가를 헤매다가 다른 술집을 찾았다.

사무소로 출근을 하자 책상에서 소메야가 바삐 작업을 하고 있었다.

"나 원 참, 소장님은 사람을 너무 부려 먹는다니까."

소메야는 불평을 늘어놓으면서 책상 위에 있는 각기 다른 전단지 세 뭉치에서 한 장씩을 뽑아 봉투에 넣고 있었다.

"좋은 아침. 뭐 하는 겁니까?"

소메야에게 묻자 "할 일 없으면 너도 좀 와서 도와." 하고 불똥이 떨어졌다.

새 전단지를 보낼 작정인 모양이다.

전단지를 한 장 집어서 살펴봤다. 불륜 조사나 도청기 수색 등 늘 하던 일 외에 새로운 코스가 추가되어 있었다. '범죄 피해를 당한 분께. 가해자의 근황을 알아봐 드립니다.'라는 문구가 눈에 들어와서 깜짝 놀랐다.

"최근 20년 사이에 범죄 피해를 입은 사람이나 가족을 조사해서 다이렉트 메일을 보내래. 대체 어떻게 알아내라는 거야. 그치?"

고구레는 이런 생각을 하고 있었던 건가? 호소야 부부에게 돈을 돌려주자고 말했을 때, 어쩐지 예상보다 단호하게 거절하지 않더니만. 지금쯤 새 금맥을 파냈다며 신나게 방방 뛰고 있을 것이다. 정말이지 기가 찰 만큼 돈 냄새를 잘 맡는다.

갑자기 할 마음이 사라졌다. 나는 신문을 집어 소파로 향했다.

"아 좀, 도우래도."

소메야의 호통을 무시하고 소파에 누워 눈으로 신문을 훑었다.

사회면에 실린 한 기사에 시선이 꽂혔다.

3일 새벽, 분쿄 구 혼고 4가에 있는 맨션 앞 도로 위에 피를 흘리며 쓰러져 있는 남성을 인근 주민이 발견해 110에 신고를 했다. 등에 칼을 맞은 사카가미 요이치 씨(남성, 29세)는 현재 의식불명 상태에 빠졌다. 그로부터 1시간 뒤에 근처 파출소에 한 남자가 출두했다. 경찰은 사카가미 씨를 칼로 찔렀다고 자백한, 가와구치 시에 사는 호소야 히로후미(59)를 살인미수 혐의로 체포했다. 현재 모토후지 경찰서에서 동기 등을 엄중하게 추궁하고 있다.

묵직한 통증이 내 가슴을 꿰뚫었다.

제2장
복수

청년의 눈동자는 어두웠다.

나이는 스무 살쯤 됐을까. 눈앞의 소파에 앉은 청년은 불안한지 자꾸 실내를 두리번거렸다. 대부분의 사람들은 살아가면서 탐정사무소에 올 일이 그리 많지 않다. 탐정 따윈 필요 없는 인생을 보내는 게 더할 나위 없이 좋을 터인데, 이 청년은 대체 무얼 구하고자 여길 찾아온 건가?

"성함을 여쭤 봐도 되겠습니까?"

나는 청년에게 물었다.

"하야미 쓰요시……."

쓰요시는 낮은 소리로 중얼거리고는 갈색 머리칼을 쓸어 올렸다. 귓불에 걸려 있는 피어스가 반짝였다.

생김새는 요즘 젊은이 같지만, 나를 쳐다보는 눈동자만큼은 인생의 밑바닥을 들여다본 적이 있는 것처럼 탁했다.

그 눈동자를 보고 있노라면 이 청년이 대체 어떤 인생을 살아왔는지 상상하지 않을 수가 없었다.

"나이는 어떻게 됩니까?"

내 옆에 앉아 있는 고구레가 물었다.

"열아홉입니다……."

나는 고구레를 힐끗 쳐다봤다.

역시 쓰요시의 나이를 듣고서 고구레는 흥미를 잃어버린 모양이다. 의뢰인과 마주 보고 앉아 있을 때는 담배를 자제하는 게 보통인데, 그는 담뱃불을 붙였다. 고구레는 돈이 되지 않는 의뢰인에게는 흥미가 없다.

"오늘은 어떤 용건으로 오셨습니까?"

별수 없이 내가 쓰요시를 상대했다.

쓰요시는 아까 이 탐정사무소로 전화를 걸었다.

사람을 찾아 줬으면 하는데 시간은 얼마나 걸리고, 또 비용은 얼마나 드는지 문의를 해온 것이다.

조사 기간과 비용은 의뢰 내용에 따라 다르기에 일률적으로 대답할 수는 없다. 한번 사무소에 와서 자세한 사정을 들려 달라고 대답하자 쓰요시는 전화를 끊고 곧바로 사무소로 찾아왔다.

분명히 빌딩 앞에서 사무소를 방문할지 말지 망설이다가 일단 전화부터 걸어 봤으리라.

쓰요시는 가방에서 종이 한 장을 꺼내 탁자 위에 뒀다.

이 탐정사무소의 전단지였다.

'범죄 피해를 당한 분께. 가해자의 근황을 알아봐 드립니다.'

3개월 전부터 불륜 조사나 실종자의 소재 조사 등, 통상적으로 해오던 업무 외에 범죄 전과자 추적 조사가 새롭게 추가됐다. 고구레의 아이디어였다.

하지만 새로운 전단지를 찍은 뒤에 그런 조사 의뢰가 들어온 적은 없었다.

쓰요시의 말을 듣고 씁쓸한 기억이 치밀어 올랐다.

범죄 전과자 조사……. 나로서는 결코 맡고 싶지 않은 일이니까.

"찾고 싶은 사람이 있는데, 이 코스는 시간이 얼마나 걸리나요?"

쓰요시가 물었다.

"케이스 바이 케이스지요."

돈 이야기라면 자기에게 맡기라는 듯이 고구레가 몸을 내밀어 설명을 시작했다.

"소재를 조사하는 데 보통 수색 기간으로 2주일쯤 걸리고, 기본요금은 30만 엔쯤 듭니다. 또 기본요금은 찾고자 하는 인물을 찾지 못했더라도 계약금으로 지불해 주셔야 합니다. 그거 말고도 성공보수로 5만 엔에서 30만 엔 정도를 추가로 내주셔야 하는데, 이건 그 인물을 찾아냈을 때만 추가로 청구합니다."

"5만 엔에서 30만 엔……. 범위가 상당히 넓네요."

탐정에게 처음으로 일을 의뢰하는 것 같으니 당연히 물어볼 법한 질문이다.

"의뢰 난이도에 따라 다릅니다. 귀하께서 조사 대상자에 대한 정보를 꽤 갖고 있어서 수색이 쉬웠다면 최저요금 5만 엔. 하지만 조사 대상자에 대한 정보를 거의 갖고 있지 않아 찾아내기 어려울 경우에는 성공보수가 커집니다."

"그럼 다 합해서 60만 엔쯤 든다는 건가요?"

쓰요시는 곰곰이 생각했다.

"2주일의 수색 기간 안에 조사 대상자를 찾아냈을 때는 그렇지요. 다만 추가로 그 인물의 뒷조사까지 원하신다면 별도의 요금이 더 듭니다. 참고로 할부는 안 됩니다."

"알겠습니다……."

쓰요시는 소파에서 일어섰다.

"열아홉 살한테 60만 엔은 큰돈이지요. 돈이 생기면 다시 찾아와 주십시오."

돌아갈 것으로 여겼는지 고구레는 담배를 재떨이에 꾹 눌러 끄면서 그렇게 말했다.

"아뇨, 일하면서 모아 놓은 돈이 아슬아슬하게 그쯤 돼요. 당장 은행에 가서 빼오겠습니다."

쓰요시의 말에 반응한 고구레가 고개를 들었다. 눈이 빛나고 있었다.

"그러십니까? 그렇다면 돈은 이따가 주셔도 되니 먼저 조사 의뢰서부터 작성해 주시겠습니까? 자, 자, 이쪽에 앉으십시오."

고구레의 태도가 느닷없이 공손하게 바뀌었다.

"소메야 씨, 조사 의뢰서를 가지고 와요. 그리고 손님께 커피도 내오고."

고구레가 사무원인 소메야에게 말했다.

소메야는 귀찮다는 표정을 지으면서 의자에서 거구를 일으켰다.

"하야미 씨는 정말 괜찮은 사무소에 오신 겁니다. 겉보기에는 자그맣지만, 실적은 대단하지요. 조사원도 아주 우수하고요. 분명히 그 사람을 찾을 수 있을 겁니다."

약삭빠른 고구레의 태도가 참 우스꽝스러웠다.

쓰요시는 고구레가 시키는 대로 조사 의뢰서를 쓰기 시작했다.

조사 대상자 칸에 '마에하타 노리코'라고 적었다.

"방금 전에, 죄를 저지른 전과자의 소재를 조사해 달라고 했는데, 이 사람이 그런가요?"

나는 쓰요시에게 물었다.

"그래요. 이 여자는 16년 전에 제 남동생을 죽였어요."

쓰요시는 탁한 눈동자를 내 쪽으로 돌리며 대답했다. 눈동자 속에는 끝을 알 수 없는 증오가 깃들어 있었다.

고구레는 쓰요시에게서 받은 30만 엔을 가방에 넣고는 출입문으로 향했다.

"사에키, 소메야 씨. 난 딴 볼일이 있으니 뒷일 잘 부탁해요."

뭐가 다른 볼일이냐? 어차피 파친코를 하러 가려는 거겠지.

"소장님, 잠시만."

나는 고구레를 불러 세웠다.

"뭔데?"

"이 의뢰…… 내키질 않습니다."

큰마음을 먹고 진심을 털어놨다.

"내키지 않는다? 뭔 소리야? 벌써 돈 받았잖아. 마에하타 노리코의 행방을 확실하게 파악해서 성공보수를 챙기지 않으면 자네들 월급도 챙겨 줄 수가 없으니 알아서들 해."

고구레는 남의 말을 귀담아 듣는 법을 모른다.

"만약에 마에하타 노리코의 소재를 알아냈다고 칩시다. 이 사실을 의뢰인한테 전해 주는 게 과연 옳을까요? 무슨 사정인지는 모르겠지만, 마에하타 노리코라는 인물은 의뢰인의 남동생을 죽였다고 하지 않습니까? 그런데 마에하타 노리코의 소재지를 알려 줬다가는……."

또다시, 새로운 불행이 찾아들 것만 같아 불안했다.

"아직도 호소야 씨 일로 속을 썩이고 있나?"

고구레는 내 마음을 훤히 꿰뚫어 본 듯 말했다.

"그건 네 탓이 아냐. 우리는 호소야 씨의 의뢰를 받아 맡은 바 일을 다 한 거뿐이라고. 차후에 무슨 일이 벌어지든 우리가 알 게 뭐야."

고구레가 차갑게 내뱉었다.

하지만 그렇게 딱 자를 수 있을 리가 없었다. 나는 아무 말 없이, 그저 고구레를 쏘아보았다.

"그러고 보니 오늘 그렇군……."

고구레가 달력을 보고 말했다.

오늘 오후부터 호소야의 재판이 열린다. 고구레도 알고 있었나?

"소메야 씨, 미안하지만 사에키는 일이 있어서 좀 빼야겠어. 대신에 이 인물 좀 조사해 둬요. 마에하타 노리코. 16년 전에 살인 혐의로 체포됐을 테니까."

고구레는 소메야에게 조사 의뢰서를 건넸다.

재판을 방청하러 가라는 건가?

"갔다가 돌아오면 곧바로 일을 시작해. 절대로 설렁설렁 하지 마. 의뢰인을 위해서 기필코 마에하타 노리코를 찾아내는 거야."

고구레는 손가락으로 권총 모양을 만들고는 나를 겨눴다.

나는 도쿄지방재판소가 있는 가스미가세키로 향했다.
원한에 의해 벌어진 흔하디흔한 살인미수사건이다. 방청권이 없더라도 방청할 수 있을 터였다.
재판소가 가까워질수록 마음은 점점 욱신거렸다.
피고인석에 선 호소야를 어떤 눈으로 봐야 좋을지 모르겠다. 방청석에 앉아 있을 피해자 사카가미와 얼굴을 마주하는 것도 괴로웠다.
재판소를 눈앞에 두고 다리가 움츠러들었다.
안 되겠다. 역시 지금 나는 저 안으로 들어갈 수가 없다.
"사에키 씨."
뒤에서 누군가가 나를 부르기에 돌아봤다.
엔도 리사가 서 있었다.
"오랜만이네요……. 사에키 씨도 재판을 방청하러 오신 건가요?"
리사가 물었다.
"아뇨……."
리사와의 재회에 숨이 턱 막힐 것만 같았다.
고작 3개월밖에 지나지 않았는데, 리사는 딴사람처럼 핼쑥해졌다. 예전의 발랄함이나 명랑함은 느껴지지 않았다. 비통한 눈빛을 나에게 보내고 있었다.
"그때 이후로 통 만날 수가 없어서 궁금했어요. 그이한테 사에키 씨의 행방을 물어도 아무 말도 해주지 않고……, 그이 회사는……."

"3개월 전에 그만뒀습니다."

나는 살짝 시선을 돌리며 대답했다.

"그러셨군요······."

"그 사람과 함께 오지 않았습니까?"

"아직 입원 중이에요."

"용태는······."

"생명에 지장은 없어요. 다만 척수를 다쳐서 하반신을 꿈쩍도 못해요. 앞으로 나을 가망성도 적다고 하네요."

리사가 입술을 깨물었다.

가슴속에 리사의 말이 박혔다.

내가 내뱉은 말 때문에 호소야와 사카가미와 리사의 인생은 크게 틀어져 버렸다.

"그렇습니까······."

나는 리사에게서 눈을 완전히 돌렸다. 속히 이 자리에서 떠나고 싶었다.

"사에키 씨는 알고 계셨나요?"

"뭘 말입니까?"

"그이가 저지른 죄 말이에요. 호소야라는 사람의 아들을 죽였다는······."

알고 있었다. 그리고 호소야에게 사카가미를 용서해서는 안 된다고 말했다.

"그이를 그런 꼴로 만든 호소야라는 사람이 미워요. 하다못해 째려봐 주려고 찾아왔어요. 하지만 그럴 자신이 없네요. 호소야라는 사람의 마음을 이해하니까 도저히 미워할 수가 없어요. 제 마음속에도 아버지를 죽인 사람을 용서할 수 없다는 심정이 있으니까……."

리사의 아버지도 싸움에 휘말려 칼에 찔렸다고 들었다.

"하지만 이런 결과가 최선이었을까요? 호소야라는 사람은 이럴 수밖에 없었을까요? 그이는 자신이 저지른 과거의 죄를 그저 숨기며 살아갈 수밖에 없었을까요?"

리사가 오열하기 시작했다.

"내가 호소야 씨한테 다 털어놨습니다. 그 사람을 용서해서는 안 된다고……."

리사가 아연실색한 표정으로 나를 쳐다봤다.

"무슨 소리를 하시는 거죠?"

"난 사카가미의 친구도, 직장 동료도 아닙니다. 탐정입니다. 호소야 씨의 의뢰를 받아 그 사람을 조사하려고 접근했던 겁니다."

순간 뺨에 격렬한 통증이 일었다. 리사가 내 뺨을 후려쳤다.

"어째서…… 그이는 당신을 그토록 신뢰했는데."

리사가 노려봤다.

"당신의 이 행동은 틀리지 않았어요."

나는 뺨을 문대며 말했다.

"당신 안에 있는 증오의 불꽃이 그리하도록 시킨 겁니다."

지금도 내 마음속에는 증오의 불꽃이 격렬하게 타오르고 있다.

범죄자를 향한 증오. 사람을 망가뜨리고서 태연한 얼굴로 살아가는 인간을 향한 증오.

증오는 이윽고 격렬한 불꽃이 되어 모든 것을 태워 버린다. 누군가가 어느 지점에서 이 연쇄를 끊어내지 못하는 한, 걷잡을 수 없는 화염으로 번져 수많은 사람들을 불행에 빠뜨린다.
 그건 이미 알고 있다.
 하지만 내 안에 있는 증오의 불꽃을 끌 수 있을까?
 아니, 불가능하겠지. 그렇기에 호소야에게 그렇게 말한 것이다.
 "아버님을 살해한 놈이 어떻게 사는지 알고 싶어진다면 언제든 들러요."
 나는 주머니에서 사무소 명함을 꺼내 리사에게 건넸다.
 리사가 명함을 찢어 버리는 것을 지켜본 뒤 발걸음을 돌려 역으로 향했다.

 사무소로 돌아오자 소메야가 뽀로통한 얼굴로 신문 복사본을 툭 내던졌다.
 "나 참, 소장님도 그렇고, 너도 그렇고, 왜 나만 이렇게 부려 먹는 거야."
 "소메야 씨, 고마워요. 오늘은 그만 돌아가시죠."
 "말 안 해도 돌아갈 참이었어. 데이트하러 갈 거니까."
 소메야는 책상에 앉은 채로 화장을 하기 시작하더니 이윽고 종종걸음으로 사무소에서 나갔다.
 자택 아파트는 가와고에에 있지만, 오늘은 이곳에서 묵기로 했다.
 나는 냉장고에서 캔 맥주를 꺼내 소파에 드러누웠다. 찬 맥주를 뺨에 댔다. 아까부터 뺨이 징징 달아올라 불쾌했기 때문이다. 소메야가 준 신문기사 복사본을 살펴봤다.
 '12개월 영아 방치 사망'이라는 큰 글자가 눈에 들어왔다. 16년 전 신문기사였다. 아라카와 구에 있는 한 아파트에서 영아 유해가 발견됐다. 유아는 쇠약사했고, 발견됐을 때는 백골화가 진행 중이었다. 아파트에서는 세 살짜리 장남도 발견됐는데, 아이는 집 안에 있던 생쌀을 씹어 먹으며 간신히 목숨을 연명했다.

기사를 읽으며 암담한 심정이 들었다.

두 아이의 어머니였던 마에하타 노리코는 보호책임자유기치사 혐의로 체포됐다. 노리코의 진술에 따르면 당시에 사귀던 남성과의 교제에 방해가 된 데다 아이를 돌보는 일에 진절머리가 나서 문을 잠근 채로 2개월 동안이나 집에 돌아오지 않았다고 한다.

노리코가 찍힌 뿌연 흑백사진을 쳐다봤다. 젊고 예쁘고, 구제할 수 없을 만큼 무지하고 어리석은 어머니…….

당시 노리코의 나이는 스물한 살. 지금은 서른일곱 살쯤 됐을까.

두 번째 복사본에는 이 사건의 재판 결과가 실려 있었다.

징역 3년이 그녀에게 내려진 판결이었다. 재판장은 판결문에 '부모가 마땅히 짊어져야 할 보호 책임을 전혀 다하지 않았기에 대단히 악질적인 범행이다.'라고 적어 놓았다. 하지만 징역 3년은 너무나도 가벼운 판결이라는 생각이 들었다.

이 나라에서는 자기 자식에게 저지른 범죄에 대한 벌이 너무나도 가볍다. 예를 들어 억지로 동반자살을 시도하다가 아이는 죽고 부모만 살아남더라도 살인죄가 아닌, 온정이 담긴 판결이 내려지는 경향이 있다.

자식은 부모의 소유물이라는 건가?

'이 여자는 16년 전에 제 남동생을 죽였어요…….'

쓰요시가 한 말이 떠올랐다. 그는 2개월 동안이나 집 안에 갇혀 있었다. 동생의 시체를 보면서, 절망적인 굶주림을 견디며 살았다.

기사를 읽으면서 인생의 밑바닥을 들여다보고 있는 것 같았던 그의 어두운 눈동자가 떠올랐다.

이튿날, 나는 쓰요시의 휴대전화에 연락을 했다.
마에하타 노리코를 찾기 위해서는 정보가 더 필요하다. 그리고 쓰요시와 직접 만나 이야기를 더 하고 싶었다. 어머니를 찾아서 대체 뭘 하려는 건지 알고 싶었다.
하지만 전화를 받은 쓰요시는 어머니에 대해 그다지 말하고 싶어 하지 않는 눈치였다. 어머니도, 사건도 떠올리고 싶지 않다는 듯한 말투였다.
"어제 들었던 내용만으로는 수색이 어려울 것 같아. 네가 협력해 준다면 일찍 찾아낼 가능성이 높아질 테고, 성공보수도 싸게 먹히겠지."
그렇게 설득을 했다.
쓰요시는 옛날에 살던 아파트 주소도 기억하지 못했다. 하기야 세 살 때 일이니 어쩔 수 없으리라. 실제로 그 부근을 걸어 보면 뭔가 떠오를지도 몰랐다.
쓰요시는 마지못해 나와 만나기로 마음을 정했다. 오늘은 휴일이라서 낮 12시에 사무소가 있는 오미야 역 앞에서 만나기로 약속했다.

"하야미라는 성은……."
우에노로 향하는 전철 안에서 나는 쓰요시에게 물었다.
쓰요시는 내 쪽으로 고개를 돌렸다.

질문의 의도를 깨달았는지 쓰요시는 사건 후일담을 더듬더듬 이야기하기 시작했다.

아버지는 남동생인 쓰바사가 태어나고 곧바로 집을 나가 버렸고, 지금껏 행방을 모른다고 한다. 노리코가 체포된 뒤 쓰요시는 시설에 맡겨졌고, 중학교를 졸업할 때까지 시설에서 생활했다. 어머니의 성을 따르는 것이 싫었던 쓰요시는 그곳에서 알게 된 사람의 양자로 들어가 성을 하야미로 바꾸었다. 하지만 양아버지의 부담이 되고 싶지 않다며 중학교를 졸업하자마자 곧바로 건축 관련 직장에 취직했고, 그 뒤로는 회사 기숙사에서 살고 있다고 한다.

월급을 얼마나 받는지는 모르겠지만, 그에게 60만 엔은 큰돈이리라.

"이렇게 큰돈을 써서 어머니를 찾아내 뭘 하려는 거지?"

내가 묻자 쓰요시의 눈빛이 번뜩였다.

"그딴 여자가 무슨 어머니라고! 돈은 확실하게 지불했으니까 그냥 그 여자만 찾아 주면 되잖아요."

그는 분노를 노골적으로 드러냈다.

우에노 역에서 게이세이 본선으로 갈아타고서 마치야 역에서 내렸다.

역 앞 상점가를 지나 신문에 실려 있던 마치야 3가 부근으로 향했다.

햇볕이 가차 없이 피부에 쨍쨍 내려쬐었다. 이마에서 쉴 새 없이 흘러내리는 땀을 닦으면서 쓰요시와 걸었다.

"이 근처, 기억이 좀 나나?"

나는 물었다.

쓰요시는 입을 다문 채로 걷고 있었다. 흔해 빠진 주택가지만, 그에게는 발을 들이기도 싫은 끔찍한 곳일지도 모른다.

이윽고 쓰요시는 괴롭다는 듯 손수건으로 입을 가렸다.

"어디 안 좋은 데라도?"

"여름은 젬병이라……, 그때 그 기억이 떠올라서…… 구역질이 나네요."

"잠깐 쉴까?"

나는 물었지만, 쓰요시는 고개를 가로젓고는 계속 걸었다.

"많이도 바뀌었네."

쓰요시가 중얼거렸다.

"기억이 나나?"

"여기예요."

쓰요시가 눈앞에 있는 4층짜리 건물을 가리켰다.

"건물은 바뀌었는데, 이 자리에 있던 아파트에서 살았어요."

사위스럽다는 얼굴로 그가 그렇게 말했다.

"틀림없겠지?"

"그럼요. 저기 공원은 변한 게 없어요. 저기 판다 놀이기구가 보이죠? 아파트 창문에서 저게 보였어요."

건물 맞은편에 큰 공원이 있었다.

"이제 돌아가도 될까요?"

쓰요시는 허탈하다는 듯 말했다.

"그래, 고맙다."

"정말 이런 데는 오고 싶지 않았어요. 돈만 내고 죄다 맡기고 싶었다고요. 하지만 하루라도 빨리 그 여자를 찾고 싶으니까 따라와 준 거예요."

쓰요시는 그렇게 말하고서 역으로 이어지는 길을 되돌아갔다.

나는 터벅터벅 걸어가는 쓰요시의 등을 한동안 바라보다가 건물 안으로 들어갔다.

여러 집을 들러 집주인의 소재지를 물었다. 이 건물의 주인인 미야타는 여기서 걸어서 10분쯤 떨어진 히가시오구 6가에 살고 있다는 걸 알아냈다.

미야타라는 초로의 여성은 마에하타 노리코를 기억하고 있었다.

자신이 관리하던 아파트에서 영아 유해가 발견된 사위스러운 사건을 겪었으니, 잊으려야 잊을 수가 없으리라.

"역귀도 그런 역귀가 없었다니까. 그 사건이 벌어지기 전에도 이웃들이랑 소음과 쓰레기 때문에 얼마나 다퉜는지 모른다고. 이럴 줄 알았으면 당장 내쫓았어야 했는데."

사건이 벌어진 지 16년이나 지났어도 노리코를 향한 원한은 사그라지지 않은 모양이다.

"결국 그 사건이 벌어지는 바람에 아파트도 다시 지어야만 했다고."

미야타는 노리코를 비호할 입장에 서 있는 사람이 아니다. 나는 그렇게 판단하고서 솔직하게 노리코의 현 소재지를 조사하는 중이라고 밝혔다.

"그 여편네가 지금 어디서 뭘 하는지 난 몰라요. 알고 있다면 손해배상 청구라도 할 판이라고."

복수 63

"노리코 씨의 가족이나 남편이 지금 어디에 있는지도 모릅니까?"

"자식도 자식이지만, 그 부모도 어지간하더구만. 그런 민폐를 끼쳐 놓고도 얼굴 코빼기 하나 비추지 않았어. 남편은 본 적도 없고. 이 아파트로 이사 오기 전에 헤어진 것 같더라고."

"여자 혼자서 두 아이를 길렀다는 겁니까?"

"그랬으면 얼마나 대견했을꼬. 늘 집으로 온갖 남자를 끌어들이더라고. 어린 자식이 둘이나 있는데 엄마라는 작자가 무책임하게……."

"집 보증인은 누구로 되어 있었습니까?"

"일하러 다니던 술집 주인이었지. 사건이 벌어진 뒤에 집수리 비용 같은 걸 보상받으려고 담판을 벌여서 잘 알아. 간다에서 클럽인가 술집을 운영하는 사람이야."

"그 사람 주소를 지금 알 수 있을까요?"

"사유리는 젊고 미인이었지요. 면접을 봤을 때 인기를 끌겠구나 싶어서 보증인도 되어 줬던 건데……."

간다에 소재한 어느 클럽 주인이 씁쓸하게 말했다.

사유리란 노리코가 일할 때 쓰던 가명이다.

"노리코 씨는 언제부터 이 클럽에서 일하기 시작했습니까?"

나는 물었다.

"사건이 벌어지기 1년쯤 전이었던가? 전 남편은 운송업에 종사했다고 하던데, 딴 여자랑 눈이 맞아서 이혼했어요. 젊은 여자가 애를 둘이나 떠안고 있어 참 힘들겠다고 처음에는 동정도 했는데……. 뭐, 그 남편에 그 아내라는 거죠."

"그 말씀은?"

"일단 남성 편력이 심했고, 금전 감각을 비롯해 여러모로 얼빠진 구석이 있었거든요. 아기 유해가 발견됐을 때, 사유리는 클럽에 있었어요. 경찰이 클럽까지 들이닥쳤는데, 어리둥절해하더군요. 그게 얼마나 중대한 사건인지 전혀 모르는 눈치였다고 할까……. 사람이 그렇게 무서워 보일 수가 없더라고요."

"그 여자, 지금 어디에 있는지 모릅니까?"

"낸들 알겠습니까? 어디 지방에서 살고 있지 않을까요? 돈 많은 아저씨나 후리고 다니면서."

"그 여자 사진은 없습니까?"

"아니, 없어요."

주인이 딱 잘라 말했다.

"그렇습니까? 혹시 뭔가 떠오르는 게 있다면 이리로 연락 주시겠습니까?"

나는 남자에게 명함을 건넸다.

휴대전화가 울렸다. 화면을 보니 쓰요시에게서 온 전화였다.

"아직도 그 여자의 소재를 알아내지 못했나요?"

쓰요시가 물었다.

의뢰를 받은 지 일주일이 지났다. 하지만 아직도 노리코의 소재를 알아내지 못했다.

"조금만 더 기다려 줘요."

나는 그렇게 대답하고서 전화를 끊었다.

이제부터 신주쿠 가부키 초에 있는 클럽에 가볼 작정이다.

어제 간다에서 만났던 클럽 주인에게서 전화가 왔다. 내가 다녀간 뒤에 여러 지인들에게 노리코에 대해 물어봤다고 한다. 10년 넘게 드나든 한 단골이 예전에 신주쿠 클럽에서 노리코와 닮은 호스티스를 본 적이 있다며 전화를 주었다.

16년 전, 간다 클럽에서 활동하던 노리코는 그 미모 덕분에 최고의 인기를 구가했다고 한다. 그 단골은 사건이 벌어지고 노리코가 체포되기 전까지 노리코의 치마 안으로 돈을 꽤나 들이부었다고 한다.

신주쿠 클럽에서 다시 맞닥뜨렸을 때, 노리코는 사유리가 아닌 미오라는 가명을 쓰고 있었다고 한다. 그 단골은 그 사유리가 맞는지 끈덕지게 캐물었지만, 그 호스티스는 사람을 잘못 봤다며 얼버무렸다고 한다. 하지만 그 단골은 틀림없이 사유리……, 다시 말해 노리코였다고 단언했다.

나는 주인에게서 전해 들은 클럽 '젝스'에 들어갔다.

"미오 씨 있나요?"

나는 미오를 지명했다. 하지만…….

"죄송합니다. 미오 씨는 가게를 그만뒀습니다."

따로 여자를 지명하지 않고, 아무나 붙여 달라고 했다. 나는 옆자리에 앉은 호스티스와 잠시 이야기를 했다.

"그나저나 아까 전에 왔을 때 미오 씨를 불렀는데, 그만둔 모양이야?"

"으음? 미오 씨는 누구?"

"그 있잖아. 홋카이도 출신 여자 말이야."

"아아, 그 아줌마? 사에키 씨는 푹 익은 여자를 좋아해?"

내가 미오에 대해 묻자 주변에 있던 호스티스들이 여러 이야기를 해 주었다.

"언제 그만뒀지?"

"한 1년쯤 전이었나?"

"어디 다른 가게로 옮겨 갔나?"

"그렇지 않을까? 이건 비밀인데, 가게를 그만둘 수밖에 없었어."

그녀들의 말에 따르면 노리코는 이 가게에서 일하던 남자 종업원과 사귀게 되면서 그만뒀다고 한다. 호스티스와 종업원의 연애는 이 가게에서는 금지되어 있는 듯했다. 노리코와 그 남자 종업원은 함께 이 가게를 그만두고 결혼했다고 한다.

"그 여자는 홋카이도 출신인가?"

나는 물었다.

"그런 것 같아요. 서른 즈음까지 스스키에 있는 클럽에서 일하다가 여기로 왔대요. 왠지 이상한 분위기가 풍기긴 했는데."

노리코는 형무소에서 나온 뒤에 한동안 홋카이도에서 살았던 건가?

"그나저나 그 종업원 이름이 밋짱인데요. 이 가게를 그만두고서 세타가야 교도에서 다트 바를 열었대요. 괜찮으면 한번 가봐요."

호스티스 중 한 명이 명함 지갑 안에서 명함을 한 장 꺼내서 건넸다.

클럽 젝스에서 나오니 10시가 넘었다. 신주쿠에서 교도까지 급행을 타면 20분쯤 걸린다.

나는 호스티스가 알려 준 바에 가보기로 했다.

복수 67

'다트 바 레그'는 교도 역에서 내려 노다이 로에 면한 빌딩 3층에 있었다.

바 안으로 들어가자, 열 석 규모의 카운터에 세 사람, 탁자석에 여러 젊은이들이 있었다. 다트대가 세 대 설치되어 있는데, 두 연인이 다트를 즐기고 있었다.

나는 비어 있는 카운터 구석 자리에 앉았다.

카운터 안에서 남성이 셰이커를 흔들고 있었다. 아마도 이 남성이 가게 주인이겠지. 아까 전에 호스티스에게서 받은 명함에는 오카다 미쓰히로라고 적혀 있었다. 노리코의 현 남편…….

나는 맥주를 주문하고서 바 안을 자연스럽게 살폈다.

노리코는 가게에 없는 건가? 이 가게의 폐점 시간은 새벽 2시다. 폐점 뒤에 미쓰히로를 미행하여 살고 있는 곳을 확인해야만 한다. 오늘 밤은 집으로 돌아갈 수 없다고 각오를 했다.

잠시 뒤 카운터 안 주방에서 한 여성이 나와 내 눈앞에 안줏거리를 내왔다. 안줏거리라고 하지만 꽤 먹음직스러웠다.

"처음 오셨나요?"

여성이 말을 걸어왔다.

이 여성이 노리코인가? 하지만 37세치고는 조금 늙어 보였다. 그리고 신문기사에 실려 있던 사진과 인상이 어딘가 달랐다.

"아, 예. 요 근처에서 사는데 한번 들러 봤습니다. 이 바는 언제 문을 열었나요?"

그 여성과 잠깐 잡담을 나누며 노리코에 대한 단서를 끄집어내자고 생각했다.

"반년 전에 문을 열었습니다. 자주 들러 주세요."

"실례지만, 부부끼리 운영하고 계신 겁니까?"

내가 묻자 여성이 웃었다.

"밋짱, 우리가 부부로 보인대. 나도 아직 팔팔하지?"

여성이 미쓰히로에게 말했다.

"뭐, 부부가 하고 있는 건 맞습니다만……."

미쓰히로도 그렇게 말하고서 웃음을 참았다.

문이 열리고 사람이 들어왔다.

"노리코, 오늘은 됐다고 했잖아. 무리하지 마."

노리코라는 말에 나는 뒤를 돌아봤다. 두 손에 장바구니를 들고 있는 여성이 가게 안으로 들어왔다.

나는 그 모습을 보고 깜짝 놀랐다.

드디어 노리코를 찾았다. 그녀의 얼굴은 서른일곱이라는 나이가 믿기지 않을 만큼 젊디젊었다.

하지만 쓰요시에게 뭐라고 보고해야 좋을는지…….

"의사 선생님도 조금은 몸을 움직이는 편이 좋다고 했고."

임신복을 입고 있는 노리코가 생긋 웃으며 카운터 안으로 들어갔다.

소파에 앉은 쓰요시는 조사 보고서를 뚫어져라 쳐다보고 있었다.

"마에하타 노리코 씨는 35세인 오카다 미쓰히로 씨와 1년쯤 전에 재혼하여 현재 둘이서 세타가야 구 교도 지역에서 다트 바를 운영하고 있습니다."

조사 보고서에는 다트 바 주소와 두 사람이 거주하고 있는 교도 역 인근의 맨션 주소가 적혀 있다.

그리고 노리코의 생활을 촬영한 여러 사진도 첨부해 놓았다.

"이 남자는 그 여자의 과거를 압니까?"

쓰요시가 고개를 들고 물었다.

"거기까지는……."

아마도 노리코의 과거를 알지 못할 것이다.

그로부터 사흘 연속으로 그 가게를 들렀다. 종업원이나 단골과 이야기를 하면서 여러 사정을 들을 수 있었다.

쓰요시에게 들려주기 망설여지는 내용이었다.

노리코는 죄를 저지른 전과자라는 그늘을 전혀 느낄 수 없을 만큼, 행복으로 가득한 삶을 보내고 있는 듯했다.

다정한 남편과 시누이와 셋이서 가게를 꾸려 나가며 유쾌한 단골들에게 둘러싸여 생기발랄하게 살아가고 있었다. 그리고 그녀의 배 속에는 새 생명이 깃들어 있다.

조사 보고서를 움켜쥔 쓰요시의 손이 덜덜 떨렸다.

내가 굳이 말을 꺼내지 않더라도 행복하게 살아가는 노리코의 사진을 보기만 해도 느낄 수 있으리라.

"그 여자, 임신을 한 겁니까?"

사진을 보던 쓰요시가 노기가 담긴 투로 말했다.

그렇다. 납득은 되지 않겠지만, 노리코의 배 속에는 네 동생이 있다.

하지만 그 말을 내뱉지 않고 속으로 삼켰다.

"다음 달이 출산 예정일이라더군."

노리코의 배 속에는 남자아이가 있다고 한다. 미쓰히로와 단골

들은 아기 이름을 무엇으로 지을지 행복하게 의논하고 있었다.

쓰요시 입장에서는 알고 싶지 않은 사실이리라. 자신의 남동생을 무참하게 죽인 어머니가 행복하게 살고 있다는 사실. 그리고 자신이 저지른 죄의 무게도 모른 채 또다시 새 생명을 기르려고 한다는 사실을.

"네가 협력해 준 덕분에 그 여자를 찾는 게 퍽 편했다. 성공보수는 최저 금액인 5만 엔만 지불해도 돼."

나는 겨우 그 말만을 내뱉을 수 있었다.

"사에키, 잠깐만."

칸막이 밖에서 고구레가 나를 불렀다.

"잠깐 실례."

나는 쓰요시에게 양해를 구하고서 고구레에게 갔다.

"저 청년한테 옵션 상품을 추천하는 게 어때?"

고구레가 말했다.

"옵션?"

나는 의아한 얼굴로 되물었다.

"하야미 씨, 금전적으로 아직 여유가 있는 것 같으니 옵션을 추가해 보지 않겠어요?"

고구레가 쓰요시에게 말을 걸었다.

"옵션……."

쓰요시도 의아하다는 표정으로 고구레를 올려다봤다.

"보통 탐정사무소에서는 조사 대상자의 소재를 확인하거나, 뒷조사를 해서 보고하는 걸로 끝내는데 말입니다. 우리 사무소에서는 더 다양한 서비스를 제공하고 있지요. 의뢰인께서 원하고 있는 걸 대신 해드릴 수 있습니다. 물론 금액은 추가로 상담을 하셔야 되겠지만요."

고구레가 콧수염을 쓰다듬으면서 의기양양하게 말했다.

"내가 원하는 것……."

쓰요시가 중얼거렸다.

"하야미 씨는 이 여성의 현재를 아는 것으로만 만족할 수 있습니까? 사실은 무언가를 바라고 있겠지요. 그걸 앞으로 당신 혼자서 할 수 있을까요? 우리가 도와 드리죠."

고구레가 더욱 부채질했다.

"소장님, 대체 무슨 소릴 하는 겁니까? 어지간히 좀 하시죠!"

나는 고구레를 쏘아봤다.

"사에키. 우리 사무소에 손님이 얼마나 찾아온다고 이러는 건가? 모처럼 찾아온 의뢰인한테 최대한의 서비스를 제공하여 조금이라도 돈을 뜯어내지 않으면 우리 같은 구멍가게 사무소는 금방 망해버린다고."

고구레가 내 귀에 대고 쑥덕거렸.

나 같은 인간을 데리고 있는 건 참 고마우나, 가끔은 이 남자의 콧대를 날려주고 싶다는 충동에 휩싸이곤 한다.

"뭘…… 내가 뭘 원하는지 모르겠어……."

쓰요시가 쥐어 짜내듯이 말했다.

"당신네들은 상상이나 할 수 있을까? 당시에 세 살이었던 나는 집 안에 갇혀 그저 울 수밖에 없었어. 동생인 쓰바사는 더 그랬어. 처음에는 계속 울기만 했지. 하지만 이윽고 울음소리가 잦아들더니 머리를 가눌 수조차 없게 됐어. 난 필사적으로 울었어. 그거 말고는 딴 방법이 없었으니까. 하지만 아무도 구해주러 오지 않았어. 어떻게든 자물쇠를 열려고 했지만, 아직 어렸던 난 그것도 할 수가 없었어. 정신을 차리고 보니 쓰바사는 꿈쩍도 하지 않았어."

쓰요시는 목이 메는 듯했다. 먼 곳을 쳐다보고 있었다. 어두운 눈동자에서 눈물이 번져 갔다.

쓰요시를 쳐다보고 있기가 괴로웠다.

하지만 눈길을 돌리지 않은 것은 탐정이라는 일로 돈을 벌어먹고 사는 내 자신에게 부여된 책임 때문이었다.

내가 조사를 하면 누군가가 괴로워한다. 누군가가 불행해진다.

"난 날마다 썩어 가는 쓰바사를 바라보면서 보냈어. 시체 냄새로 가득한 집 안에서 딱딱한 생쌀을 씹으며, 생쌀이 다 떨어진 뒤에는 주변에 굴러다니는 잡지를 뜯어 먹으면서 악착같이 버텼어. 그래서 질긴 목숨을 이을 수 있었지만……, 동생의 울음소리와 말라비틀어져 가는 동생의 모습이 지금까지도 기억에서 지워지질 않아. 밥을 먹을 때도, 잠을 잘 때도, 애인이랑 함께 있을 때도, 동생을 구해내지 못했다는 죄책감이 나를 괴롭힌다고."

쓰요시는 흐느껴 울고 있었다.

"어째서 마에하타 노리코의 소재를 알아내려고 한 거지?"

나는 물었다.

"나한테는 1년 전부터 사귀던 애인이 있어요. 아주아주 소중한 사람. 피붙이 하나 없는 날 받쳐주고 있는 사람. 2주 전에 애인한테서 임신했다는 얘기를 들었어요. 난 언젠가 그 사람과 가정을 이루고 싶다는 생각으로 사귀고 있었지만, 임신했다는 말을 들은 순간에 돌연 무서워졌어요. 내가 자식을 키울 수가 있을까 하고. 흔히들 그러잖아요……. 부모의 애정을 받지 못하고 자란 아이는 자기 자식한테도 애정을 쏟지 못한다고. 그때, 이 탐정사무소 전단지를 보게 됐어요."

쓰요시가 한시라도 빨리 노리코의 소재를 알아봐 달라고 부탁한 건 이런 이유 때문이었나?

노리코를 찾아내기는 했지만, 안타깝게도 그의 고민이 해소될 것 같지 않았다.

"내가 가장 바라는 건 그 여자한테 복수하는 거예요. 동생을 죽이고, 나를 이 지경으로 만든 그 여자가 행복하게 지내다니, 절대로 용서 못 해요. 자기가 저지른 죄를 잊고서 행복하게 살아가려는 그 여자를 절대로 용서할 수 없어요. 그 여자가 불행의 구렁텅이 속에 빠지거나, 어디 길거리에서 비명횡사라도 한다면 이 응어리가 조금은 풀릴지도 모르죠. 하지만……."

"가장 손쉽게 복수를 하려면……, 마에하타 노리코가 과거에 저질렀던 범죄를 주변 사람들한테 폭로하는 수가 있겠군요. 남편이나 주변 사람한테 신문기사 복사본을 뿌려서 말이죠. 하나 법에 저촉될 가능성이 있으니 돈이 꽤 나갈 테지만."

고구레의 제안을 듣고 나는 인상을 찌푸렸다.

"그딴 걸로 그 여자의 죄가 씻어질 것 같습니까!"

쓰요시가 고함을 내질렀다.

그는 지금쯤 무슨 생각을 하고 있을까?

결국 쓰요시는 답을 내놓지 않은 채 힘없이 돌아갔다.

그의 마음속을 어지럽히는, 억누를 수 없는 그 감정을 나는 아플 만큼 잘 안다.

범죄 피해자가 가장 괴로운 순간은 가해자가 행복하게 살고 있음을 알았을 때다. 가해자가 자신이 저질렀던 범죄를 눈곱만치도 반성하지 않았음을 깨달았을 때다.

그럴 때는 증오의 불꽃에 기름을 들이부은 것처럼 마음속이 격렬하게 날뛴다.

딱 지금의 나처럼…….

눈앞에 있는 컴퓨터 화면에 어떤 홈페이지가 떠 있다. 최근에 문을 연 라면 가게 홈페이지다.

문을 연 지 얼마 안 되었지만 장사가 꽤 잘 되는 모양이다. 홈페이지 게시판에도 수많은 글들이 올라와 있었다. 가게 주인은 홈페이지를 통해 손님을 감동시키는 요리를 만들고자 얼마나 고생을 하는지 홍보하고 있었다.

감동……. 그 단어를 보니 속이 뒤집히는 것만 같았다.

톱 페이지에는 가게 앞에서 자신만만한 얼굴로 서 있는 주인의 사진이 실려 있었다.

다도코로 겐지.

내 유일한 누나를 죽인 패거리 중 하나다.

탐정사무소에서 일하기 시작한 뒤로 나는 일하는 짬짬이 유카리 누나를 죽인 녀석들의 행방을 추적해 왔다. 그리고 드디어 패거리 중 하나인 다도코로의 소재를 알아냈다.

드디어 찾았다…….

나는 화면 속 다도코로의 얼굴을 노려봤다.

네놈은 형무소에 잠깐 들어갔다 나온 것으로 누나에게 저질렀던 악행의 죗값을 다 치렀다고 생각하는 건가? 그래서 아무 일도 없었다는 듯이 앞으로 그렇게 활개를 치며 살아갈 작정인가? 그건 내가 절대로 용서 못 하지.

이 남자를 어떻게 해줄까…….

휴대전화가 울려 제정신을 차리니 다도코로의 사진을 향해 손가락질을 하고 있었다. 고구레가 나에게 자주 하는 버릇이다.

"옵션을 부탁하고 싶은데요."

전화를 받으니 쓰요시가 감정을 억누르는 듯한 목소리로 말했다.

"내가 뭘 해주면 될까?"

나는 물었다.

"내일 하루, 날 미행해 줬으면 해요."

"무슨 뜻이지?"

"내일 그 여자가 어떻게 사는지 직접 보러 갈 작정입니다. 근데 그 여자를 두 눈으로 보면 무슨 짓을 저지를지 내 자신도 모르겠어요."

"네가 무슨 짓을 저지를 것 같으면 나서서 말려 달라는 건가?"

"아뇨, 난 내일 하루 스스로의 감정과 싸울 겁니다. 당신이 보고 있는 걸 아는데도 무슨 짓을 저지른다면 그냥 내버려 두면 안 되겠습니까?"

"알았다……."

나는 전화를 끊었다.

이튿날 아침, 나는 후카야 시에 소재한 어느 회사 기숙사 앞에서 쓰요시가 나오기를 기다렸다.

8시 무렵에 쓰요시가 나왔다. 순간 그는 내 존재를 확인했지만, 그 이후로 일절 신경 쓰지 않고 묵묵히 역으로 향했다.

나는 10미터쯤 간격을 두면서 쓰요시의 뒤를 따라갔다.

어쩐지 기분이 묘했다. 미행당한다는 걸 이미 아는 상대를 계속 미행하는 일은 나로서도 첫 경험이었다.

쓰요시는 후카야 역에서 전철을 타서 교도 역에서 내렸다. 곧장 노리코가 살고 있는 맨션으로 향했다.

쓰요시는 캔 커피를 마시면서 주변을 배회했다. 그리고 이따금 맨션 베란다를 쳐다봤다. 몇 시간씩이나 그런 행동을 되풀이했다.

그는 대체 무슨 생각을 하고 있을까?

자신의 마음과 싸우겠다고 했다. 그 여자에게 복수를 하고 싶다고도 했었다.

나는 오늘 하루가 어떤 형태로 끝을 맺을지 불안해하면서 쓰요시를 지켜봤다.

가급적이면 그가 불행해지지 않기를 바랐다.

맨션 출입구 쪽을 쳐다보고 있던 쓰요시의 표정이 바뀌었다. 노리코가 나온 것이다. 그녀는 불룩한 배를 안으면서 천천히 역 쪽으로 걸어갔다. 쓰요시는 노리코와 간격을 두면서 걷기 시작했다. 나는 그보다 더 뒤에서 미행했다.

노리코는 역 인근에 있는 산부인과에 들어갔다. 쓰요시는 도로 반대편에서 병원 간판을 쳐다보고 있었다.

병원에서 나온 노리코는 역 앞 대형 슈퍼에 들렀다. 영유아 의류 매장을 둘러보고, 유모차도 살펴봤다.

역시나 이런 곳에서 어슬렁거리는 건 수상쩍게 보일 것 같다고 여겼는지 쓰요시는 노리코와 꽤 거리를 두었다.

　노리코는 1층에 있는 찻집에 들어갔다. 잠시 뒤 남편인 미쓰히로가 와서 노리코의 맞은편에 앉았다. 노리코는 산모수첩을 보여 주면서 남편과 즐겁게 담소를 나눴다.

　쓰요시는 조금 떨어진 자리에서 커피를 마시는 중이었다. 나 역시 그와 조금 떨어진 곳에 있었지만, 쓰요시의 시선이 무엇을 바라보고 있는지 알 수 있었다.

　쓰요시는 노리코의 부푼 배를 지그시 쳐다보고 있었다.

　표정은 없었다.

　무슨 생각을 하고 있을까? 그 옛날 어머니 배 속에 있었을 때의 온기를 상상하고 있는 걸까? 아니면 동생 쓰바사를 배고 있었던 어머니에 대한 기억을 더듬고 있는 건가? 그런 감상 따윈 요만큼도 존재하지 않고, 증오만을 품고 있는 건가?

　나는 지금 쓰요시가 무슨 생각을 하는지 짐작할 수가 없었다.

　노리코와 미쓰히로는 찻집에서 나와 함께 식재료 등을 구입한 뒤 다트 바 레그에 들어갔다.

　개점 시간은 6시다. 시간을 죽이고자 쓰요시는 근처에 있는 라면 가게에 들어갔다. 하지만 식욕은 없는 듯했다. 덮밥에는 젓가락을 대지 않고, 그저 바라만 보면서 무언가 골똘히 생각했다.

　7시가 되자 쓰요시는 다트 바 레그에 들어갔다. 나는 10분쯤 뒤에 바에 들어갔다.

　쓰요시는 혼자 탁자석에 앉아 맥주를 홀짝거리면서, 어떤 손님이 즐기는 다트를 멍하니 쳐다보고 있었다.

　노리코와 마주 보고서 카운터에 앉는 것은 내키지 않겠지.

"사에키 씨, 안녕하세요."

주인인 미쓰히로가 말을 걸어왔다.

여러 날 와서 그런지 그는 내 얼굴과 이름을 기억하고 있었다.

나는 카운터에 앉아 맥주를 시켰다.

카운터에는 요전에 왔을 때에도 있었던 단골 다섯 명이 앉아 있었다. 노리코와 미쓰히로를 둘러싸며 즐거운 듯 떠들고 있다. 화제는 저번처럼 태어날 아기에 대해서였다. 큰 소리로 이야기하고 있으니 쓰요시의 귀에도 들릴 터였다.

쓰요시가 어떤 표정을 짓고 있을지 마음이 쓰였다. 하지만 자꾸 돌아보면 부자연스럽기에 참았다.

노리코가 카운터에서 나와 쓰요시가 앉아 있는 탁자로 향했다.

나는 자연스럽게 뒤를 돌았다.

잔이 비어 있는 쓰요시에게 더 시킬 게 없는지 물어보러 간 것 같다.

나만이 느끼고 있는 걸 테지만, 그 광경을 보고 있으니 팽팽한 분위기 때문에 숨이 턱턱 막혔다.

하지만 쓰요시는 이상한 행동을 전혀 하지 않았다. 평범하게, 맥주를 한 잔 더 시켰다.

30분쯤 뒤에 의자를 끄는 소리가 들렸다. 쓰요시는 일어서서 카운터 옆에 있는 계산대로 향했다.

지갑을 꺼내 노리코에게 술값을 치렀다.

"감사합니다. 또 오세요."

노리코가 웃으며 말했다.

쓰요시는 노리코의 배를 가리키고는 무슨 말을 두어 마디 했다.

그 순간, 노리코의 표정이 딱딱하게 굳어 버렸다. 그녀는 창백해진 얼굴로 쓰요시를 쳐다봤다.

하지만 쓰요시는 그런 노리코의 시선을 무시하듯 바에서 나가 버렸다.

노리코는 손을 배에 대면서 제자리에 웅크리고 앉았다.

"왜 그래?"

노리코의 모습에서 심상치 않은 낌새를 느꼈는지 미쓰히로가 걱정스러운 목소리로 말을 걸었다.

주변 단골들도 걱정스럽게 노리코를 쳐다봤다.

노리코는 구역질이 났는지 손으로 입을 가리면서 화장실로 뛰어갔다.

나는 계산을 끝내고 바에서 나왔다.

교도 역 앞에 쓰요시가 서 있었다. 다가오고 있는 나를 쳐다보고 있었다.

"그 여자한테 뭐라고 했지?"

나는 물었다.

"앞으로 태어날 아이가 남자애라면 틀림없이 쓰바사, 내 동생의 환생일 거라고……."

쓰요시가 나직이 대답했다.

나는 쓰요시를 쳐다봤다.

그녀에게는 잔혹한 말이었을지도 모른다. 태어날 아이를 볼 때마다 틀림없이 자신이 죽인 쓰바사를 떠올리고야 말 것이다. 노리코에게 길고긴 속죄의 나날이 이제부터 시작되는 것이다.

"그 여자가 기억 속에서 결코 쓰바사를 지울 수 없게 만든다……. 이게 내 복수입니다."

어느 누구에게도 그 복수가 옳다 그르다 나무랄 권리는 없다.

"오늘 옵션 요금은 당장 내일에라도 입금해 드릴게요."

"이건 서비스야."

나는 대답했다.

"방금 전에 애인한테 만나자고 문자를 보냈습니다. 할 말이 있다고……."

나는 쓰요시의 눈동자를 쳐다봤다.

더는 탁하지 않은 그 눈동자에는 이제부터 한 아이의 아버지가 되겠다는 결심이 흘러넘치고 있었다.

"이제 만날 일은 없겠지만, 고마웠습니다."

쓰요시는 고개를 숙이고서 개찰구 안으로 들어갔다.

나는 한잔 더 하고 싶어져서 역 앞 번화가 속으로 녹아들었다.

제3장

유품

라면 가게에서 검은 점퍼를 입은 남자가 나왔다.

그 광경을 목격한 나는 탁자 위에 있는 전표를 들고 계산대로 향했다. 급히 패밀리 레스토랑에서 나오자 반대쪽 인도를 걷는 남자의 뒷모습을 포착할 수 있었다.

남자는 역 쪽으로 난 길을 걸어갔다.

나는 반대쪽 인도에서 남자의 뒤를 서서히 뒤쫓았다. 손목시계를 봤다. 밤 11시가 넘었다.

오늘은 오랜만에 맞이한 휴일이었다. 내가 몸을 담고 있는 탐정 사무소에는 딱히 정해진 휴일이 없다. 쉴 수 있는 건 의뢰, 즉 일이 없을 때뿐이다. 더군다나 일이 없을 때에도 혹시 올지 모를 손님을 맞이해야 하니 사무소에 있어야만 한다. 소장인 고구레는 사람을 혹독하게 부려 먹는다.

다음에 언제 쉴 수 있을지 기약이 없다. 오늘이야말로 저 남자……, 다도코로 겐지가 어디에서 사는지 밝혀내고야 말겠다.

다도코로는 역 앞에 있는 어느 은행에 들렀다. 야간금고에 매상을 넣어 두려는 모양인지 보조가방을 맡기고는 무사시사카이 역으로 들어갔다.

주오 선 전철 안은 취객이 내뿜는 술 냄새로 가득했다.

다도코로는 손잡이를 잡고서 만화 잡지를 읽고 있었다. 나는 다도코로에게서 고개를 돌려 창에 비친 그의 모습을 노려봤다.

유카리 누나를 죽인 남자가 지금 내 눈앞에 있다.

폭발해 버릴 것 같은 감정을 필사적으로 억눌렀다.

그 사건을 벌였던 당시에 열일곱 살이었던 다도코로는 올해 서른두 살이 됐다. 상고머리와 처진 배를 보니 40대로 보였다.

내 누나를 죽였던 남자가 만화를 읽으면서 깔깔 웃고 있다.

다도코로는 기치조지 역에서 내렸다.

나는 인파에 뒤섞여 다도코로를 쫓아 역 밖으로 나왔다. 다도코로는 역 앞 복합빌딩 엘리베이터에 탔다. 엘리베이터가 멈춘 층과 간판을 확인했다. 다도코로는 4층에 있는 '레이디 조커'라는 카바레 클럽에 들어갔겠지.

나는 엘리베이터 버튼을 눌렀다. 카바레 클럽에 들어가 남자 종업원의 안내를 받아 자리에 앉자마자 어두컴컴한 실내에서 다도코로의 모습을 찾았다. 조금 떨어진 자리에 다도코로가 있다. 세 여자 도우미에게 둘러싸여 있는데, 탁자 위에는 비싸 보이는 술이 놓여 있었다.

"어서 오세요."

내 옆에 하루카라는 이름의 여성이 앉았다.

물을 탄 묽은 양주를 홀짝거리면서 하루카와 시시한 잡담을 나눴다.

하루카에게 고개를 돌리고 있어도 의식은 언제나 다도코로 쪽을 향했다.

"사에키 씨는 무슨 일 해요?"

하루카가 물었다.

"공무원."

내가 대답하자 하루카가 "무슨 공무원?" 하고 또 물었다.

"경찰."

내가 말하자 하루카는 "거짓말." 하고 웃었다.

나와 이 여자 사이에서 이 이야기는 농담이 돼 버렸다.

"저 손님은 씀씀이가 좋네."

다도코로 쪽으로 턱짓을 했다.

"아아, 다도코로 씨……. 무사시사카이에서 라면 가게를 한대. 꽤 인기를 끄는지 잡지 같은 데에서도 자주 나와."

"오호, 유명인이었군."

나는 다도코로에게 차가운 시선을 보냈다.

"근데 난 저 사람 좀 별로야."

"왜?"

"왜냐면 돈만 있으면 여자를 안을 수 있다고 생각하거든."

"그렇구만."

남자 종업원이 다가와 곧 문을 닫을 시간이라고 말했다. 나는 지갑을 꺼내 술값을 치렀다. 다도코로를 보니 소파에서 기다리고 있었다. 잠시 뒤 사복으로 갈아입은 아까 그 도우미가 다도코로 곁으로 다가갔다. 이윽고 둘은 가게에서 나갔다. 애프터를 하러 가는 길이리라.

"사에키 씨는 애인 있어?"

"아니, 없는데."

"나, 사에키 씨 같은 사람이 이상형이야."

하루카가 손을 뻗어 내 손을 잡았다.

"고맙군."

나는 하루카를 보고 빙긋 웃었다.

"또 놀러 와요."

나는 일어서서 가게에서 나갔다.

"우와, 시즈오카에서 일부러 이렇게 먼 걸음을 하신 겁니까?"

고구레 소장이 몸을 앞으로 내밀며 물었다.

나는 눈앞에 있는 여성을 쳐다봤다. 의뢰인은 마쓰바라 야요이라고 이름을 댔다. 조사 의뢰서에는 서른네 살로 기재되어 있는데, 조금 더 늙어 보였다. 하지만 결코 노안은 아니었다. 화장기 없는 창백한 얼굴과 수수한 옷차림 때문에 그리 보이는 것이다.

"시즈오카는 참 좋은 고장이죠. 저도 소싯적에는 자주 가봤는데, 요즘에는 통 가보질 못해서."

고구레는 지방에서 조사 의뢰가 들어오면 눈을 반짝인다. 평소에는 나에게만 조사를 떠밀면서 이럴 때는 지방 조사라며 따라오는 것이다. 물론 일 따윈 하지 않는다. 의뢰인이 지불한 경비로 유흥가에서 흥청망청 마시고 돌아다닐 뿐이다.

"조사 대상자는 마쓰바라 후미히코라고 되어 있는데, 혹시 가족입니까?"

고구레가 폭주하기 전에 나는 그렇게 물었다.

"일단, 남동생이긴 한데……."

그 이름을 입에 담는 걸 꺼리는 듯한 그 말투가 마음에 걸렸다.

"동생분의 행방을 찾는 데 도움이 될 법한, 뭔가 단서 같은 건 없습니까?"

내가 물으니 야요이는 핸드백 안에서 봉투를 꺼냈다.

"1년 전쯤에 친척한테 보냈던 편지예요. 아마 여기에 있지 않을까 싶습니다."

나는 봉투를 받아 보낸 사람을 살펴봤다. 사이타마 현 한노 시…….

"간토 지방에 있는 탐정사무소에 맡기는 편이 좋겠구나 싶어서 인터넷으로 찾아보고 이리로 왔습니다."

옆에서 고구레가 봉투를 들여다보더니 나에게만 들릴 만큼 살짝 한숨을 내쉬었다. 출장 여행은 물 건너갔다.

"이 주소에 가보셨습니까?"

"아뇨, 가보지는 않았습니다."

나는 야요이를 쳐다봤다.

살고 있는 곳을 안다면 일부러 돈을 지불해 탐정을 고용할 필요 따윈 없지 않은가?

"만나고 싶지 않습니다."

내가 의문을 품고 있음을 짐작했는지 야요이가 말했다.

"만나고 싶지 않다?"

"전하고 싶은 말은 있지만, 만나고 싶진 않아요."

야요이가 입술을 꾹 다물었다.

"제 어머니는 암 말기라서 오늘내일하시는 상태예요. 가케가와 시내에 있는 병원에 입원하고 계신데, 동생한테 그 사실을 전하고서 병원까지 데리고 와주셨으면 합니다."

"하지만 사정이 그렇다면 생판 남인 우리보다 누나가 직접 전하는 편이······."

"사에키, 뭐 어떤가. 우리가 전해드려도 되잖나."

고구레가 말참견을 했다.

"그럼······. 조사 기본요금으로 30만 엔, 여기에 성공보수와 가케가와에 있는 병원까지 동행하는 옵션과 실비를 다 합하면 대략 이 정도쯤 되지요."

고구레는 탁자 위에서 계산기를 두드려 야요이에게 보여 줬다.

나는 야요이를 지그시 쳐다봤다.

"동생이랑 만나는 게 무서워서 그래요."

야요이는 그 말을 내뱉고는 핸드백에서 종이를 꺼내 책상 위에 뒀다. 신문기사 복사본이었다.

"실례합니다."

나는 종이를 들고 눈으로 쓱 훑었다.

15년 전에 시즈오카 현 누마즈 시내에서 벌어진 강도살인사건 기사였다. 혼자 사는 여대생 집에 어떤 남자가 침입해 여성을 폭행하다가 끝내 죽이고는 금품을 빼앗아 도주했다. 범인은 인근 고등학교에 다니는 18세 고등학생이었다. 신문기사에는 소년A라고 적혀 있었다.

어째서 야요이가 간토 지방의 그 수많은 탐정사무소 중에서 이렇게 하찮은 곳을 택했는지 이해가 갔다.

이 탐정사무소에서는 불륜 조사와 실종자 조사 외에 범죄 전과자 조사도 맡고 있다. 이것은 고구레의 아이디어로, 사무소 홈페이지에도 큼지막하게 걸려 있다.

기사를 보니 씁쓸한 기억이 치밀어 올랐다. 나는 고개를 들었다.

"동생이에요……."

야요이가 중얼거렸다.

"동생인 후미히코는 경찰에 체포되어 재판을 받았습니다. 징역 12년 형을 선고받고서 사이타마 현에 있는 소년형무소에 들어갔지요."

후미히코는 유카리 누나를 죽였던 놈들과 마찬가지로, 가정재판소에서 검찰로 송치되었으리라.

"5년쯤 전에 후미히코의 가석방을 앞두고 저와 어머니한테 신원 인수인을 맡아 달라는 요청이 있었지만 거절했습니다. 형무소에서 후미히코가 나오는 걸 제가 완고하게 거부했거든요."

신원 인수인이 없다면 가석방 허가가 떨어지지 않는다. 후미히코는 형무소에서 만기까지 복역했으리라.

하지만 신원 인수인 요청을 거부한 야요이의 마음도 이해할 수 있었다.

15년 전이라는 것은 후미히코의 먹잇감이 되었던 여대생과 야요이가 같은 또래였다는 뜻이다. 설령 동생일지라도 여자를 폭행하여 죽인 남자를 용서할 수는 없으리라.

"어머니는 당신 여생이 얼마 남지 않았다는 걸 알고 계세요. 그 사건이 벌어지고 15년 동안, 어머니도 저도 정말로 고생했어요. 왜 이제 와서 후미히코와 만나고 싶어 하시는 건지 저는 전혀 이해가 안 됩니다. 그래도 그게 어머니의 마지막 부탁이니 어쩔 수 없죠."

"편한 일이잖아?"
고구레가 내 어깨를 툭툭 두드리며 말했다.
"편……하다고요?"
나는 우울한 기분을 숨기지 않고 대답했다.
"조사 대상자의 1년 전 주소를 알고 있잖아. 설사 지금은 거기 없다고 해도 행적을 쫓는 건 그리 어렵지 않을걸."
고구레의 말대로 후미히코의 현재 소재지를 확인하는 건 그리 어렵지 않을지도 모른다. 문제는 후미히코의 소재를 확인한 다음이리라. 어머니의 여생이 얼마 남지 않았다는 말을 듣더라도 후미히코는 순순히 어머니를 만나러 갈 것인가?

후미히코는 친척에게 보내는 편지에 염치없이 돈을 달라고 적어 놓았다. 신원 인수인조차 돼주지 않는 어머니와 야요이에게 부탁해 봤자 소용없다고 생각했을 터였다. 후미히코는 자신에게 야박하게 군 피붙이에게 원한을 품고 있을지도 모른다.

그 이상으로 후미히코라는 인간과 대면해야만 한다는 사실이 몹시도 혐오스럽다.

후미히코는 유카리 누나를 죽였던 범인들과 같은 부류의 인간이리라.

나는 우울한 마음을 질질 끌면서 자동차 열쇠를 들고 사무소에서 나왔다.

복합빌딩 계단을 내려갔다. 우편함이 늘어선 출입구 쪽을 보고 멈춰 섰다. 우편함을 쳐다보고 있던 한 여성이 돌아봤다.

엔도 리사였다.

리사의 눈을 본 순간, 내 뺨에 묵직한 통증이 되살아났다.

호소야 히로후미의 재판을 방청하러 갔을 때, 리사는 내 뺨을 후려쳤다.

그때, 리사에게 내 명함을 건넸다. 그녀는 그 자리에서 명함을 찢어 버렸는데, 탐정사무소 상호를 기억하고 있었던 모양이다.

대체 무슨 용건으로 나를 찾아온 거지?

"시간을 조금만 내줄 수 있을까요?"

리사가 말했다.

정중한 말투였으나, 그때 나에게 보냈던 그 적의는 변함없는 듯했다.

"역시나 아버님을 살해한 녀석을 조사하고 싶어졌나? 하지만 바가지요금을 뜯어내니 이 사무소에는 의뢰하지 않는 편이 좋아."

"아니에요."

리사가 날카롭게 쏘아본다.

"그이 부탁을 받고 온 거예요."

주차장까지 걸어갔다. 리사는 반걸음 뒤에서 따라왔다.

"그이와 만나 주면 안 될까요?"

리사의 말을 듣고 발걸음을 멈췄다.

그녀가 말하는 그이는, 사카가미 요이치를 가리키는 거겠지.

나에게 어떻게 복수를 할지 방법이라도 떠오른 건가?

"미안하지만, 일이 있어서."

나는 주차장에 들어가서 사무소 차량인 코롤라로 향했다.

"도망치는 건가요?"

"도망?"

나는 리사에게 고개를 돌렸다.

"당신은 일 때문에 그이에게 접근했을지도 모르겠지만, 아주 방관자만은 아니에요."

방관자는 아니다. 리사의 말을 들을 것도 없이 이미 잘 안다.

"당신이 호소야 씨한테 들려줬던 그 말은 법으로 처벌할 수 없을지도 몰라요. 하지만 당신은 눈을 돌려서는 안 되지 않나요? 지금 그이의 모습, 호소야 씨의 모습 말이에요. 그걸 보지 않고 그저 일을 했을 뿐이라고 변명하는 건 비겁해요."

리사는 나를 도망치게 놔두지 않겠다는 눈빛을 하며 그 말을 내뱉었다.

차 안에 묵직한 침묵이 흘렀다.

리사는 핸드백에서 휴대전화를 꺼내 어디론가 전화를 걸었다.

"요이치…… 나예요……. 사에키 씨를 곧 병원으로 데리고 갈 거예요."

사카가미와 전화를 하고 있는 듯하다.

나는 리사의 옆모습을 힐끔 쳐다봤다.

리사는 전화로 사카가미에게 몸 상태와 뭔가 필요한 게 없는지 물어봤다.

사람을 죽였던 과거가 모조리 드러났는데도 애인에게 이토록 사랑을 받고 있는 사카가미가 너무 부러워서 가증스러웠다.

　지금 나에게 그런 사람은 없다. 나는 고독하다.

　몇 번인가 연애도 했었다. 하지만 언제나 길게 지속되질 않았다. 상대가 좋아지면 좋아질수록 나는 도망칠 궁리만 했다.

　이유가 무엇일까?

　유카리 누나의 사건이 내 마음에 커다란 상흔을 남겼기 때문일까?

　상대에게 빠지면 빠질수록 그 상실이 너무나도 두려워진다. 또다시 소중한 사람을 잃는 순간을 목격하고 싶지 않기에 스스로 놓아버리고 마는 것인가?

　소중한 사람을 안으려고 하면 유카리 누나가 죽음의 순간에 느꼈을 굴욕을 절로 상상하게 되고, 그래서 몸이 반응하지 않은 적이 왕왕 있었다.

　그 이후로 나는 흥미 없는 여자밖에 안을 수 없게 됐다.

　나는 제 자신이 고독한 인간임을 자각하고 있기에 사카가미가 가증스러웠다.

"여기예요."

　병실 앞에 도착하자 리사가 말했다.

　나는 노크를 하고서 문을 열었다.

　문을 여니 침대 위에서 사카가미가 총구를 이쪽으로 겨누고 있었다.

　몸이 굳는 동시에 픽, 하는 소리와 함께 이마에 통증이 일었다. 둥근 플라스틱 구슬이 리놀륨 바닥에서 굴러 다녔다.

"앙갚음이다."

사카가미가 훗, 하고 웃었다.

나는 웃을 기분이 아니었다. 병실 안으로 천천히 발을 내디뎠다.

"리사, 고마워. 이제 돌아가 주겠어?"

사카가미가 리사에게 말했다.

뒤를 돌아보니 리사는 울먹이는 눈동자로 문을 닫았다.

"나한테 무슨 용건이지?"

나는 사카가미에게 말했다.

"심심해서 불렀을 뿐이야. 몸이 이 지경이 돼서 아무도 놀아주질 않거든."

사카가미가 쓴웃음을 짓는다.

"애인한테 놀아달라고 하면 되잖나?"

"리사는 이제 내 애인이 아냐. 내가 헤어지자고 했거든."

"바보 아냐?"

나는 말했다.

"짐이 되고 싶지 않아."

사카가미가 이불 속에 감춰져 있는 하반신을 두드렸다.

"내가 아니더라도 리사한테는 병약한 어머니가 계셔."

나는 묵묵히 사카가미를 쳐다봤다.

"리사한테서 들었어. 네가 호소야 겐타의 부모한테 날 용서해서는 안 된다고 했다며? 그때, 넌 내 어떤 모습을 봤어야 용서할 마음이 들었을까?"

사카가미가 물었다.

나는 곧바로 대답할 수가 없었다.

"말을 바꿔 보지. 나는 어떻게 해야 호소야 겐타와 그 부모한테서 용서를 받을 수 있나?"

사카가미의 그 말은 의외였다. 사카가미는 자신을 칼로 찔러 반신불수로 만든 호소야를 증오하지 않는 건가?

"왜 그걸 나한테 묻지?"

사카가미가 침대 옆에서 봉투를 꺼내 내 쪽으로 던졌다.

봉투 겉면에는 분쿄 종합 탐정사무소라고 적혀 있었다. 안에는 파일이 들어 있었다. 파일을 열어 보고서 나는 눈썹을 찡그렸다.

15년 전 유카리 누나의 사건이 실린 신문기사 복사본이 끼워져 있었다.

"지인한테 알아봐 달라고 부탁했어."

"나한테 직접 물어봤으면 됐을 것을."

"너한테 물어본들 15년 전에 누나가 남자들한테 능욕을 당하고 죽었다는 소리가 나오지는 않았겠지. 이 조사 결과를 보니 멍청한 한 순경이 왜 검거한 폭행범의 입안에 권총을 쑤셔 넣었는지 이해가 되더군. 네 안에는 나 같은 범죄자를 향한 증오가 넘쳐흐르고 있겠지."

"그게 뭐 어쨌다는 거지?"

"넌 나를 향해 보이지 않는 총을 겨누고서 방아쇠를 당긴 거야……."

그렇다. 나는 마음속으로 이 남자에게 총을 겨누고 방아쇠를 당겼다.

"너라면 아까 그 질문에 대답을 할 수 있지 않나?"

"안타깝지만, 나한테 물어봤자 그건 답이 아냐. 기회가 있다면 호소야 씨한테 한번 물어보지그래? 나라면 소중한 사람을 빼앗은 녀석들을 절대로 용서 안 해."

"호소야의 부모가 의뢰를 한 시점에서 네 답은 이미 정해져 있었던 건가?"

사카가미가 나를 쳐다봤다.

"그럴지도……."

나는 고개를 끄덕이고서 병실에서 나갔다.

병실에서 나오자 문 근처에 서 있던 리사와 눈이 마주쳤다.

"엿들을 생각은 없었는데……."

리사가 중얼거렸다.

"당신의 마음속에는 늘 증오의 불길이 이글거리고 있나요?"

리사가 쳐다본다. 올곧은 시선이었다. 리사의 눈을 보고 있으니 뒤이어 나에게 들려주고 싶은 말이 무엇인지 상상이 됐다.

'당신은 가엾은 사람이네요……'

분명히 그렇게 말하고 싶으리라.

하지만 리사는 나를 쳐다보기만 할 뿐 그 말은 내뱉지 않았다.

나는 리사의 시선에서 도망치듯이 병원 출구로 향했다.

나는 껄끄러운 마음으로 차에 올라타고는 사이타마 현 한노 시로 향했다.

편지에 나온 주소를 찾아가니 한노 역에서 차로 10분 거리에 있는 아파트가 나왔다.

아파트 앞 도로에 차를 세우고서 건물을 올려다봤다. 지어진 지 꽤 오래된 듯한 낡은 건물이다.

이 아파트에 아직도 후미히코가 살고 있을까?

나는 차에서 내려 1층에 설치되어 있는 우편함을 살펴봤다. 편지에 적힌 202호실의 거주자는 '스가이'였다.

나는 계단을 올라 202호실 초인종을 눌렀다. 몇 번인가 누르니 문이 반쯤 열리고, 그 안에서 자다 깼는지 눈이 흐리멍덩한 남자가 얼굴을 내밀었다.

"뭐요?"

30대 후반으로 보이는 남자가 괴이쩍다는 얼굴로 물었다.

나는 현재 후미히코의 얼굴을 알지 못한다. 야요이가 보여 준 것은 15년 전 사진이었다. 눈앞에 있는 인물이 후미히코일 가능성도 부정할 수 없다.

"여기에 마쓰바라 후미히코라는 분 안 계십니까?"

내가 묻자 남자는 고개를 가로저었다.

"당신, 마쓰바라랑 아는 사이인가?"

남자가 되물었다. 아무래도 이 남자는 마쓰바라가 아닌 모양이다. 이름을 물으니 스가이라고 답했다.

"마쓰바라 씨를 찾아 달라는 가족의 의뢰를 받아서."

나는 솔직하게 말하고서 후미히코가 친척에게 보냈던 편지를 스가이에게 내보였다.

"반년 전까지 여기서 살았는데, 내쫓았어."

스가이가 말했다.

"실례지만, 마쓰바라 씨와 어떤 관계죠?"

내가 묻자 스가이는 조금 머뭇거리며 말을 흐렸다.

"물론 당신한테 민폐를 끼치는 일은 절대로 하지 않을 겁니다."

스가이는 어쩔 수 없다는 표정으로 입을 열었다.

스가이와 후미히코는 갱생보호시설에서 알게 되었다고 한다. 갱생보호시설이란 형무소나 소년원에서 나왔지만 신원 인수인이나 돌아갈 곳이 없는 사람들을 임시로 보호하는 시설이다.

스가이는 시설 안에서 지내면서 일자리와 살 곳을 얻을 수 있었다. 하지만 시설에 입소할 수 있는 기간이 반년밖에 되지 않는데도, 후미히코는 좀처럼 살 곳도, 일자리도 찾지 못했기에 그는 이 집에서 잠깐만 지내라고 했다고 한다.

"근데 그 녀석이 일을 찾을 생각은 통 하질 않고, 도리어 내 지갑에서 몰래 돈을 빼 써서 쫓아내 버렸어."

"지금 그 사람은 어디에 있을까요?"

"글쎄. 소문을 들으니 가마타 인근 PC방을 배회하면서 하루벌이로 살고 있다던데. 본인한테 물어보면 되잖아."

스가이는 후미히코의 휴대전화 번호를 알려 주었다.

"지금도 이 전화를 쓰는지 어떤지는 모르겠지만."

"사진 같은 건 없습니까?"

내가 묻자 스가이는 집 안을 뒤져 사진 한 장을 내밀었다. 어느 술집에서 찍은 사진인 듯했다.

사진을 본 순간 등줄기가 불쾌하게 오싹해졌다.

사진 속에서 후미히코가 노려보고 있었다. 세상에 등을 돌리고 모든 것을 증오하는 눈빛이었다. 사진인데도 이 남자의 흉포함을 엿볼 수가 있었다. 야요이가 맡긴 소년 시절의 사진 속에서는 그런 기색조차 보이지 않았다.

"꼭 돌려 드릴 테니 잠시 빌릴 수……."

"가져요. 필요 없으면 그냥 버리고요."

나는 스카이에게 고마움을 표하고서 자동차로 돌아갔다. 당장 후미히코의 휴대전화에 연락을 넣어 봤다. 아무도 받지 않았다.

후미히코와 연락이 닿은 것은 그로부터 일주일 뒤였다.

나는 가마타 역 근처에 있었다. 요 일주일 동안에 가마타 역 인근 PC방을 배회하면서 후미히코의 모습을 찾았다.

"난 사에키라고 합니다. 탐정사무소 직원인데, 누님의 의뢰를 받고 당신을 찾고 있는 중입니다. 만날 수 없겠습니까?"

내가 말하자 후미히코는 가마타 역 인근의 PC방에 오라고 지정했다.

후미히코가 지정한 PC방에 가서 개인실 문을 두드리자 안에서 문을 열었다.

"미안한데 돈 좀 빌려줄 수 없나? 안 그러면 여기서 나갈 수가 없는데."

소파에 거만하게 앉은 후미히코가 쏘아보듯 나를 쳐다봤다. 구역질이 나는 시선이었다. 경찰 재직 시절에 수많은 인간들과 얽혀 왔던 시선과 닮았다.

후미히코의 탁한 눈동자를 보고서 야요이가 맡긴 의뢰를 수행하기가 무척이나 어렵겠다고 느꼈다.

나는 후미히코에게 2만 엔을 빌려줬다. 후미히코는 그 돈으로 PC방 요금을 치른 뒤 함께 나왔다.

"새삼스레 나한테 무슨 용건이래?"

한밤의 번화가를 걸으면서 후미히코가 물었다.

"일단 어디 가게라도 들어가죠."

우리는 선술집에 들어갔다.

"당신 어머님께서 말기 암에 걸리셨다고 합니다."

맥주를 한 모금 마시고서 나는 말문을 열었다. 눈앞의 남자의 반응을 살펴봤지만, 후미히코는 맥주를 맛있게 단숨에 들이켜고서 한 잔을 더 시켰다. 어머니의 목숨이 얼마 남지 않았음을 안 자식의 슬픔은 적어도 표면적으로는 느껴지지 않았다.

"마지막으로 당신을 만나고 싶다고 어머님께서 바라고 계십니다. 함께 가케가와에 있는 병원에 가줬으면 합니다. 물론 비용은 이쪽에서, 아니, 누님이 부담합니다."

내 이야기를 듣고는 마주 앉아 있는 후미히코가 낄낄대며 웃어 젖혔다.

"고작 그 말을 전하려고 당신을 고용한 거야?"

"그렇게 됐습니다."

"당신 같은 작자한테 일을 맡기려면 돈이 얼마나 들지?"

"나름 금액이 들 겁니다. 그만큼 어머님의 마지막 바람을 들어드리고 싶다는 거겠지요."

나는 야요이의 간소한 옷차림을 떠올리면서 말했다.

"그럴 돈이 있으면 그 녀석이 돈을 들고 직접 나한테 부탁하면 되잖아."

"만약에 그렇게 하면 부탁을 들어줄 겁니까?"

"지금 난 돈을 위해서라면 물불을 가리지 않아."

켕기는 기색도 없이 후미히코가 말했다.

후미히코와 마주하고 있으니 아무리 일 때문이라고 해도 속이

유품 99

썩어 문드러지는 듯했다. 이 남자의 마음속에 얼마나 죄의식이 있을까? 이 남자에게는 피해자 여성을 죽였다는 죄의식, 그 유족과 자기 가족을 괴롭히고 있다는 죄의식이 결여됐다. 아니면 그저 허세를 떨고 있을 뿐인가?

"그토록 민폐를 끼친 누님한테 더 돈을 뜯어내야만 할 정도로 생활이 궁핍한 모양이군요?"

나는 일부러 도발하듯 말했다.

후미히코는 순간 나를 째려봤다. 하지만 곧바로 자학적인 웃음을 지었다.

"그야 그렇지. 집도 절도 없고, 해먹을 만한 일도 보이질 않아. 그 사람들이 그때 신원 인수인이 돼줬어야 했어. 그랬다면 나도 더 일찍 형무소에서 나왔을 거고, 번듯한 일자리도 구할 수 있었을지도 모른다고."

후미히코의 눈에 깃들어 있던 증오의 정체가 무엇인지 알았다. 하지만 후미히코의 분노는 향해야 할 곳을 잘못 짚었다. 이 남자는 철저히 이기적이다.

후미히코의 어머니는 이런 아들과 만나서 뭘 어쩔 작정인가? 최후가 다가오는 이 와중에 이런 자식에게 무엇을 전해 주려고 하는 건가?

"이렇게 살고 있으니 형무소 시절이 그리워지네. 거기에서는 끼니나 집 걱정은 안 해도 됐으니까. 나중에 또 신문에 실릴지도 모른다고 그 여자한테 전해 줘."

후미히코는 그 말을 내뱉었다.

가마타에서 자택이 있는 가와고에로 돌아왔다. 집에 도착하자마자 격렬한 피로감이 엄습했다. 나는 침대 위에 쓰러졌다.

'나중에 또 신문에 실릴지도 모른다고 그 여자한테 전해 줘.'

어머니와 누나에게 어긋난 증오를 품고 있는 후미히코의 말을 떠올렸다.

나는 주머니에서 사진을 꺼냈다. 스가이가 아닌 야요이가 건네줬던 옛날 사진이다. 어디 공원인 모양이다. 야요이와 둘이서 찍혀 있는 후미히코는 지금 모습과는 전혀 딴판이었다. 명랑한 웃음을 짓고 있었다.

이 둘은 어떤 남매였을까…….

야요이와 대면했을 때, 유카리 누나가 머릿속에서 잠깐 떠올랐다.

누나가 살아 있었다면 야요이와 비슷한 또래가 됐겠지. 어떤 여성이 되어 있었을지 야요이를 보면서 상상했다.

나는 침대에서 일어나 옷장으로 향했다. 서랍을 열어 오랜만에 그것을 꺼내 본다.

토끼 모양 키홀더.

열일곱 살 생일날에 유카리 누나에게 사줬던 것이다.

늘 다투기만 했다. 누나에게 나는 언제나 시끄럽게 입을 놀리는 밉살스러운 동생이었겠지. 나에게도 누나는 언제나 시끄럽게 잔소리만 해대는 존재였다. 이 키홀더를 줬을 때도 "센스가 없네." 하고 밉살맞게 타박을 했다. 하지만 나는 누나가 그 키홀더를 늘 몸에서 떼어놓지 않고 잘 간직했으며, 반이나 동아리 친구들에게 자랑했다는 걸 안다.

형제란, 남매란…… 피붙이란 그런 것인지도 모른다.

그 시절에는 누나와 이야기하고 싶다는 생각을 딱히 해보질 않았다. 언제든지 이야기할 수 있었으니까.

지금은…… 한없이 유카리 누나의 목소리를 듣고 싶었다.

만약에, 누나가 눈앞에 있다면 나는 어떤 이야기를 할까?

이런 생각을 하는 건 멍청한 짓일까?

15년 전 그날부터 누나와 이야기를 나누는 것은 아무리 바라도 이루어질 수 없게 됐다.

하지만…… 야요이와 후미히코는 다르다. 지금의 후미히코와 얼굴을 마주한다면 야요이는 분명히 격렬한 증오를 품을 것이다. 관계를 수복하는 것도 쉽지는 않겠지.

그래도…….

이튿날, 야요이가 탐정사무소로 찾아왔다.

먼 곳에 살고 있어서 오늘이라도 야요이에게 전화를 걸까 생각하던 참이었다.

나는 어젯밤에 후미히코와 나누었던 대화를 야요이에게 상세히 들려줬다.

"동생분을 설득할 수 있도록 시간을 조금만 더 주실 수 없겠습니까?"

"아뇨, 이제 됐습니다. 그 의뢰는 없었던 걸로 해주세요."

야요이가 고개를 가로저었다.

"무슨 뜻입니까?"

나는 물었다.

"사흘 전에 어머니가 돌아가셨어요."

야요이의 말을 듣고 나는 낙담했다. 조금 더 일찍 후미히코를 찾아냈다면 어머니가 돌아가시기 전에 만나게 해줄 수 있었을 것을.

"그렇군요……. 장례식은 이미?"

"어제, 친척들끼리 간소하게 치렀습니다……. 사에키 씨는 마음 쓰실 필요 없습니다."

내 마음속을 꿰뚫어 본 것처럼 야요이가 말했다.

"어머니한테는 후미히코를 향한 당신 나름의 생각이 있었을 테지만, 전부 다 후미히코 탓이니까요. 저하고도 관계없습니다. 전 이제 후미히코와 얽히고 싶은 마음이 없어요. 아까 사에키 씨가 들려준 얘기를 듣고 이 생각이 더 굳어졌어요."

야요이의 표정에는 동생을 향한 체념이 번져 있었다.

"후미히코를 찾아 주셨으니 성공보수는 지불하겠습니다."

야요이가 핸드백에서 봉투를 꺼냈다.

"영수증을 끊어 드릴까요?"

옆에서 고구레가 물었다.

"아뇨, 됐어요. 지금껏 도와주셔서 감사했습니다."

야요이가 고개를 숙이고서 일어서려고 했다.

"그래서 마음이 편합니까?"

나는 무심코 말했다.

"무슨 뜻이죠?"

그녀가 추궁하는 시선으로 지그시 쳐다보기에 나는 당황했다. 의뢰인의 개인사에 함부로 개입하는 건 옳지 않다고 생각한다. 의뢰인인 야요이가 이제 됐다고 했으니 탐정으로서 그 의사를 존중

해야 할지도 모른다. 하지만 야요이의 태도를 보고 강한 위화감이 들었다.

이대로 야요이를 돌려보낸다면 나도, 야요이도 후회할 것만 같은 기분이 들었다.

"어머님께서는 아들한테 무언가를 전하려고 했을 겁니다. 그리고 당신은 그게 어떤 의미인지 이해하고 있는 거 아닙니까?"

내가 말하자 야요이의 얼굴에 당황하는 기색이 역력했다.

"당신이 뭘 안다고 그래요!"

나는 굴하지 않고, 감정을 노골적으로 드러내는 야요이를 쳐다봤다.

그녀의 마음속에서 소용돌이치고 있는 것을 모조리 받아내겠다는 각오를 했다.

"어머니는 후미히코를 낳은 부모로서 책임을 다하려고 마지막에 그걸 전하려고 했어요. 하지만 전 그 아이한테 그렇게까지 하고 싶은 마음이 없어요. 전 그 아이한테 가족으로서의 책임감이 아니라 증오만을 느낄 따름이에요."

야요이가 나를 노려보며 내뱉었다.

"후미히코가 그 사건을 저지르고 15년 동안 저와 어머니는 지옥 같은 나날을 보냈습니다. 아버지는 그 사건이 벌어지기 3년 전에 이미 돌아가셨어요. 얼마간의 저금과 집을 남겨 주셨죠. 하지만 그 사건이 벌어지고 우리 가족은 모든 것을 잃었어요. 저와 어머니는 피해자 유족과 세상의 지탄을 받아야만 했어요. 집과 저금도 피해자 가족한테 보상하는데 몽땅 써버렸고요."

야요이의 눈구석에 눈물이 글썽였다. 켜켜이 쌓인 한을 다 풀어

내려는 듯이 나에게 호소했다.

"사건을 벌인 장본인은 담장 안에 들어가 보호를 받아요. 튼튼한 벽이 피해자 유족의 증오와 세상의 규탄을 막아 줘요. 하지만 우리는 그 증오와 규탄을 온몸으로 받아내야만 했어요. 그저 가족이라는 이유만으로. 우리는 무일푼이 됐고, 남들의 이목을 피하듯 도망쳐 다녔어요. 전 대학을 그만뒀고, 동생이 살인자라는 이유 때문에 연애하는 것조차 두려워요. 모든 가능성이 닫혀 버렸단 말이에요. 그런 동생을 위해서 제가 더 무얼 희생하라는 건가요?"

희생……. 그 말을 듣고 어머니가 후미히코에게 무엇을 전하려고 했는지 알 수가 없게 됐다.

내가 생각하던 것과 전혀 다른 것일지도 모른다.

"당신은 자신을 희생할 필요가 없습니다. 그저 당신의 생각을 전하는 편이 좋을 것 같습니다. 그 사람은 당신과 어머님이 느껴 왔던 고통과 슬픔을 알지 못합니다. 피해자와 그 유족이 얼마나 고통과 슬픔을 맛보았는지 이해하고 있지 않아요. 그 사람이 느끼는 건 오로지 자기 자신이 받았던 고통뿐입니다. 그 심정을 오롯이 전할 수 있는 건 이제 당신뿐일지도 모릅니다."

이대로 후미히코를 내버려 두면 또다시 같은 과오를 되풀이할지도 모른다.

"그럴지도 모르겠네요……."

야요이는 한숨을 살짝 내쉬고서 고개를 끄덕였다.

"아무리 부정하려고 해도 유일한 혈육이라는 사실은 변하지 않으니까요."

나는 야요이의 표정에서 심경의 변화를 느꼈다.

"어머니의 유품을 나누고 싶으니 어떻게든 후미히코를 제가 사는 아파트로 데리고 와주세요."

야요이는 주소를 적어서 건넸다.

"그 사람한테 전하겠습니다."

"후미히코한테는 아주 소중한 거예요."

야요이를 쳐다보며 나는 고개를 끄덕였다.

야요이가 사무소에서 나가자 고구레는 내 어깨를 두드렸다.

"사에키, 수완이 제법인데?"

고구레가 만족스럽다는 듯 말했다.

"후미히코를 야요이 씨가 사는 아파트로 데리고 가면 옵션 요금을 청구할 수 있겠지."

나는 고구레의 지독한 상술에 기가 차서 한숨을 내쉬었다.

소파에 앉아 후미히코의 휴대전화로 연락을 했다.

처음에 후미히코는 나와 만나는 것을 꺼려 했지만, 어떻게든 오늘 밤에 가마타에서 만나기로 약속을 잡았다.

어제 갔던 선술집에 들어가니 후미히코가 먼저 술을 마시고 있었다.

"당신도 참 끈질기네. 뭐야? 꼭 해야만 한다는 얘기가."

후미히코가 말했다.

"사흘 전에 당신 어머님께서 돌아가셨습니다."

내가 말하자 후미히코의 시선은 갈 곳을 몰라 허공을 헤맸다.

"그래……. 뭐, 인간은 언젠가 반드시 죽는 법이니까……."

후미히코가 중얼거렸다.

이 남자에게도 어머니의 죽음은 역시 큰 충격이었던 건가?

"누님이 어머님의 유품을 나누고 싶다고 했습니다."

"유품?"

후미히코가 의아하다는 표정을 지으며 물었다.

"그렇습니다. 아주 귀중한 거라서 동생과 둘이서 나누지 않으면 안 된다고 하더군요."

"대체 그게 뭔데?"

후미히코가 흥미를 보이며 물었다.

"자세한 건 듣지 못했습니다. 그저 가까운 시일에 가케가와에 있는 자택에 와달라고 했습니다."

후미히코는 고민하고 있었다.

"내일 함께 가보지 않겠습니까?"

"뭔가 준다고 하니 받으러 가긴 가야겠지……."

후미히코는 제 자신을 납득시키듯이 대답했다.

그날 밤은 후미히코가 항상 지낸다는 PC방에서 함께 묵었다. 혹시라도 마음이 바뀐 후미히코가 도망치지 못하도록.

좁은 개인실 안에서 야요이가 말했던 유품이 무엇일지 생각했다. 금품이 아니라는 건 쉬이 상상이 된다. 하지만 후미히코에게는 소중한 것이라고 했다.

그것은 무엇일까…….

나는 후미히코의 황폐해진 마음이 바뀌지 않을까 하는 기대감과 함께 정체 모를 불안감도 함께 품었다.

이튿날 아침, 나는 개인실에서 자고 있는 후미히코를 깨워 PC방에서 나왔다.

가마타에서 시나가와 역으로 향한 뒤 도카이도·산요 신칸센을 탔다.

어젯밤에 PC방에서 야요이의 자택에 전화를 걸었다. 야요이는 어제 사무소에서 나와 그대로 가케가와로 돌아갔다고 한다. 내일 방문할 예정이라고 말하자 일을 쉬고 집에서 기다리겠다고 했다.

후미히코는 차창 밖 풍경을 멍하니 바라보고 있다. 옛날에 살았던 시절과는 달라졌겠지만, 아마 후미히코에게는 15년 만의 귀향이리라.

차창 밖 경치를 바라보는 후미히코의 옆모습을 아무리 봐도 어떠한 감개도 엿보이지 않았다.

가케가와 역에서 내려 택시를 탔다. 기사에게 야요이의 집 주소가 적힌 메모지를 건넸다. 30분쯤 뒤에 택시가 정차했다.

이 부근이라는 소리를 듣고 나와 후미히코는 택시에서 내려 주변을 둘러봤다.

메모에 적힌 아파트를 찾았다. 허름한 아파트였다. 이 건물을 보고 있으니 후미히코를 이곳으로 데려오고자 얼마나 큰 비용을 들였는지 알 수 있었다.

나는 야요이의 집 앞에 와서 문을 두드렸다. 잠시 뒤에 문이 열리더니 야요이가 얼굴을 내밀었다.

"어서 들어오세요."

야요이는 고개를 숙인 채로 나에게 말했다.

나는 현관에 들어갔다. 뒤를 돌아보니 후미히코가 현관 앞에서 망설이고 있었다.

"들어갑시다."

나는 후미히코를 재촉하고서 현관으로 들어갔다. 3평 남짓한 방과 부엌밖에 없는 집이었다. 작은 방에는 부모님의 영정이 놓여 있었다.

야요이는 신발을 벗고서 안으로 들어오는 후미히코를 힐끗 쳐다봤다.

15년 만의 재회였다.

나는 여기에 있어야 할지 말지 망설였다. 하지만 내가 없으면 무언가 좋지 않은 일이 벌어질 것 같기도 했다.

"유품은 뭐야? 빨리 보여 줘."

후미히코가 말했다.

"먼저 아버지와 어머니 영정 앞에 합장부터 해!"

야요이가 날카로운 말투로 대답했다.

야요이의 과격한 모습에 후미히코는 움츠러들었다. 혼쭐이 난 아이처럼 소심하게 입을 삐죽 내밀었다.

나와 후미히코는 번갈아 부모님 영정 앞에서 합장을 했다.

야요이와 후미히코는 다다미 바닥에 앉아 서로 마주 봤다. 나는 조금 물러난 곳에서 두 사람을 보고 있었다.

"이게 어머니가 남겨 주신 유품이야."

야요이는 주머니에서 무언가를 꺼냈다.

나는 그것을 보고 경악했다.

후미히코도 놀란 모양인지 야요이에게서 몸을 조금 떨어뜨렸다.

야요이가 쥐고 있는 것은 칼집에 담겨 있는 과도였다.

"장난치지 마! 이게 뭐야."

후미히코가 격앙된 투로 따졌다.

"잠자코 내 말부터 들어!"

야요이는 칼집에서 과도를 빼어 후미히코의 목덜미를 향해 칼끝을 내밀었다.

후미히코의 몸이 굳어 버렸다.

"어머니가 병원에서 돌아가신 뒤에 베개 밑에서 이 과도가 나왔어. 그때, 난 어머니가 무슨 생각을 하고 있었는지 확실하게 알았어. 어째서 돌아가시기 전에 널 그토록 만나고 싶어 했는지. 네가 알기나 해!?"

야요이가 강한 투로 추궁했다.

"내가 어떻게 알아. 내가 미워서 죽이고 싶었나 보지."

"어머니는 널 보고 싶어 했어. 마지막으로 번듯한 인간이 됐는지 확인하고 싶으셨다고. 하지만 만약에 네가 아직도 죄를 저지르고, 다른 사람한테 상처를 주는 인간이라면, 그렇게 확신했다면 부모로서 책임을 다하고자 널 죽이려고 했겠지. 바보 같기는. 암세포가 온몸에 퍼져 앙상해진 그 손으로는 널 죽일 수가 없는데. 하지만 15년이나 떨어져 살았어도 가족이니까, 피를 나눈 자식이니까 임종의 순간까지 제 자식이 저질렀던 죄에 책임을 느꼈던 거라고."

나는 야요이를 쳐다봤다.

그녀는 칼끝을 겨눈 채로 오열을 참아 가며 후미히코에게 호소했다.

자식에게, 가족에게 칼을 겨눠야만 하는 관계는 너무나도 애달프다. 하지만 때로는 이렇게라도 호소하지 않으면 안 되는 것이 있을지도 모른다.

"난 어머니의 유지를 이어받으며 살아갈 거야. 넌 앞으로 여기서 나랑 함께 살아. 아무리 괴로워도, 절대로 도망칠 수 없어. 사람한테 해를 입혀 형무소에 들어가는 편이 낫다는 생각이 절대로 들지 않게끔 할 거야. 만약에 그런 짓을 저지른다면 내가 가족으로서, 단 하나 남은 피붙이로서 책임지고…… 널 죽여 버릴 테니까."

후미히코의 가슴속에서 야요이의 말은 어떻게 울리고 있을까?

내가 있는 위치에서는 등밖에 보이지 않아서 그가 어떤 표정을 짓고 있는지 모르겠다.

"넌 혼자가 아냐……."

야요이의 혼잣말을 듣고서 나는 일어섰다.

더 이상, 15년 만에 찾아온 가족의 재회를 방해하고 싶지 않았다.

제4장

맹목

창문에서 눈부신 빛이 들어와 눈을 찡그렸다.
탁자 위에 놓인 미지근한 커피를 쭉 들이켰다. 때마침 커피포트를 든 여자 종업원이 지나가기에 한 잔을 더 따라 달라고 부탁했다. 김이 모락모락 피어나는 뜨거운 커피를 한 모금 마시고서 시선을 다시금 창밖으로 향했다.
졸음이 쏟아져 흐리멍덩한 눈의 초점을 큰길 맞은편에 있는 라면 가게에 고정시켰다.
나는 탐정이다. 그래서 이렇듯 졸린 눈을 비벼 가면서 조사 대상자의 행동을 감시하는 일에 이미 익숙하다. 하지만 요 닷새 동안에는 일과 관련이 없는, 어떤 남자를 줄곧 감시하고 있었다.
닷새쯤 휴가가 필요하다고 말하니 고구레 소장은 미심쩍은 눈으로 나를 쳐다봤다. 내가 몸을 담고 있는 탐정사무소에는 유급휴가

같은 세련된 복지제도 따윈 없다. 직원은 나와 사무 담당인 소메야라는 아주머니뿐이다. 그러니 내가 쉬어 버리면 사무소가 떠안고 있는 조사 의뢰를 전혀 수행할 수가 없다. 하지만 고맙게도 요 일주일 동안 의뢰인은 코빼기도 비추지 않았고, 따라서 할 일이 없는 상태였다.

고구레는 잠시 생각한 뒤 "월급에서 쉬는 기간만큼 깔 건데, 그래도 괜찮나?" 하고 물었다. 안 그래도 쥐꼬리 같은 월급에서 닷새치나 제하는 건 역시 빠듯하기는 하다. 하지만 나는 괜찮다고 대답했다.

그 대답을 들은 고구레는 "이번 달에는 의뢰도 변변히 안 들어왔는데, 인건비를 아낄 수 있어서 다행이군." 하고 흐뭇하게 웃었다.

고구레는 잠시 사무소 문을 닫기로 마음먹은 모양이었다.

고구레가 "사에키만 빼고 아타미로 사내여행이라도 갈까?" 하고 소메야에게 권했는데 어떻게 됐는지는 모르겠다.

라면 가게는 여전히 잘 나가는 모양이다. 밖에는 언제나 대여섯 명쯤 줄을 서 있다. 라면을 좋아하는 편이지만, 저 남자가 만든 라면 따윈 냄새조차 맡기 싫다.

저 라면 가게의 주인인 다도코로 겐지는 15년 전에 우리 유카리 누나를 죽인 놈이다.

나는 일을 하는 틈틈이 유카리 누나를 죽인 패거리의 행방을 찾았다. 그리고 드디어 그놈들 중 하나인 다도코로 겐지의 현재 모습을 포착할 수가 있었다.

그 뒤로 나는 탐정 일을 하며 짬이 생길 때마다 다도코로의 행동을 감시해 왔다. 그리하여 뭘 어떻게 하고 싶은지는 스스로도 잘 모르겠다. 다도코로는 라면 가게 경영자로서 성공을 거두었다. 소년 형무소에서 여러 해 복역했던 다도코로는 출소 후에 자신의 노력으로 어떤 의미에서 갱생했다고 볼 수도 있을 것이다. 하지만 도저히 납득이 되질 않았다. 내 마음속에 있는 증오의 불길을 잠재울 수가 없었다.

혹시 나는 다도코로를 미행하면서 그를 기꺼이 용서할 수 있을 것 같은 순간이 나타나기를 기대하는 건가? 저 남자의 일상 속에서 한 조각의 죄책감이나 인간으로서의 양심을 엿볼 수 있기를 바라는 걸까?

안타깝게도 지금까지의 행동에서 다도코로의 내면을 엿볼 수는 없었다.

다도코로는 매일 아침 10시쯤에 미타카에 있는 맨션에서 무사시사카이에 있는 가게로 출근을 한다. 일을 끝내면 기치조지에 있는 카바레 클럽에 가서 여자들의 술 시중을 받는다. 그 뒤에는 여자와 함께 호텔에 들어가든가, 자택으로 귀가한다.

나는 다도코로의 하루를 끝까지 지켜본 뒤 사무소 차량인 코롤라를 타고 주차장이 딸린 PC방에 찾아 들어간다. 그러고는 내일의 미행에 대비하고자 딱딱한 소파에서 선잠을 잔다. 그렇게 닷새를 보냈다.

한 남자가 창밖을 지나갔다. 얼룩이 눈에 띠는 배낭을 메고서 챙이 달린 모자를 깊숙이 눌러쓴 키가 크고 야윈 남자다. 남자는 인도에 멈춰 서서 큰길 맞은편에 있는 라면 가게 쪽을 보고 있는 듯했다.

나는 그 남자가 마음에 걸렸다. 아까 전부터 이 부근을 배회하고 있었기 때문이다. 그 남자를 맨 처음에 본 것은 맨션에서 다도코로를 미행하여 무사시사카이 역에서 내렸을 때였다. 슬쩍 돌아보니 그 남자가 걷고 있었다. 단순한 우연인가?

라면 가게에서 다도코로가 나왔다. 다도코로는 오늘 아침에 출근할 때 입고 나왔던 러프한 셔츠가 아니라 정장으로 갈아입었다.

다도코로가 가게에서 나와 도로를 건너자, 모자를 쓴 남자가 눈길을 돌리고서 어정어정 걸어 나갔다.

이윽고 가게 안으로 들어온 다도코로는 내 옆을 지나 어떤 여자 맞은편에 앉았다.

저 여자는 누구지? 온몸에 명품 옷을 치렁치렁 걸치고 있었다. 나이는 30대 후반쯤 됐을까? 입술에 새빨간 립스틱이 칠해져 있는데, 전체적으로 평평한 얼굴에 입술만이 붕 떠 있는 듯했다.

나는 들키지 않도록 자연스럽게 두 사람을 엿봤다. 다도코로는 웃음을 짓고서 여성과 즐거운 듯 대화를 나눴다.

다도코로의 애인인가? 아니, 저 여자는 다도코로의 취향이 아니라는 걸 안다. 하루카에게서 다도코로의 취향을 들었다. 그는 무조건 젊고, 귀엽고, 가슴 큰 여자를 좋아한다고 했다.

"어서 오세요."

점원 목소리를 듣고 돌아봤다. 아까 전에 봤던 그 모자 쓴 남자가 가게 안으로 들어왔다. 점원의 안내를 기다리지 않고 곧바로 내 쪽으로 다가왔다. 그러고는 다도코로와 여자의 뒤쪽 좌석에 앉았다. 남자는 배낭에서 스포츠 신문을 꺼내 읽는 척을 하면서 다도코로의 등 뒤에 파충류 같은 끈적끈적한 시선을 보내고 있었다.

아무래도 우연은 아닌 것 같았다. 동업자인가? 아니, 저 남자는 프로 탐정이 아닌 듯했다. 똑같은 냄새도 풍기지 않고, 그전에 행동

거지 하나하나가 너무 눈에 띄었다.

 남자가 담배를 꺼내 입에 물자 점원이 "흡연석이 있는데, 옮기시겠습니까?"하고 물었다. 그는 혀를 살짝 차고서 담배를 다시 담뱃갑에 집어넣었다.

 다도코로가 전표를 들고 일어서자 남자는 황급히 신문으로 얼굴을 가렸다. 다도코로는 여성을 에스코트하면서 계산대로 향했다.

 두 사람이 가게에서 나가자마자 나도 자리에서 일어났다. 계산대로 가서 돌아보니 남자가 허둥대고 있었다. 당장 두 사람의 뒤를 쫓고 싶어 하는 눈치인데, 아직 주문한 음료가 나오지 않아 전표도 없었다.

 나는 가게에서 나와 주차장으로 향했다. 때마침 다도코로와 여자가 벤츠 안으로 들어가는 참이었다. 저 여자의 자가용이겠지. 행색을 보아하니 꽤 부자인 듯했다. 운전석에 앉은 다도코로가 희희낙락하며 차를 몰았다. 나는 코롤라에 올라타 벤츠 뒤를 쫓았다.

 눈앞의 벤츠는 오우메 가도를 달리고 있다. 잠시 뒤에 오우메 시내로 들어섰다. 오우메 역에서 가까운 주택가 부근에서 차가 멈췄다.

 나는 그보다 꽤 뒤에 차를 세웠다. 벤츠에서 두 사람이 내려 어떤 주택 안으로 들어갔다.

 나는 주차된 벤츠를 향해 천천히 코롤라를 몰았다. 다도코로가 들어간 집 옆을 지날 때, 자연스럽게 고개를 틀었다. 현관문 앞에서 어떤 나이 든 남녀가 다도코로와 여성과 담소를 나누고 있었다. 찰나의 순간이었지만, 나는 그 광경을 망막에 새겼다.

 조금 더 앞으로 간 뒤에 차를 세웠다. 한숨이 새어 나왔다. 저 집은 다도코로의 친가다. '다도코로'라는 명패가 걸려 있었고, 무엇보다 나이 든 남녀의 낯이 익었다.

유카리 누나가 살해되고, 범인이 체포된 지 한 달이나 넘게 지난 뒤에 다도코로의 부모가 우리 집을 찾아왔다. 과자 상자 하나를 들고 와서는 향을 올리고 싶다고 말했다. 우리 아버지는 분노를 필사적으로 억누르며 왜 이제야 왔느냐고 따졌다.

다도코로의 어머니는 떨떠름한 표정을 지으며 경찰이 가보래서 왔다고 대답했다. 그리고 주범인 에노키가 나쁜 놈이고, 자기 아들은 협박을 받아 어쩔 수 없이 도왔으니 자기 자식도 피해자라는 식으로 거듭 변명을 했다. 우리 어머니는 그 말을 듣자마자 쓰러져 버렸다. 그 이후로도 입원과 퇴원을 반복해야만 했다. 딸이 죽은 이후로 한껏 팽팽해진 긴장의 끈이 뚝 끊어진 것처럼.

아까 웃던 다도코로의 부모를 떠올리니 격렬한 증오가 치밀었다. 현재 그들의 아들은 유명 라면 가게의 사장이다. 훌륭한 아들을 둬서 아주 의기양양하겠지. 나와 우리 부모님은 지금도 출구 없는 어둠 속에서 고통에 겨워하며 몸부림치고 있다.

나는 주먹을 꽉 쥐고서 운전대를 힘껏 내리쳤다.

운전석에서 멍하니 앉아 있는데 휴대전화가 울렸다. 화면을 보니 하루카가 건 전화였다. 귀찮았지만, 하루카의 명랑한 목소리라도 듣고서 조금 격앙된 마음을 가라앉히고 싶었다.

"오늘, 만날 수 있어?"

하루카가 물었다.

"오늘은 어렵겠어."

나는 쌀쌀맞게 대답했다.

내일부터는 또 출근해야 한다. 그리고 앞으로도 시간이 나는 족

족 다도코로를 계속 미행할 작정이다.

"다도코로 씨에 대한 새 정보가 들어왔어."

"새 정보라고?"

나는 하루카의 이야기를 듣고 덥석 반응했다.

"안 만나 주면 말 안 해 줄 거야. 불쾌함을 무릅쓰고 힘들게 얻어 낸 정보니까."

하루카가 아양을 떨며 말했다. 지쳐 있는 몸뚱이에 채찍질을 할 만큼 가치가 있는 정보일까?

"가긴 가겠지만, 늦을 거야."

"응, 괜찮아. 오늘은 휴일이니까 집에 있어."

나는 한숨을 죽이며 전화를 끊었다.

하루카와는 한 달 전에 기치조지의 카바레 클럽에서 알게 됐다.

인사치레로 전화번호를 교환한 이튿날에 하루카가 만나고 싶다고 전화를 걸었다. 나는 돈이 없어서 이제는 가게에 놀러 갈 수 없다며, 그녀의 영업 전화를 무뚝뚝하게 끊었다. 하지만 하루카는 가게에는 안 와도 되니 밖에서 만나고 싶다고 했다. 그녀는 참 별나게도 나에게 흥미가 있다고 했다.

며칠 뒤에 다도코로를 미행하던 나는 다시 그 카바레 클럽에 들어갔다. 내가 온 것을 보고 하루카는 기뻐했다. 애프터로 나는 하루카와 라면을 먹으러 갔고, 가볍게 술을 마셨고, 그리고 호텔에서 그녀를 안았다.

침대 위에서 그녀는 다도코로라는 손님에 대해 넌지시 말해 주었다. 그는 하루카가 마음에 들었는지 끈덕지게 추파를 던졌다고 했다. 씀씀이가 좋은 손님이지만, 돈만 있으면 여자를 마음대로 갖고 놀 수 있다는 그 태도가 불쾌하다고 하루카는 넌덜머리가 난다는 듯이 말했다. 요즘에는 지명이나 애프터에도 응하지 않고, 거리를 두고 있다고.

하루카는 어째서 다도코로의 신상이 그리 궁금하냐고 물었다.

어떻게 대답을 해야 좋을지 망설이다가 나는 절반쯤 진실을 말해 주었다. 나는 탐정이며, 어떤 사람의 의뢰를 받아 다도코로를 조사하고 있다고.

결국 다도코로의 정보를 얻고자 이 여자를 이용하고 있는 게 아닐까?

의뢰를 수행하면서 동시에 다도코로를 조사하는 데는 한계가 있다. 그놈에게 제재를 가하기 위해 약점을 찾아내고 싶었다.

하루카의 자택 인터폰을 눌렀다.

"누구세요?"

인터폰 너머에서 하루카가 물었다.

"나야."

"슈짱?"

하루카가 문을 열었다. 그녀는 한동안 내 얼굴을 멍하니 쳐다보다가 웃음을 터뜨렸다.

나는 무슨 영문인지 깨달았다. 변장용으로 붙이고 있던 가발과 콧수염을 떼고서 집 안으로 들어갔다. 하루카가 다가와서 나를 껴안았다.

"일 때문에 잠을 통 못 잤어."

나는 허리를 휘감고 있는 하루카의 손을 천천히 풀면서 침대에

벌러덩 누웠다.

"참 힘들었겠네."

하루카는 내가 바닥에 내던진 가발을 줍고서 말했다.

"그나저나 새로운 정보는 뭐야?"

내가 묻자 하루카는 살짝 김이 샌 표정을 지었다. 냉장고에서 캔 맥주를 꺼내 내 옆에 앉았다.

"한 달에 100만 엔을 줄 테니 자기 애인이 돼 달래……."

나를 물끄러미 쳐다봤다.

"그래서……."

"슈짱, 이 말을 듣고 아무 생각도 안 들어?"

하루카가 토라진 모양이다.

"하루카는 영리한 여자니까 그딴 남자의 애인 따위는 되지 않겠지."

"이제는 좀 후유미라고 불러."

하루카가 내 팔을 꼬집었다.

하루카는 업소에서 쓰는 가명이고, 본명은 이토 후유미라고 한다. 겨울보다는 봄이 좋아서 하루카라는 가명을 쓴다고 했다.('하루'는 봄, '후유'는 겨울을 뜻한다 ─ 옮긴이) 나는 그녀를 알게 된 뒤로 쭉 하루카라고 불러왔다.

"그나저나 한 달에 100만 엔이라니, 어지간히도 잘 나가는 모양이군. 라면 가게를 해서 그렇게 벌 수가 있나?"

"깔끔하게 사귀다가 언제든지 깔끔하게 잘라낼 수 있는 여자를 찾고 있는 모양이야. 자기 말로는 곧 결혼한다던데?"

"결혼……?"

뜻밖의 말을 듣고 하루카의 눈을 쳐다봤다.

"여러 패밀리 레스토랑과 선술집을 운영하는 회사 사장의 딸이래. 거기 있잖아, 요전에 슈짱하고 갔었던 패밀리 레스토랑도 거기서 운영한대."

최근 도내에서 부쩍 눈에 띄는 패밀리 레스토랑 체인이다.

"자기 라면 가게도 앞으로 전국으로 확장하게 될 거라며 자랑하더라고. 어떤 여자인지는 모르겠지만, 잘도 그런 저질남이랑 결혼할 생각을 했네."

분명히 아까 전에 다도코로와 함께 있었던 여자겠지. 두 사람은 다도코로의 친가에서 나와 벤츠를 타고 세타가야로 향했다. 그리고 세이조에 위치한 '다케와키'라는 명패가 달린 저택 안으로 들어갔다.

"슈짱한테 일을 맡긴 그 의뢰인 말이야. 혹시 그 회사 사장 아냐? 딸의 약혼자가 어떤 남자인지 알고 싶어서."

하루카가 물었다.

"글쎄……."

나는 적당히 얼버무리고서 하루카의 어깨에 손을 올렸다. 귀중한 정보를 물어다 준 답례로 그녀의 입술을 힘껏 빨았다.

나는 탁자 위에 놓인 명함을 집었다.

"단서는 이거뿐입니다만……."

마치무라 유키오의 말을 듣고, 나는 고개를 들었다가 다시 명함을 쳐다봤다. '(주)월드 트레저 대표이사 사와무라 유지'라고 적혀 있었다.

"찾아 달라는 게 여기 이 사람인지요?"

"그렇습니다."

마치무라가 고개를 끄덕였다.

"저희 사무소를 찾아오셨다는 건 당연히 이 회사에는……."

"예, 가봤습니다. 근데 명함에 적혀 있는 주소에 그런 회사는 존재하지 않았습니다. 이 명함을 4년 전쯤에 받았습니다만, 그 당시에도 월드 트레저라는 회사는 없었다고 합니다. 그러니 사와무라 유지라는 이름도 가명일 가능성이 있습니다."

나는 옆에서 이야기를 듣고 있는 고구레에게 시선을 돌렸다. 아까만 해도 오랜만에 방문한 의뢰인을 보고 방긋 웃었는데, 지금은 얼굴에 그늘이 드리워져 있다. 고구레도 어려운 의뢰라고 느끼고 있을 터였다.

"이 인물의 사진 같은 건 없습니까?"

나는 물었다. 하지만 마치무라는 고개를 힘없이 절레절레 저었다.

마치무라는 30분 전쯤에 이 사무소를 찾아왔다. 그는 맞이하러 나온 나에게 인사를 한 뒤 "찾고 싶은 사람이 있습니다만……." 하고 자기 명함을 건넸다. 사회인으로서 당연한 행위였지만, 이런 손님은 그다지 없다. 탐정사무소는 어딘가 수상쩍고, 무서운 곳이라는 인식이 있는 탓인지도 모른다.

나는 마치무라의 첫인상을 보고 호감을 느꼈다. 명함을 보니 그는 대형 은행에서 계장으로 일하고 있다. 그리고 말쑥하게 차려입은 정장에서도 세련됨이 느껴졌다.

"마치무라 씨와 이 사와무라라는 사람은 어떤 관계입니까?"

"여동생의 전 애인입니다. 4년 전에 딱 한 번 만나 봤습니다. 우연히 길거리를 걷다가 여동생과 마치무라가 함께 있는 모습을 우연히 봤습니다. 서로 인사를 나눈 뒤에 셋이서 가볍게 식사를 함께 했죠. 이건 그때 교환했던 명함입니다. 여동생은 사와무라와 벌써 1년쯤 교제해 왔고, 결혼도 생각하고 있다고 행복한 얼굴로 얘기해 줬습니다."

"여동생분의 애인이라면 여동생분한테 직접 물어보면 알 수 있지 않겠습니까? 혹시 여동생분도 사와무라 씨의 현재 소재지를 알지 못한다는 겁니까?"

"그게…… 어떤 식으로 설명을 해야 좋을는지……."

마치무라는 말끝을 흐렸다.

"가족의 수치라 무척이나 얘기하기가 고통스럽습니다만……."

"의뢰인의 비밀은 지켜 드립니다."

내가 미소를 짓자 마치무라는 크게 숨을 내뱉고서 이야기를 시작했다.

"여동생은 4년 전까지 신용금고에서 일했습니다. 그런데 4년 전에 어떤 사건을 일으켜서……."

마치무라의 여동생인 유코는 4년 전에 직장인 신용금고의 돈을 횡령했다는 혐의로 체포되었다고 한다. 그녀는 지점의 출납 담당 직원으로, ATM 등에 입금을 하는 일을 맡고 있었다. 그런데 어느 시기부터 ATM에서 현금을 빼내거나, 입금하지 않고 그대로 횡령하는 등의 수법으로 은행 돈을 착복해 왔다. 그녀가 일하는 지점에서는 한 직원에게 열쇠와 입출금 관리를 한꺼번에 맡기고 있었고, 또한 ATM의 기록을 조작했기에 반년 넘게 사건이 드러나지 않았다.

그녀가 착복한 돈은 4500만 엔이었다.

"유코는 징역 3년을 언도받고 형무소에 들어갔습니다. 제 부모님은 마지막 책임을 다하고자 가진 집을 처분해 절반쯤 변제했습니다. 그 대신에 유코와는 의절했습니다만, 유코는 1년 전쯤에 형무소에서 나왔지만, 아직도 부모님의 용서를 받지 못해 혼자서 살고 있습니다."

"마치무라 씨도 유코 씨와 만나지 않았습니까?"

"아뇨, 전 부모님 몰래 여러 번 유코와 만났습니다. 하지만 사와무라에 대해 뭘 물어봐도 전혀 대답해 주질 않더군요."

어쩐지 어떤 사정인지 알 것 같았다. 동시에 나는 마음이 조금 무거워졌다.

의뢰인의 여동생이 죄를 저질렀던 전과자라는 점도 그랬고, 조사 대상자인 사와무라도 어떤 범죄에 가담했을 가능성이 있다고 느꼈기 때문이었다.

이 사무소에서는 불륜 조사와 실종자 조사 외에 범죄 전과자 추적 조사도 맡고 있다. 이것은 고구레의 아이디어인데, 나는 어떤 이유 때문에 범죄와 얽힌 조사를 하는 것이 거북했다.

하지만 마치무라의 성실한 태도를 보고 있자니 어떻게든 이 남자의 힘이 되어 주고 싶다고 생각했다.

"마치무라 씨는 여동생분이 이 사와무라라는 남자한테 속아 돈을 바쳤다고 보고 계시는 거군요?"

마치무라가 고개를 끄덕였다.

"여동생은 경찰 조사에서도 횡령한 돈을 자기가 다 써버렸다고 주장한 모양입니다. 하지만 4500만 엔이나 되는 거금을 여동생이

혼자서 다 쓸 수 있을 리가 없습니다. 여동생은 결코 사치를 부릴 줄 모릅니다. 굳이 말하자면 수수한 아이죠. 저는 감이 딱 와서 바로 여동생의 휴대전화에서 사와무라의 번호를 찾아 전화를 걸어 봤습니다. 하지만 이미 연결이 안 되는 번호더군요."

"말씀은 잘 알겠습니다. 하나…… 마치무라 씨의 이야기만으로는 사와무라 씨의 행방을 찾기란 어려울 것 같습니다. 여동생분한테 좀 더 자세한 이야기를 들을 수는……."

"여동생한테는 제가 탐정한테 이런 의뢰를 했다는 사실을 알리고 싶지 않습니다."

나는 마치무라의 눈을 쳐다봤다. 마치무라는 혼자서 사와무라를 찾아 뭘 어쩔 작정인가?

"그럼 한동안 여동생을 지켜봐 주실 수는 없겠습니까? 혹시 지금도 사와무라와 접촉을 하고 있을지도 모릅니다. 그리고 저도 여동생과 안 만난 지 꽤 돼서 어떻게 살고 있는지 걱정스럽기도 하고……."

"소장님, 마치무라 씨의 의뢰를 받아들여도 되겠지요?"

나는 일단 고구레에게 물었다.

"네가 하고 싶다면야 뭐, 상관없지."

평소에는 의뢰가 들어오기만 해도 눈빛을 반짝이던 고구레가 냉랭한 시선을 보냈다.

"알겠습니다. 한동안 여동생분을 지켜보도록 하겠습니다. 그 뒤에 다시 이야기를 하시죠."

나는 다시 마치무라를 바라보고서 대답했다.

"무슨 일이 생기면 휴대전화로 연락 주십시오. 잘 부탁합니다."

마치무라는 고개를 깊숙이 숙였다.

마치무라가 돌아간 뒤 책상에 앉아 있는 소메야 곁으로 다가갔다.
"소메야 씨, 4년 전 휴대전화 사용자를 알아볼 수 있을까요?"
나는 소메야에게 물었다. 현재 사와무라와 이어지는 단서는 유코의 휴대전화에 저장되어 있었다는 사와무라의 전화번호뿐이다. 마치무라는 당시 사와무라의 전화번호를 적어 뒀었다.
"꽤 어렵겠지."
소메야가 떨떠름한 표정으로 말했다.
"조사할 수 있는 데까지 조사해 주면 안 되겠습니까?"
나는 사와무라의 전화번호가 적힌 메모지를 소메야에게 건네고서 옆자리에 앉았다. 인터넷에 유코가 근무했던 신용금고의 이름과 횡령이라는 키워드를 입력하고서 검색하자 여러 뉴스 기사가 떴다. 마치무라가 말해 줬던 내용과 별반 다르지 않았다. 사건 당시에 마치무라 유코는 스물여덟 살이었다.

허섭스레기 같은 남자에게 속아 여성으로서 가장 소중한 시기를 형무소에서 보내다니.
"왜 이런 남자한테 걸린 거지? 멍청한 여자군……."
"너, 사람을 진심으로 좋아해 본 적 없지?"
옆에서 일을 하던 소메야가 불쑥 중얼거렸다.
곧바로 대답을 하지 못했다. 설마 소메야가 그런 소리를 할 줄은 생각조차 하지 못했다.
"사랑은 눈을 멀게 해."
소메야는 그렇게 말하고서 깔깔대며 웃었다.

"소메야 씨도 사랑하는 남자를 위해서라면 뭐든지 할 수 있습니까?"

나는 컴퓨터 화면을 가리키며 물었다.

"우리 사무소에 그만한 돈은 없잖아?"

"그야 그렇죠."

"사에키, 왠지 이번 일에 의욕이 넘치는 것 같은데?"

고구레가 뒤에서 내 어깨를 두드리며 말했다.

"딱히 그렇지 않습니다."

"좋아, 좋아. 일에 열의를 보이는 건 아주 좋은 일이지."

고구레가 웃으면서 말했다. 하지만 곧 눈빛이 바뀌었다.

"어쩐지 요즘에 일이 아닌 무언가에도 정신을 팔고 있는 것 같고 말이야."

고구레가 떠보듯이 나를 쳐다봤다. 그 시선에 나는 등골이 오싹해졌다. 혹시 내가 일하는 틈틈이 누나를 죽인 놈들을 조사하고 있다는 사실을 아는 게 아닐까?

"돈도 안 되는 일에 힘을 쓰면 안 된다고."

그만하라고 못을 박는 것처럼 들렸다.

"그나저나 아까 그 건은 너무 많이 뜯어낸 거 아닙니까?"

나는 화제를 돌렸다.

이 사무소에서 조사를 의뢰할 때 드는 비용은 보통 30만 엔이다. 하지만 고구레는 그 두 배인 60만 엔을 마치무라에게 청구했다. 고구레의 생각은 잘 안다. 고구레는 분명히 사와무라를 찾아내지 못하리라 짐작하고 있겠지. 그래서 처음부터 성공보수까지 얹은 금액을 부른 것이다.

"저런 손님한테는 바가지를 씌워도 돼. 돈이 많아 보이니까."

나는 고구레의 말에 반감을 느꼈다.

마치무라는 대형 은행에 근무하고 있지만, 여유롭게 사는 것 같지는 않다. 여동생이 횡령사건으로 체포가 되었다. 혹시 은행에서 그 사실을 알고 있다면 마치무라는 가시방석 같은 회사 생활을 하고 있으리라.

"더군다나 너한테는 명함을 줬으면서 나한테는 주지 않았지. 사회인으로서 실격이야."

고구레의 말을 듣고 나는 한숨을 내쉬었다.

이 얼마나 유치한 사람인가.

사무소에서 나오니 저녁 7시가 넘었다.

앞으로 전철을 타고 무사시사카이로 갈 작정이었다. 내일부터는 한동안 사와무라 유지 조사로 바빠지게 된다. 오늘 밤에도 다도코로의 행동을 감시할 작정이다.

패밀리 레스토랑 창가에서 감시하고 있으니 불이 꺼진 라면 가게에서 다도코로가 나왔다.

나는 전표를 들고 계산대로 향했다. 서둘러 레스토랑에서 나온 뒤 역을 향해 걷고 있는 다도코로의 모습을 시야 안에 담아 두며 걸어 나갔다. 다도코로는 언제나 역 앞에 있는 은행의 야간금고에 돈을 맡긴 뒤에 밤거리로 곧장 향한다.

골목에서 어떤 남자가 나와 다도코로의 뒤에 다가갔다. 어제 다도코로를 미행하던 남자. 남자가 종종걸음으로 다가가 다도코로의 어깨를 두드렸다. 다도코로가 뒤를 돌아봤다. 도로 반대쪽에 있는 나도 그가 엉덩방아를 찧을 만큼 놀랐다는 걸 엿볼 수 있었다. 저 남자는 대체 뭐지?

잠시 뒤에 다도코로와 남자는 함께 역 쪽으로 걸어 나갔다. 도중에 남자가 어떤 선술집을 가리켰다. 다도코로는 마지못해 남자 뒤를 따라 선술집에 들어갔다.

나는 도로를 건너 선술집으로 들어갔다. 탁자석 4석과 카운터석이 10석 정도 있는 아담한 대중 선술집이었다. 다도코로와 남자는 탁자석에서 마주 보고 앉아 있었다. 모자를 깊숙이 눌러쓴 남자의 얼굴에서 간들거림이 번져 나왔다. 하지만 다도코로의 표정은 굳어 있었다. 나는 두 사람에게 등을 돌리듯이 카운터석에 앉았다.

가게 안은 술주정뱅이들의 흥겨운 잡담 소리로 가득했다. 나는 맥주를 마시면서 눈앞의 수조에 비친 두 사람의 모습을 주목했다. 그리고 등 뒤에 온 신경을 집중했다. 단편적이나마 두 사람의 대화가 들렸다.

"겐지, 살이 쪘네……. 마지막에 만났을 때와는 아주 딴판이야……. 나와 달리 매일 좋은 것만 먹는 모양이네……."

남자가 자학하는 투로 말했다.

"무슨 일이야? 대체, 느닷없이……."

다도코로는 동요를 감추지 못하는 목소리로 숙덕거렸다.

"너한테서 성공의 비결을 좀 전수받고 싶어서 말이야."

"성공 같은 거 아냐. 그저, 평범하게…… 열심히 일했을 뿐이라고. 저래 보여도 라면 가게로 돈 못 벌어. 먹고살 만큼만 버는 게 고작이지."

"말은 그렇게 하면서 매일 밤마다 카바레 클럽에서 놀던 팬찮은 여자를 호텔로 데리고 가던걸? 부럽다, 부러워. 나도 진짜 여자랑 하고 싶다. 대체 언제부터 안 한 거지? 그래, 벌써 15년씩이나 따끈한 여자 몸을 안지 못했구나."

남자가 큰 목소리로 말했다.

15년……. 그 말이 마음 한구석에 걸렸다.

"마사시, 그만해. 여기에는 지인도 있다고."

다도코로가 작은 목소리로 주의를 줬다.

마사시……. 그 이름을 듣고서 심장이 쿵쾅거렸다. 15년 전…… 마사시…….

"그러니까 여길 고른 거잖아. 야, 그렇게 쌀쌀맞게 굴지 마. 우린 형제 같은 사이 아니냐. 같은 여자랑 뒹군……."

"카바레 클럽에 정 가고 싶으면 다음에 데리고 갈게. 그러니까……."

"근데 이런 물골로 가면 여자가 안 꼬이잖아. 옷을 좀 사고 싶은데 말이야, 집세가 3개월 치나 밀려 있어서. 거기서 쫓겨나면 겐지, 너희 집에서 잠깐 신세 좀 질까? 꽤 좋은 맨션에서 살더라?"

"알았어……."

다도코로가 무릎에 올려 둔 보조가방을 열고 안에서 지폐 여러 장을 꺼냈다.

"이걸로 집세를 내. 하지만 더 이상……."

"역시 친구밖에 없구만."

남자는 다도코로에게서 돈을 받은 뒤 일어섰다.

"앞으로도 사이좋게 지내자고."

남자는 그렇게 말하고서 손을 흔들며 가게에서 나갔다.

나는 계산을 해달라고 부탁했다. 돈을 내고서 일어나 가게 출입구로 향했다. 나오면서 다도코로 쪽을 슬쩍 엿봤다. 다도코로는 창백해진 얼굴로 고개를 푹 숙이고 있었다.

가게에서 나온 뒤 나는 남자를 쫓았다. 아까 두 사람의 대화를 듣고 확신이 들었다. 눈앞의 남자는 유카리 누나를 죽인 데라다 마사시가 틀림없다.

남자는 무사시사카이 역에서 전철을 타고 신아키쓰 역에서 내렸다. 그는 역 앞 DVD 대여점에 들어가 곧장 성인 코너로 향했다. 남자는 진열대에 꽂혀 있는 DVD를 한동안 음미했다. 나는 의심받지 않도록 적당히 DVD를 고르는 척하면서 남자를 엿봤다. 남자가 고른 DVD는 여고생물과 강간물이었다.

남자는 DVD 대여점에서 나와 역 앞 상점가를 15분쯤 걸었다. 그는 주택가 구석에 있는 낡은 목조 아파트 계단을 콧노래를 부르면서 올라갔다.

나는 남자가 집 안으로 들어가는 것을 본 뒤 1층에 있는 우편함을 확인했다. 203호실에 '데라다'라는 명패가 걸려 있었다.

2층 가장자리 집의 불이 켜졌다. 나는 증오가 담긴 눈으로 노려봤다. 저 남자와 만나기 전까지는 다도코로를 향한 분노가 온몸에서 용솟음치고 있었다. 하지만 지금 느끼는 증오는 그것과는 다른 종류였다. 그 DVD를 보면서 무얼 상상하고 있을지 생각하니, 누나를 범하는 상상을 하면서 성욕을 풀겠구나 하고 생각하니, 미쳐 버릴 것만 같았다.

나는 음울한 공기가 침체되어 있는 이 일대에서 당장 떠나기로 했다.

마치무라 유코가 사는 아파트를 올려다보니 어제 그 사위스러운 광경이 떠올랐다.

유코가 사는 아파트도 낡은 목조 아파트였다. 유코는 이 아파트 202호실에서 살고 있다. 그 집에서 유코가 나오는 순간을 확인해야만 한다. 나는 유코의 얼굴을 모른다. 어제 마치무라에게 유코의 사진이 없느냐고 물었다. 하지만 안타깝게도 유코의 사진은 한 장도 갖고 있지 않다는 대답을 들었다. 가족의 사진이 단 한 장도 없다는 것이 참 희한했지만, 유코와 의절하면서 부모가 몽땅 버렸을지도 모른다.

유코가 사는 아파트는 하치오지 시내에 있었다. 어젯밤에 나는 데라다의 아파트에서 물러나 하루카의 맨션에서 잠깐 눈을 붙였다. 그러고는 첫차를 타고 여길 찾아왔다.

아침 7시 30분에 202호실 문이 열리더니 한 여성이 나왔다. 트레이닝셔츠에 청바지 차림의 그 여성은 긴 머리를 뒤로 묶었다. 유코는 아파트 계단을 내려와 빠른 걸음으로 역 쪽으로 걸어갔다.

나는 그 뒤를 천천히 뒤따랐다.

지정된 찻집에 들어가니 안쪽 자리에서 일어서는 마치무라가 보였다.

"이런 데까지 오라고 불러서 미안합니다."

내가 다가가자 마치무라는 고개를 숙였다.

"아뇨, 괜찮습니다. 마치무라 씨도 해야 할 일이 있으니까."

마치무라가 근무하는 은행은 이 근처에 있다. 어제 마치무라가 전화를 걸어 만나고 싶다고 부탁했다. 그리고 가급적 이 근방에서 보고 싶다며 이 찻집을 지정했다.

"그래, 유코는 어떻습니까?"

마치무라가 물었다.

"안타깝게도 현재로서는 사와무라 유지와의 연결고리를 찾을 수가 없었습니다."

나는 어제까지 사흘 동안 유코의 행동을 줄곧 감시해 왔다. 유코를 감시하는 것은 탐정으로서 편하면서도 지루했다. 유코의 생활에는 너무나도 기복이 없었기 때문이다.

유코는 아파트에서 도보 15분 거리에 있는 도시락 가게에서 일하고 있었다. 매일 아침 8시부터 저녁 6시까지 가게에서 일한 뒤 슈퍼에 들러 장을 보고는 아파트로 돌아갔다. 매일매일이 그렇게 되풀이됐다. 요 사흘 동안에 출근하지 않은 날이 딱 하루 있었다. 아마 휴일이었겠지. 그날도 요코는 슈퍼에서 장을 보러 나갔을 뿐, 아무 데도 놀러가지 않고 아파트에 쭉 틀어박혔다.

"잘 지내던가요?"

마치무라가 걱정스럽게 물었다.

"예전에 여동생분이 어땠는지는 잘 모르겠지만……. 활기차게 일하더군요."

여유 있는 생활은 아니겠지. 유코가 사는 아파트나 수수한 행색을 보면 그녀의 생활을 상상할 수가 있다. 먼발치에서 보고 있으니 32세라는 나이보다도 더 늙어 보였다. 그렇기에 도시락 가게로 출근하는 유코와 대면했을 때는 조금 놀랐다. 그녀는 입술에 화사한 분홍색 립스틱을 발랐다. 그 이외에는 거의 화장기가 없었기에 유독 그 매끈한 입술만이 두드러져 보였다.

"그런가요? 다행이다."

마치무라는 진심으로 안도하는 듯했다.

"오늘 이렇게 와달라고 부탁을 한 건 전하고 싶은 말이 하나 있기 때문입니다."

"뭡니까?"

"실은 저번에 유코의 옛 친구한테서 들은 이야기입니다만, 유코와 사와무라가 자주 갔던 바가 시부야에 있다고 합니다."

"그 바 이름은 모릅니까?"

"압니다."

마치무라는 바 이름을 메모지에 적어서 건넸다.

"거기 마스터인 와타나베 씨라는 분이 사와무라와 꽤 친했다고 하더군요."

"하나 물어봐도 됩니까?"

나는 마치무라의 눈을 보면서 물었다.

"뭐죠?"

"혹시 사와무라의 소재를 알아낸다면 마치무라 씨는 어쩔 작정입니까?"

나의 물음에 마치무라는 잠시 침묵했다.

분명히 유코는 죄를 저질렀다. 그 죗값을 치르고자 유코가 형무소에 간 것도, 그 부모가 집을 팔아넘긴 것도 어쩔 수 없는 일이었는지도 모른다. 하지만 마치무라도 도저히 납득할 수 없는 마음의 응어리가 있을 것이다. 여동생을 속여 돈을 갈취했을지도 모르는데, 처벌도 받지 않고 태평하게 살아가고 있는 사와무라를 향한 증오 말이다.

마치무라가 성실한 남자라는 것은 잘 안다. 하지만 이토록 여동생을 걱정하며 애정을 쏟는 이 남자가 여동생의 인생을 망쳐 놓은 남자와 대면했을 때, 어떤 불상사가 벌어질 것만 같은 예감을 지울 수가 없었다.

"유코는 아직도 그 남자를 사랑하고 있는 것 같습니다. 형무소에서 나올 때도 언젠가 반드시 그 남자가 자기 곁으로 돌아올 거라고 믿고 있더군요. 정말 멍청한 여자라고 생각하시겠죠……."

마치무라가 쓸쓸하게 웃었다.

"아뇨……."

나는 살짝 눈을 내리깔았다.

"유코는 지금까지도 속아 왔고, 앞으로도 계속 속을 겁니다. 전 그 아이의 마음속에서 그 남자의 기억을 끊어내고 싶습니다. 그 남자가 얼마나 잔인한지 조사해서 유코한테 알려 주고 싶습니다. 그뿐입니다……."

마치무라와 헤어진 뒤 나는 시부야에 있는 어느 바로 향했다.

고엔 로를 올라가면 나오는 맨션 안에 있는 그 바는 은밀한 분위기가 감도는 멋들어진 곳이었다. 푸른 조명을 기조로 한 어둑한 가게 안에는 탁자석이 없었다. 카운터 안에는 값비싸 보이는 술들이 즐비했다. 아직 시간이 이른지 손님은 없었다.

"어서 오십시오."

카운터 안에 있던 바텐더가 말했다.

"이 바에서 제일 싼 걸로."

카운터에 앉아 그렇게 주문하자 바텐더는 쓴웃음을 지으면서 맥주를 따라 줬다.

"와타나베 씨 맞습니까?"

내가 묻자 바텐더는 "그렇습니다." 하고 대답했다.

"이 사람에 대해서 묻고 싶습니다만."

나는 카운터 위에 사와무라의 명함을 올려놨다. 바텐더는 의아하다는 얼굴로 명함을 집어 들더니 씁쓸하다는 듯 입술을 일그러뜨렸다.

"사와무라 씨가 여기 단골이었다고 하더군요."

"당신, 뭐하는 사람입니까?"

와타나베는 나를 뚫어져라 쳐다봤다.

"탐정입니다."

나는 솔직하게 대답했다. 사와무라의 명함을 보고 씁쓸한 표정을 지었으니 아마도 와타나베는 사와무라에 대해 어떤 감정을 품고 있으리라.

"어느 분의 의뢰를 받아 사와무라 유지 씨의 행방을 찾고 있습니다."

"사와무라한테 속았던 여자가 의뢰한 건가?"

와타나베가 빈정거리듯 말했다.

"사와무라 씨는 지금도 여길 자주 옵니까?"

"4년쯤 전부터 발길을 끊었습니다. 그 전에는 어떤 여성과 일주일에 한 번 꼴로 왔었는데 말이죠."

"어떤 여성이었습니까?"

"유코라는 애였습니다. 신용금고에서 일하는 진지한 여자였죠."

"아까 사와무라한테 속았다고 말씀하셨는데, 무슨 의미입니까?"

나는 물었다.

"그냥 그런 의미입니다. 그 녀석은 그런 놈이었습니다."

와타나베가 내뱉듯이 말했다.

"4년 전에 사와무라와 함께 왔던 그 유코란 아이는 회사 돈을 횡령하여 경찰에 체포됐습니다. 그 이후로 사와무라는 모습을 감췄습니다. 아마도 그 애는 사와무라한테 속아 횡령한 돈을 다 갖다 바쳤겠죠."

"어떻게 그렇게 단언할 수 있습니까? 예를 들어 그 여성이 어떤 제비한테 그 돈을 꽂아 줬을 수도 있고, 또 유흥비로 탕진했을 수도……"

"그건 말이 안 됩니다. 유코는 정말로 진지하고 올곧은 아이였으니까요. 그 애는 여기에 올 때마다 꼭 분홍색 립스틱을 발랐습니다. 사와무라가 분홍색 립스틱이 가장 잘 어울린다고 칭찬을 해줬다며, 그 녀석과 만날 때면 늘 같은 립스틱을 바르던 아이였으니까요. 유코의 눈에는 사와무라밖에 보이지 않았던 것 같습니다. 하지만 가엾게도 사와무라의 진짜 모습은 보이지 않았겠지요."

나는 윤기가 흐르던 유코의 입술을 떠올렸다. 서글픈 마음이 들었다. 마치무라의 말대로 유코는 아직도 사와무라를 사랑한다. 그리고 그가 언젠가 자기 곁으로 돌아올 날을 기다리고 있으리라.

"부끄러운 얘기인데, 나도 그 녀석한테 100만 엔 정도를 빌려줬지요……. 변명은 아니지만, 그 녀석은 사람의 믿음을 얻어 내는 데 천부적인 재능이 있어요."

"믿음을 얻어 내는 재능?"

"언동이 나긋하다고 할까, 뭐라고 해야 하나……. 눈빛이 성실해 보이거든요. 친구와 함께 해외에서 잡화를 들여와 파는 회사를 운영한다고 했죠. 상품을 사들이러 자주 해외로 나가는지 올 때마다 선물을 들고 오는 괜찮은 녀석이었어요. 유코의 사건이 드러나기 직전에 급하게 쓸 데가 있다면서 100만 엔이 필요하다길래 빌려줬죠."

"사와무라를 찾아볼 생각은 안 했습니까?"

"휴대전화로도 연락을 받질 않고, 명함에 있던 주소와 전화번호도 엉터리. 찾으려야 찾을 수가 없었죠. 경찰한데 신고를 할까도 생각했지만, 사람 보는 눈이 없다는 걸 널리 선전하는 꼴인 것 같아 결국에는 포기했지요. 사건이 벌어진 뒤에 알게 됐는데, 그런 사람이 아주 많았던 모양입니다. 특히 여성이 많았지요. 여자는 자신의 수치를 밖으로 드러내고 싶어 하지 않으니 50만 엔이나 100만 엔쯤이야 도둑맞았다 생각하고 이불 속에서 한바탕 울며 잠이 들었겠지. 근데 유코는 정말로 가여워. 좋은 아이였는데."

"사와무라는 그 돈을 어디에다가 썼을까요?"

"이것도 나중에 알게 된 건데, 롯폰기의 고급 클럽 같은 곳에서 흥청망청 썼다더군요."

와타나베가 몇몇 클럽의 이름을 거론했다.

"사와무라의 사진 같은 건 없습니까?"

나는 물었다.

"아니, 없어요. 그 녀석은 사진 찍는 걸 싫어했어요. 일전에 여기서 유코의 생일을 축하할 때, 기념으로 두 사람의 사진을 찍어 주겠다고 했더니 자기는 사진은 딱 질색이라며 거절했습니다. 그때 뭔가 수상쩍다는 걸 알아차렸더라면."

와타나베는 후회가 섞인 한숨을 내쉬었다.

그 뒤로 나는 와타나베에게서 들은 롯폰기 클럽을 여러 군데 돌아다녔다.

하지만 그곳에서 사와무라의 평판은 나쁘지 않았다. 아니, 나쁘기는커녕 사와무라를 아는 호스티스들 대부분은 그를 두고 상냥하고, 지적이고, 돈을 시원시원하게 쓸 줄 아는 사람이라고 칭찬했다.

그런 상황인지라 나 역시 사와무라가 사기범이라느니, 그런 악담을 꺼낼 수가 없었다. 연락이 끊어져서 걱정을 하는 친구의 의뢰를 받아 소재를 찾고 있다고만 말했다.

그 사건이 벌어진 뒤에 사와무라는 그 어떤 클럽에도 발길을 뚝 끊었다. 역시 그가 두 번 다시 들를 것 같지는 않았지만, 일단 뭔가 떠오르는 게 있으면 연락을 해달라고 부탁한 뒤 물러났다.

나는 완전히 막다른 곳에 몰렸다.

마치무라의 의뢰를 받은 지 열흘쯤 지났지만, 아직껏 사와무라라는 인물의 윤곽조차 찾아내지 못했다.

사와무라의 지인들에게 그가 어떤 사람이었느냐고 물으면 반응은 둘 중의 하나였다. 성실하고 상냥한 신사, 아니면 허울은 좋지만 속은 시커먼 남자…….

어느 쪽이든 공통점은 있었다. 사와무라는 자신의 흔적을 거의 남기지 않았다는 것이다. 남긴 것은 명함과 사람들 머릿속의 기억뿐이다. 사와무라를 아는 사람들과 이토록 접촉했는데도 사진 한 장조차 건지지 못했고, 당시에 그가 어디에서 살았는지 아는 사람도 없었다. 더욱이 그는 만나는 사람마다 자신의 겉인상을 바꾸었던 모양이다. 그래서 겉인상을 물어봐도 다들 딴소리를 했다.

나는 사무소 책상에 앉아 한숨을 내쉬었다.

"난 사와무라 유지의 본명을 알아냈는데."

뒤에서 고구레가 말했다.

나는 순간 말뜻을 이해하지 못하고 멍하니 고구레를 돌아봤다.

"소장님, 방금 그게 무슨 말입니까?"

"그러니까 사와무라 유지의 본명을 알아냈다고."

고구레는 내 눈앞에 메모지를 던졌다.

"본명은 야마모토 지로. 나이는 서른여덟 살. 현 소재지는 오사카 시 기타 구라는군……"

나는 고구레를 보면서 말문을 잃었다. 정말인가?

"어떻게……"

"휴대전화 번호로 알아냈지."

고구레가 별거 아니라는 듯 말했다.

4년 전에 썼던 휴대전화로 본명뿐만 아니라 현재 소재지까지 알아냈다는 건가? 고구레는 언제나 일을 나에게 떠밀지만, 가끔은 이런 마술도 부릴 줄 안다.

"근데 말이야. 이 정보를 쓰고 싶으면 조건이 하나 있어. 마치무라 씨와 흥정해서 성공보수를 100만 엔으로 올리도록."

"100만 엔이라니."

고구레의 말을 듣고 기가 막혔다.

성공보수는 의뢰의 난이도에 따라 보통 5만 엔에서 30만 엔 사이에서 책정된다. 아무리 고구레가 돈을 밝힌다고 해도 그 금액은 너무 과도하다.

"의뢰인이 꼭 필요하다면 그 정보를 사겠지."

고구레도 물러설 생각은 없어 보였다.

"물어는 보겠습니다."

나는 마지못해 마치무라에게 전화를 걸었다.

"사와무라가 어디서 사는지 알아냈습니까?"

내 이야기를 듣고 마치무라는 한동안 말을 잃었다. 나는 미안해 하면서 성공보수를 올려야만 하는 이유를 설명했다.

"……100만 엔은 꽤 거금입니다. 어떻게 하시겠습니까? 승낙을 하신다면 이제부터 그 남자가 사는 곳으로 가서 조사를 이어서 하겠습니다."

"알겠습니다. 100만 엔을 지불할 테니 조사를 계속해 주십시오. 잘 부탁합니다."

마치무라가 전화를 끊은 뒤에 나는 한숨을 내쉬었다.

오사카 시내에서 렌터카를 빌린 뒤 당장 메모지에 적힌 주소로 향했다.

어느 맨션 앞에서 차를 세웠다. 나는 운전석에서 6층짜리 고급 맨션을 쳐다봤다. 정말로 저 맨션에 사와무라 유지, 아니, 야마모토 지로가 살고 있을까?

차에서 내리려는 순간에 주머니 안에서 휴대전화가 진동했다. 하루카가 문자를 보냈다.

'오사카 출장 중이랬지. 언제 도쿄로 돌아와? 빨리 만나고 싶어. 쓸쓸해.'

나는 혀를 차며 바로 휴대전화를 집어넣은 뒤 차에서 내렸다.

출입구 우편함을 보니 208호실에 분명히 '야마모토'라는 이름이 걸려 있었다. 때마침 어떤 주부가 오토락 문을 열기에 주민인 척 맨션 안으로 슬그머니 들어갔다. 208호실은 2층 가장자리에 있었다. 여기라면 맨션 앞 도로에 세워 둔 자동차 안에서도 어떤 사람이 드나드는지 확인할 수 있다.

"저기요……."

뒤에서 부르는 소리에 돌아보니 어린아이를 안고 있는 여성이 서 있었다.

"무슨 일이시죠?"

"여기가 야마모토 지로 씨 댁입니까?"

"예, 제 남편입니다만……."

유코를 속였던 야마모토에게 처자식이 있었다니. 마치무라가 이 사실을 안다면 얼마나 분통을 터뜨릴까.

"실은 예전에 함께 일하면서 신세를 졌던 기무라라고 합니다만……."

"그러세요? 그이는 지금 가게에 나가 있어요. 죄송합니다."

"가게 말입니까?"

"예. 우메다 역 근처에서 잡화점을 하고 있어요."

"그렇습니까?"

나는 야마모토의 맨션에서 나와 우메다 역으로 향했다.

야마모토가 경영하는 잡화점은 우메다 역 인근 쇼핑몰 안에 있었다. 여러 나라에서 들여온 소품과 식기들이 진열되어 있었다. 나는 잠시 가게 안을 둘러보며 돌아다녔다. 하지만 귀해 보이는 식기를 쳐다봐도 아무렇지 않았다. 유코의 인생과 맞바꿔서 꾸린 가게라는 생각을 하니 애달픈 감정이 복받쳤다.

야마모토 지로는 대체 어떤 인간인가? 어떤 사람은 아주 매력적이라고 했다. 하지만 많은 사람들이 야마모토의 그 매력에 농락당하고 말았다.

"사장님, 이 식기는 어디에 진열할까요?"

여자 종업원이 창고 문을 열고 말을 걸었다. 한 남자가 가게 안에서 나왔다. 그는 나를 보더니 미소를 지었다.

나는 그 남자를 보고 숨이 멎었다…….

거기에 서 있는 남자는 내가 아는 마치무라 유키오였다.

"사에키 씨, 이제야 여기까지 왔군요. 혹시 못 올까 봐 조마조마했습니다."

야마모토 지로가 말했다.

"대체 어떻게 된 겁니까?"

나는 의자에 앉자마자 눈앞에 있는 야마모토에게 따졌다.

야마모토는 잡화점 안에서 멀뚱히 서 있는 나를 차분하게 밖으로 데리고 나온 뒤 근처 찻집에 들어갔다.

"일전에 말씀드렸죠. 사와무라 유지……. 아니, 야마모토 지로가 어떤 남자인지 유코한테 알려 주고 싶다고."

나는 야마모토의 눈을 응시했다. 하지만 이 남자의 진의를 잘 모르겠다.

"유코를 속였던 장본인인 내가 왜 이런 짓을 벌였는지 묻고 싶겠죠?"

나는 고개를 끄덕였다.

"뭐라고 해야 좋을까……. 어쩐지 요즘 아침에 일어나도 개운치가 않더군요."

야마모토가 빙긋 웃었다. 지금까지 이 얼굴에 호감을 품어 왔던 제 자신이 분했다. 나는 이를 악물면서 야마모토를 쏘아봤다.

"여러 사람들한테서 내 이야기를 들었겠군요. 좋은 얘기도, 나쁜 얘기도. 개중에는 나한테 속아 돈을 빼앗겼다고 말한 사람도 있었겠죠. 근데 말이죠, 난 그럴 생각이 전혀 없었어요."

"그럴 생각이 없었다? 가명으로 돈을 빌린 뒤에 그대로 내뺀 건 어엿한 사기 아닙니까?"

"분명히 돈을 받긴 받았습니다. 하지만 그건 말하자면 서비스에 대한 대가라고 생각합니다. 여자들한테 이상적인 남자를 연기해서 서비스를 한다. ……배우 역시 작품에 따라 역할이 달라지지 않나요?"

"당신 때문에 마치무라 유코 씨는 형무소까지 들어갔습니다."

나는 야마모토에게 경멸을 담아 따졌다.

"그건 정말 두 손 두 발 다 들었습니다. 하지만 착각하지는 마십시오. 난 그 여자한테 횡령을 하라고 부추기지 않았습니다. 돈이 궁하다고 하면 곧바로 빌려주더군요. 늘 조금씩 빌리다 보니 그토록 그 큰 금액이었을 줄은 실감이 들지 않았습니다."

야마모토가 의자에 깊숙이 앉아 한숨을 내쉬었다.

"유코가 체포됐다는 뉴스를 봤을 때, 역시 위험해지겠구나 싶었습니다. 난 휴대전화와 빌렸던 집을 해약하고서 한동안 간토 지방에서 떠나기로 마음먹었습니다. 근데 아무리 뉴스를 봐도 남자한테 돈을 바치고자 횡령했다는 소리가 전혀 나오질 않더군요. 대체 무슨 영문인가 싶었습니다. 지금껏 모아 왔던 종잣돈으로 시작한 주식이 우연히 대박을 맞아 2년 전에 이쪽에 가게를 냈고, 지금의 아내와 결혼했습니다. 그리고 이 일에만 전념했는데……."

야마모토의 눈동자에 문득 쓸쓸함이 깃든 것처럼 보였다.

"내가 참 어리석었지……. 이제 잠잠해졌겠다 싶어 3개월 전에 도쿄에 놀러갔는데, 우연히 길거리에서 그 여자의 오빠와 맞닥뜨렸습니다. 날 골목으로 끌고 가서 온갖 욕설을 퍼붓더군요. 그 여자의 부모는 살던 집을 팔아야만 했고, 오빠는 일하던 은행을 그만둬야만 했다고. 난 그 돈을 모른다고 잡아뗐습니다. 몇 대 얻어맞거나 경찰서로 끌고 갈 줄 알았는데, 그러질 않았어요. 마지막에 딱 한마디를 내뱉더군요……. 네놈의 가장 큰 죄는 유코의 마음속에서 영원히 사라지지 않는다는 것이라고."

야마모토는 사무소에서 거짓말만 한 것이 아니었다. 4년 전에 유코와 둘이서 걷다가 우연히 그녀의 오빠와 만났다는 것. 그때 처음이자 마지막으로 명함을 교환했으니 마치무라 유키오의 명함은 한 장밖에 없다.

어쩌면 고구레는 그때 알아차렸을지도 모른다.

나는 4년 전에 썼던 사와무라 유지의 전화번호로 야마모토 지로의 주소를 알아냈다고만 생각했다. 고구레는 조사 의뢰서에 적힌 전화번호로 이 남자의 정체를 알아냈던 것이다. 현재 쓰는 번호로 사용자의 정보를 알아내는 것은 탐정에게 그리 어려운 일이 아니다.

"난 다른 탐정한테 유코의 주소를 알아봐 달라고 부탁했습니다.

그리고 며칠 동안 먼발치에서 그 여자가 어떻게 사는지 지켜봤습니다. 당장에라도 쓰러질 것 같은 허름하기 짝이 없는 아파트에 살며 매일 집과 직장인 도시락 가게를 오가기만 할 뿐, 다른 즐거움은 하나도 없는 생활. 불쌍하더군요. 하지만 가장 가엾다고 여겼던 순간은 그 여자의 입술을 봤을 때였습니다. '넌 정말 분홍색 립스틱이 가장 잘 어울려.' 그저 돈을 끌어내기 위한 사탕발림 같은 말을 지금껏 소중하게 간직하고 있는 그 여자를 보고…… 참으로 불쌍한 여자라고……, 마음이 찢기듯이 아파 오더군요."

이 남자의 말을 어디까지 믿어야 좋을까? 하지만 찻집에서 만났을 때, 유코를 걱정하던 야마모토의 모습은 꼭 연기만은 아닌 것 같았다. 그렇게 여기고 싶은 것뿐일까? 나는 아직도 야무지지 못하고 무른 건가?

"야마모토 지로라는 남자를 지금껏 살펴봤으니 조사 보고서를 작성한 뒤에 오빠가 시켰다면서 그 여자한테 보내 주십시오."

야마모토는 주머니에서 봉투를 꺼내 탁자 위에 올렸다.

"약속한 성공보수입니다."

"죄책감을 덜려는 겁니까?"

나는 물었다.

"그건 건 아닙니다. 그저 지금 눈이 멀어 버렸을 뿐입니다."

"당신의 정체와 주소를 알려 준다면 경찰에 고발할지도 모르고, 당신 곁으로 찾아갈 수도 있습니다."

"만약에 그렇게 된다면 어쩔 수가 없겠지요."

야마모토는 그런 일은 절대로 일어나지 않을 거라고 마음속으로 생각했으리라.

"당신은 치졸한 인간이야."

나는 야마모토를 쏘아보며 말했다. 그는 눈을 돌리지 않고 나를 똑바로 응시했다. 예전의 나였다면 눈앞의 남자를 그대로 노려봤을 것이다. 하지만 나는 먼저 시선을 돌려 버렸다.

하루카의 얼굴이 뇌리에 떠올랐기 때문이다.

치졸한 인간······. 눈앞의 남자에게 던진 그 말은 내 가슴에 꽂혔다.

이 남자와 마주 보고 있으니 악당을 비추는 거울 앞에 있는 것 같다는 기분이 들었다.

나는 봉투를 들고 일어섰다. 자기 자신의 치졸함을 비추는 거울 앞에서 당장 도망치고 싶은 심정뿐이었다.

제5장

통곡

　나는 이케부쿠로의 번화가에 발을 내디뎠다.
　저녁이 가까워지자 유흥업소와 파친코 등이 내뿜는 네온사인이 도로를 수놓고 있었다. 골목 안으로 조금 들어가니 주변의 소란이 마치 거짓말인 것처럼 은밀하고 추레한 길이 보였다. 꾀죄죄한 복합 빌딩 앞에 'DVD 판매'라는 조악한 간판이 오도카니 서 있었다. 나는 지하 점포로 통하는 계단 앞에서 잠시 망설였다.
　계단을 내려가 점포 안으로 들어가니 벽 한 면에 외설적인 사진이 온통 붙어 있었다. 볼펜과 메모장을 든 손님이 사진을 보면서 구입할 DVD를 고르는 중이었다.
　벽에 붙은 사진을 쭉 둘러보니 남녀의 성기가 노골적으로 드러난 성인물, 그리고 아동의 나체가 찍혀 있는 아동 포르노 등을 취급하는 모양이다. 명백히 불법 DVD다.

"손님, 마음에 드는 게 있으면 번호를 적어."

점원이 탁자 위에 놓여 있는 메모지와 볼펜을 가리키며 말했다.

"여기 있는 게 전부?"

나는 선글라스 너머로 남자를 응시하면서 물었다.

"따로 찾는 장르라도?"

"강간물."

나는 그 남자가 좋아할 만한 장르를 말했다.

"잠깐만."

남자는 가게 안으로 들어갔다. 잠시 뒤 DVD 여러 장을 가지고 왔다.

"이건 좀 위험한 물건인데."

남자가 간들거리면서 말했다.

"연출이 아니고, 진짜로 여자를 범한 영상이거든. 한 여고생을 네 남자가 윤간한 건데, 울부짖으며 저항하는 여자 얼굴이 정말 최고야. 좀 비싸긴 하지만 꼭 사서 봐야 할 가치가 있지."

신이 난 얼굴로 힘주어 말하는 남자를 보고 있으니 가슴속에서 펄펄 끓는 감정이 치솟았다. 구역질이 났다.

"또 오지."

나는 가게에서 나왔다. 계단을 올라 밖으로 나와 심호흡을 거듭했다. 침전된 분위기 속에 있었더니 온몸이 찌들은 모양이다.

나는 서둘러 큰길로 나와서 게임센터 안으로 들어갔다. 화장실 개인 칸 안으로 들어가 변장용 모자와 선글라스와 콧수염을 뗐다. 웃옷을 새로 갈아입고는 기존에 입었던 것을 가방 안에 집어넣었다.

모든 준비를 끝마치자 다시 구역질이 났다. 변기에 대고 토했다.

데라다 마사시와 마주 보는 동안에 줄곧 구역질이 났지만, 설마 정말로 토할 줄은 생각도 못 했다.

나는 변기에 침을 뱉고서 화장실에서 나왔다.

6시가 지나고, 데라다가 DVD 가게에서 나왔다.

나는 데라다의 뒤를 천천히 쫓았다. 데라다는 이케부쿠로에서 신주쿠로 간 뒤 주오 선으로 갈아탔다. 다도코로의 가게가 있는 무사시사카이로 가는 길인가?

데라다는 노약자석에 다리를 쩍 벌리고 앉아 음침하게 웃고 있었다.

저 남자는 유카리 누나를 죽인 자신의 죄를 전혀 반성하지 않는다. 아까 DVD를 소개하던 그 표정이 모든 것을 말하고 있다.

나는 가슴속에서 활활 타오르는 증오의 불길을 필사적으로 억눌렀다.

유카리 누나를 죽인 데라다와 다도코로가 사회 속에서 태연하게 살아가고 있는 모습을 보니 마음이 갈기갈기 찢어져 버릴 것만 같았다. 괴롭기 그지없으나 그래도 이놈들을 계속 감시하고 있는 이유는 진정한 앙갚음을 해주기 위해서다. 유카리 누나가 느꼈을 고통과 절망, 우리 부모님이 느꼈던 슬픔에는 도저히 미치지 않을 것이다. 그래도 나는 이놈들에게 격렬한 고통을 안겨 줄 수 있는 그 무언가를 찾고 있다.

다도코로에 관한 정보는 가끔 하루카가 물어 왔다. 하지만 요 일주일은 일이 바빠서 데라다의 행동을 감시할 수가 없었다.

데라다는 기치조지 역에서 내렸다. 역 앞에서 잠시 대기하고 있으니 다도코로가 다가왔다. 두 사람은 인근 백화점 안으로 들어갔다.

신사복 매장에서 데라다는 값비싸 보이는 정장을 훑어보고 있었다. 계산은 다도코로가 했다. 먼 곳에서도 다도코로의 굳어 버린 표정이 잘 보였다. 데라다는 구입한 정장을 곧바로 입고 매장에서 나왔다.

두 사람은 백화점에서 나와 레이디 조커로 향했다. 하루카가 일하는 카바레 클럽이다.

나는 30분쯤 시간을 두고 레이디 조커에 들어갔다.

데라다와 다도코로 주위에 여자 네 명이 앉아 있었다. 그 안에는 하루카도 있었다.

"안녕."

내 옆에 도우미가 앉았다. 처음 보는 여자였다. 나는 적당히 잡담을 하면서 데라다와 다도코로의 모습을 엿봤다.

하루카에게는 일 때문에 다도코로를 조사하고 있다고 말해 뒀다. 다도코로에 관한 정보를 새로 얻어 내면 알려 달라고 부탁했다.

데라다는 옆에 앉은 하루카가 마음에 퍽 들었는지 노출된 살결을 쓰다듬으면서 필사적으로 추파를 던졌다. 하루카는 내가 멀리서 보고 있음을 눈치 챘다. 이쪽으로 연신 눈길을 돌리며 무언가 호소하고 있었다.

"하루카 씨가 보낸 겁니다."

검은 복장을 한 종업원이 다가와 탁자 위에 메모지를 올렸다.

'HELP. 날 지명해 줘.'라고 적혀 있었다.

가게 안은 어두컴컴했지만, 하루카가 얼마나 데라다를 혐오하는지 표정만 봐도 알 수 있었다. 나는 종업원에게 하루카를 지명했다.

종업원이 하루카에게 다가가서 전하자 데라다는 노골적으로 불쾌한 얼굴을 했다. 이쪽으로 다가오는 하루카와 나를 노려봤다.

"퍽 마음에 들었나 보군."

나는 하루카에게 소곤거렸다.

"저 인간, 진짜 싫어······. 뱀 같은 눈을 하고 슬그머니 다가와서는 '얼마면 하게 해줄 거야?' 하고 묻더라니까······. 기가 막혀서."

"당연히 잘 넘겼겠지?"

"난 좋아하는 사람하고만 잔다고 일러 줬어. 당신이 누군지도 모르는데 어떻게 좋아할 수 있겠냐고도 했지······. 근데 당신을 아무리 잘 알더라도 하룻밤을 같이 보낼 일은 없다는 말은 굳이 하지 않았어. 일단 프로로서."

"역시 그럴 줄 알았어. 그나저나 저 두 사람은 무슨 사이래?"

나는 일단 물어봤다.

"고등학교 동창이래. 다도코로 씨의 경영 조언자라던데."

"조언?"

"그래. 다도코로 씨가 가게를 하는 건 전부 자기 덕분이라고 자랑하더라고."

"다도코로는······."

"조용히 고개만 끄덕이더라. 소중한 사람이니까 늘 자기가 온 것처럼 잘 대해 주라고."

데라다는 다도코로의 약점을 쥐고 있다. 데라다는 그 사건을 빌미로 다도코로를 협박했을 터였다. 유카리 누나를 죽인 그 사건을 빌미로······.

"있잖아, 슈짱. 오늘은 우리 집에서 묵었다 가."

하루카가 어리광을 부리듯 몸을 붙였다.

오늘은 하루 종일 데라다의 모습을 지켜봤기에 가슴속에 혐오감이 들러붙어 있었다. 당장 집으로 돌아가 쉬고 싶었지만, 하루카에게 부탁할 것이 하나 있었다.

"그래······ 알았어. 일 다 끝내고 밖에서 기다려."

내가 대답하자 하루카는 기쁜지 미소를 지었다.

집 앞까지 왔을 때, 하루카가 멈춰 섰다. 그러고는 가방에 손을 넣어 무언가를 찾으려 안을 뒤졌다.

"슈짱, 이것 좀 해."

그녀가 내민 것은 눈가리개였다.

"뭐야, 이게······."

"그만 따지고······. 놀래주고 싶어서 그래."

어째서 이런 걸 착용해야만 하나? 귀찮았지만, 이따가 부탁을 하려면 하루카에게 점수를 조금이라도 따놓아야 한다. 나는 하는 수 없이 눈가리개를 했다.

하루카가 내 손을 쥐고 유도했다.

"거기서 신발을 벗어."

신발을 벗고 나는 앞으로 나아갔다.

"잠깐 거기서 기다려."

집 안에서 뭔가 부스럭거리는 소리가 들렸다.

"벗어도 돼."

하루카의 목소리를 듣고 눈가리개를 벗었다.

어두컴컴한 실내에 양초 여러 개가 보였다. 하루카는 혼자서 생일 축하곡을 부르며 케이크를 들고 있었다.

오늘은…….

나는 케이크에 꽂혀 있는 초를 보고 떠올렸다. 오늘은 내 생일이 아니다. 유카리 누나의 기일이다.

하루카는 웃으며 생일 축하곡을 다 부르고서 케이크를 탁자 위에 올려 뒀다.

"슈짱, 앉아."

내가 앉으니 하루카가 케이크를 잘라서 나눠 줬다. 그리고 샴페인을 잔에 따랐다. 건배를 한 뒤 하루카가 선물을 건넸다. 포장을 뜯으니 선글라스가 들어 있었다.

"슈짱한테 잘 어울릴 것 같아서."

생일 선물을 보고 나는 쓴웃음을 지었다. 마지막으로 받았던 생일 선물은 15년 전……, 아버지가 준 아웃도어 나이프였다.

그날 이후로 생일을 축하한 적은 없었다. 그래도 부모님이 매년 생일이 다가올 때마다 축하해 주려고 했지만, 내가 쭉 거부해 왔다.

나에게 그날은 태어난 기념일이 아니라 유카리 누나를 잃은 사위스러운 날일 뿐이었다.

"고마워."

나는 말했다.

"좋아?"

"그래…… 후유미…… 고마워."

나는 처음으로 후유미라고 불렀다. 부탁을 하려면 그렇게 부르는 편이 더 효과적이라고 여겼기 때문이었다.

"후유미…… 실은 부탁 하나 있어."

"뭔데?"

"아까 레이디 조커에 있던 남자……, 데라다라고 했었지……. 그 남자가 이번 조사의 키를 쥐고 있는 인물이야. 데라다의 집 안에 어떻게든 도청기를 달고 싶은데 안 될까?"

하루카의 표정이 굳어 버렸다.

이튿날 아침, 하루카가 깨기 전에 나는 집에서 나왔다.

하루카의 맨션이 있는 오기쿠보에서 전철을 타고 히가시마쓰야마 역으로 향한다. 유카리 누나의 무덤은 히가시마쓰야마 시내에 있다.

유카리 누나에게 뭐라 보고해야 좋을는지.

나는 유카리 누나의 무덤 앞에 꽃을 올린 뒤 합장을 하면서 생각했다.

유카리 누나가 살해됐을 때, 중학교 3학년이었던 나는 어느새 서른 살 성인이 되어 있었다. 하지만 지금도 열일곱 살이었던 누나에게 묻고 있다. '나는 앞으로 어떻게 해야 좋을까? 앞으로 어떻게 살아가야 좋을까?' 하고.

나는 눈을 뜨고 일어섰다.

오늘도 누나는 아무런 대답도 해주지 않았다.

출구를 향해 걷고 있으니 맞은편에서 정장 차림의 남자가 꽃을 안고 다가왔다.

"슈이치……."
남자가 멈춰 서서 나에게 말을 걸었다.

"대체 몇 년 만이야……."
맞은편에 앉은 마쓰야마 슌스케가 감개무량한 듯 말했다.
"10년쯤 되지 않았습니까?"
나는 커피를 한 모금 들이켠 뒤 대답했다.
고등학교를 졸업하고 경찰학교에 들어간 뒤로 마쓰야마와 만나지 못했다.
유카리 누나의 무덤 앞에서 합장을 하는 마쓰야마를 지켜본 뒤 돌아가려고 했는데, 그는 잠깐 이야기를 하지 않겠냐며 나를 근처 찻집으로 데리고 갔다.
눈앞에서 마쓰야마를 보고 있으니 말로는 다 표현할 수 없는 시간의 흐름이 느껴졌다.
내 기억 속에 있는 마쓰야마의 모습은 비통함 그 자체였다.
유카리 누나의 시신을 발견했을 때의 충격은 엄청났을 것이다. 내 자신도 경험한 일이니 마쓰야마의 가슴에 남은 상처가 얼마나 깊은지 잘 안다.
그날 이후로 마쓰야마는 걸핏하면 학교를 결석했고, 다음 해에는 대학 입시에도 떨어졌다. 집 안에만 틀어박혀 폐인처럼 시간만 보냈다.
'언젠가 반드시 유카리의 복수를 하겠어.'
나와 만나면 그는 입버릇처럼 그렇게 말하곤 했다.
늠름했던 스포츠맨의 얼굴은 어디론가 사라져 버리고, 사람이 바뀐 것처럼 퀭한 눈으로 그리 중얼거리는 마쓰야마가 위태로워 보였지만, 나는 기뻤다.

그만큼 유카리 누나를 사랑했다는 뜻이니까.

하지만 눈앞의 마쓰야마는 시원시원한 원래 성격을 되찾았다. 자신감이 흘러넘치는 성인 남자가 되어 있었다.

그 변화는 나에게 도리어 잔혹하게까지 느껴졌다.

"원래는 어제 오고 싶었는데, 도저히 빠질 수 없는 일이 있어서……. 넌 어제 안 왔나?"

마쓰야마의 물음에 나는 고개를 끄덕였다.

나는 4년 전부터 기일이 아닌 그 이튿날에 참배를 하기로 마음먹었다. 기일에 참배를 하면 부모님이나 친척과 얼굴을 마주치게 되니까.

"요즘에 어떤 일을 해?"

마쓰야마가 물었다.

내가 경찰을 그만뒀다는 사실은 알고 있겠지.

"오미야에 있는 탐정사무소에서 일합니다."

나는 마쓰야마에게 명함을 건넸다.

"탐정……."

마쓰야마가 놀란 얼굴로 명함을 잠시 쳐다봤다.

"왠지 소설 속 주인공 같군."

나는 쓴웃음을 지었다.

경찰에서 잘린 남자가 탐정이 된다. 확실히 탐정소설에서 자주 나올 법한 이야기다.

"틀림없이 아버님 뒤를 이을 줄 알았어. 아버님도 슬슬 쉬실 때잖아?"

 내 친가는 와코 시에서 이발소를 하고 있다. 그 사건이 벌어지기 전까지는 막연하게나마, 먼 미래에 이발사가 되어 아버지의 가게를 물려받지 않을까 하고 예상은 했었다. 어렸을 적부터 가게 소파에 앉아 만화책을 읽으면서 손님의 머리를 다듬는 아버지를 봐 왔다. 나는 시간이 느긋하게 흐르는 그 공간이 싫지 않았다.

 그러나 유카리 누나가 살해되면서 그 평온한 공간도 파괴되고 말았다.

 세상은 범죄 피해자와 그 가족을 호기심 어린 눈으로 쳐다봤다. 살해된 유카리 누나에게는 아무런 잘못이 없는데도 이웃들 사이에서 온갖 소문과 억측이 넘쳐났다. 종기 다루듯 조심스러워하는 이웃들의 태도에 가끔은 괴로울 때도 있었다. 지금껏 단골이었던 손님들도 범죄 피해자의 부모인 우리 아버지와 어머니에게 어떤 식으로 대해야 좋을지 곤혹스러웠을 것이다. 그렇게 사람들은 우리와 멀어져 갔다.

 나는 슬픔과 고통과 증오가 얽혀 있는 그 집에서 하루라도 빨리 나가고 싶었다.

 "넌 쭉 경찰관으로 있어 주길 바랐는데……."

 마쓰야마의 말을 듣고 어느새 숙이고 있던 고개를 들었다.

 "그 사건의 충격 때문에 미쳐 버렸던 나를 다시 일으켜 세운 건 슈이치, 너였어. 경찰관이 되고 싶다. 경찰관이 돼서 나쁜 인간을 잔뜩 잡아들여 누나한테 공양하고 싶다. 내가 집 안에만 틀어박혀 있었을 때, 그리 말했었지. 그 말이 증오에 사로잡혀 있던 날 다시 일으켜 세워 줬어."

"마쓰야마 씨의 마음속에서는 그놈들에 대한 분노가 사라졌습니까?"

나는 물었다.

"완전히 사라지지는 않았겠지. 지금도 그날의 기억이 생생해. 하지만 증오만으로는 살아갈 수 없다는 걸 깨달았어."

마쓰야마가 내 눈을 지그시 쳐다보면서 말했다. 지금도 내 마음속에서 활활 타오르고 있는 증오의 불길을 꿰뚫어 보고 있는 것 같았다.

"여기 오는 건 오늘이 마지막이야……."

마쓰야마가 창밖의 묘지공원 쪽을 보고 말했다.

"다음 달에 결혼한다."

"축하합니다."

나는 있는 힘껏 미소를 지었다. 하지만 마음속에서는 어찌할 수 없는 쓸쓸함이 복받쳤다.

"이 사람을 찾아 줬으면 합니다만……."

의뢰인이 정중하게 고개를 숙이며 말했다.

그가 내민 명함에는 '사이타마 제1법률사무소, 변호사 스즈모토 시게키'라고 적혀 있었다.

나이는 55세. 눈가에 약간 피곤이 번져 있지만, 올곧아 보이는 신사였다.

"구보타 아쓰시라는 사람의 소재를 찾으시는 거군요."

나는 조사 의뢰서의 조사 대상자 칸을 가리키면서 물었다.

"그렇습니다."

스즈모토는 수긍했다.

"실례입니다만……. 이건 스즈모토 씨가 하시는 일과 관련이 있는 조사입니까?"

보통은 이런 질문을 잘 하지 않지만, 흥미가 생겨서 물어봤다.

변호사의 의뢰를 받는 건 첫 경험이었다. 큰 법률사무소에서는 조사 부서를 따로 두는 경우도 있고, 내 입으로 이런 말을 하기는 뭣하지만, 외부에 맡기더라도 더 크고 믿을 수 있는 탐정사무소를 택할 줄 알았다.

"글쎄요, 완전히 관련이 없다고는 할 수가 없습니다만……."

"무슨 뜻입니까?"

"찾고자 하는 사람은 옛날에 제가 변호를 맡았던 피고인입니다."

스즈모토가 말했다.

피고인……. 조사 대상자는 옛날에 죄를 저질렀던 전과자라는 뜻이다.

스즈모토가 어째서 이 사무소를 택했는지 이해가 됐다. 동시에 나는 마음이 무거워졌다.

"어떤 사건이었습니까?"

나는 물었다. 하지만 스즈모토는 잠시 머뭇거렸다.

"이야기하고 싶지 않으시다면 괜찮습니다만, 그 사람을 조사하다 보면 어차피 알게 될 일입니다."

"그렇군요. 다만 그 사람의 개인정보는 지켜 주십시오. 조사 의뢰를 맡아 주실 때도……."

"알겠습니다."

스즈모토는 구보타 아쓰시에 대해 이야기하기 시작했다.

구보타는 12년 전에 강간사건을 저지르고 체포됐다. 역 앞 같은 곳에 차를 끌고 나와 헌팅을 계속 시도했던 구보타는 차에 올라탄 여성과 드라이브를 나갔고, 차 안에서 여성을 폭행했다고 한다. 스즈모토는 국선변호인으로서 구보타의 변호를 맡게 됐다. 스즈모토는 형사사건과 소년사건을 주로 담당하는 변호사였다.

"구보타 군은 접견했을 때부터 여성과 합의를 했다고 주장했습니다. 저도 재판에서 그렇게 주장했습니다만, 여성의 얼굴을 구타한 점 때문에 그 주장은 받아들여지지 않았지요. 다만, 사건 당시에 구보타 군은 스무 살이란 젊은 나이였습니다. 더욱이 초범에다가 본인도 반성하고 있으니 정상참작을 해 달라 호소했지요. 그래서 징역 2년을 선고받았습니다."

사건의 개요는 알았지만, 딱 하나 불분명한 점이 있었다.

"왜 그 사람의 소재를 알고 싶은 거죠?"

나는 직접적으로 물었다.

"형무소에서 나온 그 사람이 제대로 갱생했는지 알고 싶습니다."

거짓말인 것 같았다.

물론 그런 이유도 포함되어 있을지도 모른다. 자기가 맡았던 전 피고인이 어엿하게 갱생했는지 궁금할 수도 있다. 하지만 그뿐만이 아닌 것 같았다.

스즈모토는 지금까지 수많은 형사사건의 변호를 맡아 왔다고 했다. 당연히 담당했던 피고인의 수도 상당히 많으리라. 그 모든 사람들이 출소한 후에 어떻게 사는지 조사하는 건 불가능하다. 그는 어째서 수많은 피고인들 중에서 구보타를 마음에 두는 걸까?

"그 사람의 소재를 유추할 수 있을 만한 실마리 같은 건 없습니까?"

내가 말하자 스즈모토는 가방 안에서 엽서를 꺼냈다.

"9년쯤 전에 딱 한 통, 사무소로 보냈더군요. 아마 출소하고 얼마 안 된 시기였던 듯합니다."

연하장에 '큰 도움을 받았습니다. 앞으로 인생이란 길을 똑바로 걸어가도록 하겠습니다.'라는 글귀가 덧붙여져 있었다.

"주소는 지바 현 기미쓰 시내에 있는 자동차 정비공장 기숙사였습니다. 최근에 가봤습니다만, 6년 전에 퇴직해서 지금은 어디 있는지 모른다고 하더군요."

나는 스즈모토의 의뢰를 받아들여야 할지 고민했다. 하지만 뭔가 절박한 사정을 안고 있는 듯한 그의 표정 때문에 마음이 움직였다. 고구레가 자리를 비운 상황이었지만, 독단으로 의뢰를 수락하기로 했다.

"사에키, 이 의뢰를 받아들였나?"

고구레가 조사 보고서를 쓱 훑어보고 물었다.

"수락했는데, 뭐 문제 있습니까? 지금은 달리 들어온 일도 없고……."

"어이구, 잘했어. 씀씀이가 좋을 것 같은 손님이고 말이야. 뭐, 잘해 봐."

나 참……. 고구레는 늘 이렇다.

의뢰인이 변호사라는 걸 알고는 평소보다 눈이 더 반짝거리는 것 같았다.

"그 의지를 더 북돋기 위해 내가 재밌는 얘기를 하나 알려 주지."

고구레가 장난스러운 눈빛으로 말했다.

"재밌는 얘기?"

"이 스즈모토라는 변호사 말이야. 에노키 가즈야의 변호를 맡았던 사람이야."

고구레의 말을 듣고 나는 아연실색했다.

"그게 사실입니까!"

나는 당장에라도 잡아먹을 듯한 기세로 고구레에게 물었다.

"내가 이런 거짓말을 해서 뭐 하나. 본인한테 직접 물어보면 되잖아?"

유카리 누나를 죽인 주범인 에노키의 변호를 맡았던 변호사가 스즈모토였다니.

"뭐, 너한테는 미워해야 할 상대겠지. 옵션을 최대한 달아서 쫙쫙 뽑아내라고."

고구레는 내 어깨를 툭툭 두드리고서 사무소에서 나갔다.

나는 그 자리에서 한동안 꼼짝도 할 수 없었다.

"소장님이 변호사의 의뢰를 다 맡다니 희한하네."

고구레가 나간 뒤에 소메야가 그렇게 중얼거렸다.

"무슨 소립니까?"

나는 물었다.

"소장님은 변호사를 싫어하는 모양이더라고. 10년 가까이 여기서 일해 왔는데, 변호사나 법률사무소에서 의뢰가 들어와도 소장님은 늘 거절했거든. 일이 전혀 없었을 때도 말이야."

"소장님이 왜 변호사를 싫어하는데요?"

"글쎄. 사모님이랑 이혼할 때 호되게 당한 게 아닐까? 지금도 매달 100만 엔 가까이 위자료를 지불하는 것 같으니까. 난 전 남편이랑 이혼할 때 왕창 뜯어내서 변호사님이라고 떠받들지만."

소메야가 큰 입을 벌리며 웃었다.

매달 100만 엔에 가까운 위자료……. 고구레가 천박하리만치 돈에 집착하는 이유를 어렴풋하게나마 알 것 같았다.

그렇다면 어째서 고구레는 스즈모토의 의뢰를 승낙한 걸까? 내가 의뢰를 수락했더라도 소장이 자기 권한으로 거절하면 되는 일 아닌가?

더욱이……, 고구레가 어떻게 나와 에노키 가즈야의 관계를 아는 거지?

4년 전에 고구레를 알게 된 뒤로 나는 단 한 번도 그 사건의 이야기를 꺼낸 적이 없었다.

더군다나 체포됐을 때, 에노키는 미성년자였기에 신문이나 뉴스에서 실명이 보도되지 않았다. 물론 고구레도 12년 전까지 사이타마 현경에 있었으니 마음만 먹는다면 알아낼 수도 있겠지만…….

고구레는 유카리 누나의 사건을, 내가 범죄 피해자의 유족이라는 사실을 아는 건가?

그러고 보니 요전에도 내가 다도코로를 조사하고 있다는 사실을 아는 것 같은 냄새를 풍겼는데.

휴대전화 착신음에 제정신을 차렸다. 하루카가 보낸 문자였다.

'오늘 밤에 데라다의 애프터에 응할 거니까 그걸 갖고 와.'

카바레 클럽이 들어와 있는 복합빌딩 뒷문에서 기다리고 있으니 위에서 또각또각 하고 하이힐 굽이 부딪치는 소리가 울렸다. 올려다보니 하루카가 비상계단을 내려오고 있었다.

"가져왔어?"

하루카가 물었다.

나는 고개를 끄덕이고는 가방에서 여성용 포셰트 백을 꺼냈다.

하루카는 내 손에 있는 포셰트를 빼앗아 안을 확인했다. 콘센트와 볼펜이 들어 있었다. 두 물건 모두 도청기였다.

"이걸 콘센트 구멍에 꽂기만 하면 되는 거랬지. 볼펜은 데라다의 가방 같은 데 넣어두면 되고."

"미안해…… 이런 걸 부탁해서……."

"괜찮아. 설령 날 덮치더라도 저항하지만 않으면 죽이지는 않겠지."

나는 하루카의 눈을 똑바로 쳐다볼 수가 없었다.

죄책감이 왈칵 솟았다. 데라다가 얼마나 위험한 놈인지 가장 잘 알면서 하루카를 이 일에 끌어들이다니. 진절머리가 날 만큼 최악이라는 걸 잘 안다. 하지만 그걸 알면서도 데라다와 다도코로의 행동을 파악하고 싶었다. 그놈들에게 진정한 앙갚음을 해주기 위한 정보를 찾기 위해.

"……농담이야. 난 변명을 꾸며 내는 데 귀신이거든. 도청기를 달고서 적당히 이유를 대고 빠져나올게."

하루카가 웃으면서 비상계단으로 향했다.

해줄 말을 찾지 못한 채 그저 하루카의 등을 바라봤다.

"근데 말이야……."

그녀가 뒤를 돌아 나를 쳐다봤다.

"근데 이거 하나만은 약속해 줘. 만약에 정말로 데라다와 자게 되더라도 날 싫어하지 말아 줘."

나는 하루카를 쳐다보면서 고개를 가로저었다.

"그런 짓 할 필요 없어. 바로 근처에 있을 테니까 위험할 것 같은 낌새가 들면 곧바로 나한테 연락해."

"그 얘기를 들으니 안심이 돼."

하루카는 생긋 웃고서 비상계단을 올라갔다.

9시가 지나고 데라다가 복합빌딩에서 나왔다. 밖에서 누군가를 기다리고 있는 듯했다. 잠시 뒤에 사복으로 갈아입은 하루카가 나왔다. 순간 그녀는 내가 있는 쪽을 슬쩍 보고서 데라다와 팔짱을 끼었다. 폐점 뒤가 아니라 조퇴하고서 데라다와 어울리기로 한 모양이었다.

나는 두 사람의 뒤를 쫓았다.

하루카와 데라다는 근처 바에 들어갔다.

나는 밖에서 기다리고 있기에 두 사람이 안에서 무슨 이야기를 하는지 알 수 없었다. 다만 길거리를 걷는 두 사람을 엿보니 하루카가 데라다에게 마음이 있는 것처럼 애써 연기하고 있다는 걸 알 수 있었다.

바에서 나온 하루카와 데라다가 택시에 탔다. 나도 곧바로 택시를 잡아 뒤를 쫓았다.

택시는 샤쿠지이 공원 인근에 있는 맨션 앞에서 멈췄다. 데라다와 하루카가 택시에서 내려 맨션 안으로 들어간다.

나도 택시에서 내려 맨션 외관을 올려다봤다.

10층이 넘는 새 맨션이었다. 예전에 미행했을 때, 데라다는 신아키쓰의 허름한 아파트에서 살았었다. 여기 집세도 데라다가 대신 내주는 건가?

나는 근처 편의점에 들어가 잡지 매대로 향했다. 잡지를 읽는 척하면서 맨션 출입구를 쳐다보고 있었다.

초조한 마음으로 한 시간쯤 기다렸을까? 출입구에서 하루카가 나왔다.

불안한 표정으로 주변을 두리번거리다가 하루카가 나를 발견했다. 웃음을 지으며 편의점으로 다가왔다.

"괜찮아?"

나는 물었다.

"괜찮아······. 적당히 핑계를 대고 나왔어. 데라다의 집은 203호실. 마루야마 치과 간판이 튀어나온 전봇대 보이지? 거기 옆이야."

하루카가 흥분하며 말했다.

"돌아갈까?"

나는 하루카의 등에 손을 대며 재촉했다.

"잠깐 나랑 어울려 줬으면 하는 곳이 있어. 대단한 활약을 했으니까 오늘은 뭐든 들어줄 거지?"

하루카가 아양을 떨며 나를 올려다봤다.

"밥?"

"아니. 신주쿠에 가고 싶어."

"신주쿠······, 뭐 하러?"

"그만 묻고."

내 손을 잡아당겨 편의점에서 나온 뒤 하루카는 택시를 잡았다.

하루카는 신주쿠 역 앞에서 택시를 세웠다. 택시에서 내린 뒤 내 손을 잡아당기며 백화점 쪽으로 향했다.

"시간이 늦어서 이미 문 닫았을걸."

그렇게 말한 뒤 나는 앞에 펼쳐진 광경에 시선을 빼앗겼다.

백화점 앞길에 몇만 개나 되는 일루미네이션이 반짝이고 있었다. 크리스마스 일루미네이션인 모양이다. 백화점은 문을 닫았지만, 수많은 연인들이 주변을 에워싸고서 일루미네이션을 즐기고 있었다.

"여길 오고 싶었던 거였어?"

내가 묻자 하루카는 고개를 끄덕이고 내 팔에 자기 팔을 휘감았다.

"옛날에…… 남자 친구랑 온 적이 있어."

"그래?"

"질투 나?"

"얼마나 오래된 이야기야?"

하루카가 자기 이야기를 하다니 참 드문 일이다. 하루카는 자기 이야기를 거의 하지 않는다. 내가 아는 건 하루카의 본명과 나이 정도였다.

"6년쯤 전인가……. 도쿄에 올라오고 얼마 지나지 않았을 때였으니까. 남자와 함께 한 첫 데이트였어."

"고향은 어디야?"

2개월이나 넘게 알고 지냈는데도 그것조차 알지 못했다.

"오사카."

"왜 도쿄에?"

"도망치려고……."

하루카는 중얼거리고서 발걸음을 멈췄다.

"무엇으로부터 도망친 건데?"

하루카는 대답하지 않았다. 그 대신에 나를 끌어안았다.

"슈짱…… 날 좋아해? 내 옆에 쭉 있어 줄 수 있어?"

필사적으로 호소했다.

"그래……."

나는 대답했다.

마음속으로 비겁한 놈이라고 내 자신을 경멸하면서…….

의뢰를 받은 지 닷새가 되는 날에 스즈모토가 전화를 했다.

그는 조사가 얼마나 진행됐는지 물었다.

요 닷새 동안에 나는 상당한 정보를 잡아냈다.

구보타는 6년 전에 지바에 소재한 자동차 정비 공장을 그만둔 뒤 가나가와에 소재한 식품 가공 공장에서 일했다. 거기서 같은 회사 동료인 여성과 결혼했고, 여성의 친정이 있는 나라로 이사를 했다. 4년 전 일이었다. 이제 나라에 가서 구보타의 소재를 확인하기만 하면 된다.

"곧 나라에 가보려고 합니다……. 그 전에 뵐 수 없겠습니까?"

나는 스즈모토에게 부탁했다.

나라에 가서 구보타의 소재를 확인하기만 하면 되는지, 아니면 뒷조사까지 해야 하는지 상담할 필요가 있었다. 하지만 그보다도 스즈모토와 만나 꼭 물어보고 싶은 것이 있었다.

나는 이번 조사를 하는 동안에 답답한 마음을 내내 품어 왔다.

그리고 고구레에 대해서도 똑같은 감정이 응어리져 있었다.

고구레는 어떻게 나와 에노키와의 관계를 아는 걸까? 물어보고 싶었으나 그는 스즈모토의 의뢰를 받은 날부터 사무소에 출근하지 않았다.

오미야 시내의 패밀리 레스토랑에서 스즈모토와 만났다.
스즈모토는 구보타의 소재뿐만 아니라, 그가 어떻게 사는지 이웃들에게 평판 같은 것도 알아봐 달라고 했다.
"하나 물어봐도 됩니까?"
나는 스즈모토를 응시하면서 말했다.
"예, 뭡니까?"
내 시선에서 특별한 의미를 감지한 건지, 스즈모토는 정색을 하고서 말했다.
"왜 하필 구보타 아쓰시입니까?"
나는 물었다.
"왜……라니요?"
스즈모토는 내 질문을 듣고 당혹스러워했다.
"일전에 그 사람의 소재를 왜 알고 싶으냐고 물었더니, 형무소에서 나온 뒤에 그가 똑바로 갱생했는지 궁금하다고 말씀하셨죠."
"그랬습니다."
스즈모토가 수긍했다.
"그렇지만 당신이 변호했던 사람은 그 외에도 무척 많을 테죠. 강간은 물론 치졸하고 중대한 범죄입니다. 하지만 당신은 그보다 더한 죄를 저질렀던 인간의 변호도 맡았습니다. 예를 들어 에노키 가즈야 같은……."

"에노키 가즈야……."

스즈모토는 나를 쳐다보면서 그 이름을 되뇌었다.

"15년 전 사이타마 현 와코 시에서 여고생을 살해했던 남자입니다. 남자 셋이서 그 여성을 강간한 뒤 목을 졸라 죽였고……. 그 남자는 징역 10년형을 받았습니다. 벌써 사회로 복귀했을 테죠. 당신은 에노키가 갱생했는지 궁금하지는 않습니까?"

나는 스즈모토의 안에 있는 기억을 불러일으키고자 말을 이었다.

"사에키 유카리 씨……."

기억이 떠올랐는지 스즈모토가 그렇게 중얼거렸다.

"사에키…… 당신은…… 혹시……."

"유카리의 동생입니다."

스즈모토는 나를 쳐다보며 입을 다물었다.

긴 침묵이 흘렀다. 이윽고 내 질문의 뜻을 깨달았다는 듯 스즈모토가 고개를 서서히 떨어뜨렸다.

"1년 전에 딸을 잃었습니다……."

스즈모토가 갑작스레 중얼거렸다.

순간 나는 무슨 대답을 해야 좋을지 몰랐다.

"딸은 열일곱 살 고등학생이었습니다. 즉석 만남……이라고 하나요? 그런 걸로 어떤 남자와 알게 됐는데, 호텔에서 살해됐습니다. 그놈은……, 아니, 그 남자는 딸아이가 성행위가 서툴다고 타박을 하기에 꼭지가 돌아서 목을 졸라 죽였다고 진술했습니다. 범인은 스무 살 대학생이었습니다."

딸의 사건을 이야기하는 스즈모토의 몸이 한층 쪼그라든 것처럼 보였다.

"사에키 유카리 씨를 죽인 범죄자의 변호를 맡았으니 당신은 저를 참으로 인정머리도 없는 놈이라고 생각하겠지요. 하지만 저한테는 제 나름의 신념이 있었습니다. 흉악한 사건의 변호 따윌 맡아봤자 솔직히 득 될 건 하나도 없습니다. 세상의 따가운 눈총을 받으며 일을 해도 국선변호인이라 푼돈밖에 받질 못해요. 그저, 누군가가 이 일을 맡아야만 한다, 죄를 저지른 범죄자의 얘기를 들어줄 변호사가 있어야만 한다, 그 일념으로 계속 해왔습니다."

자기 일을 자랑하고 있는데도 스즈모토의 눈은 서글퍼 보였다.

"하지만 딸을 잃은 뒤 그 신념도 산산이 무너졌습니다. 난 그동안 올바른 일을 해왔다……. 그리 생각했습니다만, 그 사건의 재판을 방청하면서 그 신념은 와르르 무너져 내렸습니다. 변호인은 피고인의 죄를 최대한 덜고자 온갖 주장을 했습니다. 당연하지요. 저도 당연히 그리 해왔으니까요. 다만 피해자의 입장에 서니 그 모든 주장이 불합리하게 여겨지더군요. 왜 그런 인간의 손을 잡는 거냐. 어째서 살해된 딸의 입장을 더 고려해주지 않는 거냐고. 하지만 주변 사람들한테는 도저히 그 말을 입 밖으로 낼 수가 없었습니다. 재판을 방청하면서 머릿속으로 과거의 재판과 대조해 가며 범인한테 어떤 형이 내려질지 상상하고 있더군요. 아마 무거운 벌은 내려지지 않겠지요. 몇 년 뒤에는 사회로 복귀할 수 있을 겁니다. 전 지금까지 피고인의 죄를 조금이라도 덜어 줄 생각만 해왔습니다. 그게 제 일이니까요. 하나…… 외동딸을 죽인 죗값이 이렇게 가볍다니, 소중한 사람의 목숨의 무게가 고작 이 정도라니……. 당사자가 되고 나서야 비로소 그 불합리함을 뼈저리게 깨달았습니다."

스즈모토의 눈에 눈물이 번졌다.

"3년 전에 아내를 먼저 떠나보낸 제겐 외동딸을 잃고 말았다는 슬픔과 범인을 향한 분노를 함께 공유할 수 있는 사람이 하나도 없었습니다. 그때, 전 범죄 피해자를 지원하는 단체의 존재를 알게 됐습니다. 그 모임에 참가하기로 마음먹었지요. 똑같은 아픔을 안고 있는 사람들한테 제 슬픔을 들려주고 싶었고, 분노를 풀어내고 싶기도 했습니다. 거기서 만났습니다……"

"구보타 아쓰시가 벌였던 사건의 피해자 말이군요."

나는 스즈모토가 어째서 구보타 아쓰시를 조사하려고 했는지 생각이 미쳤다.

"아뇨, 피해자 본인이 아니라 피해자의 어머님이었습니다. 그 어머님은 따님의 사건을 계기로 그 모임에 가입했고, 중심 멤버로서 범죄 피해자의 권리를 호소하는 활동을 하고 있습니다. 특히 그분은 강간죄 형량이 너무 가벼운 게 아니냐고 하소연했죠. 강간을 당한 여성의 마음에 남은 상처는 쉽사리 치유되지 않고, 때로는 그 고통 때문에 마음을 스스로 죽이기까지 하는데, 재판에서는 겉에 보이는 상처나 생사의 여부로만 형량을 정한다고 따졌습니다. 피해를 당한 그 여성이 사건이 벌어지고 2년 뒤에 자살했다는 사실을 그때, 처음 알았습니다."

스즈모토는 허공을 쳐다보며 말을 끊었다. 그리고 다시 이야기를 재개했다.

"재판 준비를 하면서 전 피해자 여성이 예전에 친구의 권유로 전화방에 여러 번 전화를 건 적이 있었다는 사실을 알아냈습니다. 그 증언을 했던 친구는 피해 여성과 우연히 알게 된 사이일 뿐 그리

친하지 않다고 했지만 말이지요. 하지만 전 재판에서 그 얘기를 꺼냈습니다. 피해 여성도 무방비하게 빌미를 제공하지 않았느냐고 주장했던 겁니다. 그 이후로 피해자는 자신의 잘못 때문에 범죄를 당한 거라고 여기게 됐고, 줄곧 자책해 왔다고 합니다. 그리고 끝내 자살했습니다."

나는 스즈모토를 쳐다보며 유카리 누나의 사건을 생각했다.

에노키의 재판을 담당했을 때, 스즈모토는 어떤 변호를 했었지? 짐승만도 못한 죄를 저지른 에노키에게는 징역 10년이라는 가벼운 벌이 내려졌다. 재판에서 돌아오는 길에 침통해하던 부모님의 얼굴이 기억 속에서 되살아났다.

"전 그 자리에서 도망치려고 했습니다. 하지만 그 어머님과 눈이 마주치고 말았습니다. 그분은 구보타의 변호를 했던 제 얼굴을 기억하고 있었습니다. 그리고 '그 남자는 지금 어떻게 살고 있습니까?' 하고 저한테 물었습니다. 전 모른다고 답할 수밖에 없었지요. 그러자 또 이런 말을 했습니다. '그때, 당신은 피고인은 아직 젊기에 그 사건을 교훈으로 삼아 반드시 갱생할 거라고 했죠. 당신은 자기가 내뱉었던 그 말에 얼마나 책임감을 갖고 있는 거죠?'라고……. 전 대꾸할 말을 찾지 못한 채 도망치듯이 나왔습니다."

스즈모토가 한탄을 했다.

"그래서 구보타가 지금 어떻게 살고 있는지 알고 싶은 거군요."

내가 말하자 스즈모토는 고개를 작게 끄덕였다.

"그걸 알아서 뭘 어쩔 작정입니까? 그 어머님한테 전할 겁니까?"

나는 물었다.

"모릅니다."

스즈모토는 힘없이 고개를 가로저었다.
"그저 알고 싶을 뿐입니다."

눈앞에서 달리는 택시가 맨션 앞에서 멈췄다.
"어떻게 할까요?"
택시 기사가 나에게 물었다.
"저 맨션에 조금 못 가서 세워 주십시오."
나는 대답했다.
정차한 택시에서 다도코로가 내렸다. 그는 그대로 맨션 출입구에 들어갔다.
밤에 하루카에게서 다도코로가 가게에 와 있다는 문자를 받았다. 가게에 가보니 다도코로가 혼자서 술을 마시고 있었다. 데라다는 함께 있지 않은 듯했다. 한동안 술을 마시던 다도코로는 휴대전화가 울리자 일단 자리에서 일어났다. 그러고는 다시 자리로 돌아와 불쾌한 표정으로 술값을 치렀다. 가게에 들어온 지 30분도 지나지 않았다. 나도 계산을 하고서 다도코로의 뒤를 쫓기로 했다.
나는 택시에서 내려 맨션으로 향했다. '마루야마 치과'의 간판이 걸려 있는 전봇대까지 가서 가방 속에서 수신기를 꺼냈다. 녹음용 보이스 리코더를 장착한 뒤 이어폰을 두 귀에 꽂고 주파수를 맞췄다.
―이사한 지 얼마나 됐다고 이렇게 어질러 놓은 거야?
남자의 목소리가 들렸다.
―시끄러워. 그것보다 은행에 갔더니 입금이 안 되어 있던데, 어떻게 된 거야?

누군가가 느닷없이 어깨를 두드렸다. 나는 놀라서 뒤를 돌아봤다.

하루카가 서 있었다.

"어떻게?"

나는 초조해하며 물었다.

"배가 아프다고 조퇴하고 왔어."

하루카가 웃으며 말했다.

"당장 돌아가."

"싫어. 난 슈짱의 조수야."

그녀는 내 왼쪽 귀에서 이어폰을 빼내 자기 귀에 꽂았다.

"장난치지 마."

나는 화를 냈다.

"슈짱, 진짜 프로 탐정 맞아? 이런 곳에서 혼자 서 있으면 엄청 수상해 보여."

— 이봐, 마사시······. 이제 적당히 좀 하지?

이어폰에서 소리가 들려왔다. 하루카를 돌려보내고 싶은 마음이 굴뚝같았지만, 나는 귀에 집중하기로 했다.

— 너 때문에 쓴 돈이 벌써 200만 엔이야. 난 네가 생각하는 만큼 부자가 아니라고. 한 그릇에 700엔짜리 라면을 팔아서 얼마나 이익이 나는지 알기나 해? 넌 나한테 소중한 친구야. 그러니 다시 시작하는 계기가 되라는 마음으로 지금까지 도와줬는데······.

— 그 여자랑 잘 되어 가는 모양이더라.

긴 침묵이 흘렀다.

— 다 알아. 처음에는 왜 저런 아줌마랑 사귀는가 하고 의아했는

데 말이야. 그 여자, 다케와키 푸드 사장 딸이지?

다케와키 푸드는 도내에서 여러 패밀리 레스토랑과 선술집을 운영하는 회사다. 사장인 다케와키 이사오는 세이조에 호화 저택을 소유하고 있다. 다도코로는 다케와키의 딸인 사치코와 교제하고 있고, 결혼까지 생각하는 모양이다.

―다케와키 푸드의 차기 사장이라. 겐지, 넌 내 자랑이야. 잠깐만 기다려 봐. 좋은 걸 보여 주지. 아주 귀한 거야…….

잠시 뒤에 귀에서 여성의 절규가 들려왔다. "하지 마! 그만!" 하고 외치는 목소리가 내 머릿속을 뒤흔들었다. 그 목소리를 듣고 있으니 온몸이 격하게 떨렸다.

―너, 이거…….

―붙잡히기 전에 친구한테 맡겼어. 너, 그 여자를 제대로 안을 수나 있겠냐? 예전에 진짜 여자랑 하려고 업소에 갔는데 말이야. 전혀 서질 않더라고. 울부짖는 여자를 억지로 범하지 않으면 흥분할 수 없는 체질이 된 것 같아. 그래서 난 매일 이걸 보면서 자위를 해. 네가 히죽거리며 사에키 유카리를 범하는 모습을 보면서 말이지.

하루카가 내 소맷자락을 꽈악 쥐었다.

"뭐야, 대체……."

하루카의 얼굴이 창백해졌다.

―이 DVD 말이야. 얼마나 하려나?

―지금 날 협박하는 거야?

―에이, 말도 안 돼. 겐지, 넌 꼭 성공해야 돼. 우린 공동 운명체이니까.

유카리 누나의 울부짖음이 내 머릿속에서 되울렸다.

마음속에서 분노의 불길이 활활 타올랐다.
머릿속이 새하얘서 내 자신이 지금 어디에 있는지조차 알지 못했다. 그저 이곳에서 멀어지고 싶다며 필사적으로 발을 놀렸다. 하지만 아무리 걸어도 유카리 누나의 울부짖음은 떨어질 줄을 몰랐다.
누군가가 내 팔을 붙잡았다. 나는 발걸음을 세웠다.
"슈짱…… 잠깐!"
하루카가 내 팔을 잡고 있었다.
주위를 둘러봤다. 어둠에 휩싸인 공원 안에 있었다.
"슈짱…… 이게 대체 무슨 일이야?"
하루카가 필사적인 얼굴로 물었다.
"그 데라다라는 남자는 대체 뭐야? 왜 여자 비명이…… 사에키 유카리라고 했는데……."
하루카의 눈이 눈물로 그렁그렁했다.
"우리 누나야."
내가 대답하자 하루카는 몸을 흠칫 떨었다.
"슈짱의 누나……?"
그녀는 영문을 모르겠다는 얼굴로 나를 쳐다봤다.
"그럼…… 아까 데라다가 말했던 DVD라는 건……."
"누나를 죽였을 때 찍었겠지……."
"죽였을 때라니……."
내 말을 듣고 충격을 받은 것 같았다. 하루카는 우두커니 선 채로 나를 쳐다봤다.

"저놈들은 15년 전에 누나를 죽였어. 남자 셋이서 누나를 처참하게 능욕한 끝에 목을 졸라서……."

"다도코로랑 데라다를 조사한 건…… 일이 아니었던 거야……?"

하루카가 목소리를 쥐어 짜내 물었다.

"그래…… 지금까지 너한테 거짓말을 해왔어. 누나를 죽였던 놈들은 체포되어 아주 잠깐 형무소에 들어갔다 나왔어. 하지만 난 그게 저 남자들이 받아야 할 벌이라고 생각하지 않아. 진정한 앙갚음을 해주려고 저놈들의 뒷조사를 하고 있었어. 그래서…… 널 이용했어……."

하루카의 눈빛이 쓸쓸해졌다.

"미안하긴 하지만……, 난 원래 이런 놈이야. 네가 좋아할 만한 남자가 아냐."

나는 하루카와 마주 보고 서 있기가 괴로워서 발걸음을 돌렸다. 천천히 발을 내디뎠다.

"혼자 있으면 안 돼!"

뒤에서 하루카가 외쳤다.

"괴로울 때는 혼자 있으면 안 된다고!"

발걸음을 멈추고 뒤를 돌았다. 하루카가 달려와서 나를 끌어안았다.

"혼자는 안 돼……. 내가 옆에 있을 테니까…… 괴로울 때는 혼자 있지 마……."

내 마음속에 있는 불길을 끄려는 듯이 가슴 안에서 하루카는 울고 있었다.

"후유미……."

그녀를 세게 끌어안은 순간, 그 이름이 자연스레 입에서 흘러나왔다.

사흘 뒤 나는 구보타가 산다는 나라 지역에 있었다.

신오사카에서 전철을 타고 가쿠엔마에 역에서 내려 택시를 탔다. 15분쯤 달리니 주택가가 나왔다.

"요 근방인 것 같은데."

메모지에 적힌 주소를 보며 기사가 말했다.

택시에서 내려 잠시 주변을 걷다가 어떤 광경이 눈에 들어왔다. 어떤 집 앞에서 상복을 입은 여러 사람들이 오열하고 있었다. 자택에서 장례식을 치르는 듯했다.

어떤 예감에 이끌린 듯이 나는 그 집에 다가갔다.

"조사 보고서입니다."

나는 탁자 위에 봉투를 올려놨다.

맞은편에 앉은 스즈모토는 봉투 안에서 조사 보고서를 꺼내 읽기 시작했다. 보고서를 읽던 그의 표정이 굳어 버렸다. 그리고 나를 쳐다봤다.

"그 사람이 죽었습니까?"

스즈모토의 물음에 나는 고개를 끄덕였다.

구보타 아쓰시는 내가 만나러 가기 이틀 전에 사망했다.

자택 인근 민가에서 화재가 났다. 구보타는 미처 도망치지 못한 어린애를 구하러 불길 속으로 들어갔다. 2층에 있던 어린애를 구출

해서 밖으로 나와 이웃 주민에게 던졌지만, 정작 본인은 그 뒤에 곧바로 불길에 휩싸였다고 한다.

구보타의 자택 앞에서 멍하니 서 있던 나에게 그의 어머니가 말을 걸었다.

나는 일찍이 구보타가 일했던 자동차 정비 공장 후배라고 말했다. 우연히 나라에 올 기회가 생겨 들렀다고.

향을 꽂아 달라며 어머니가 나를 집 안으로 안내했다.

제단 옆에서 구보타의 아내가 어린 자식을 껴안으며 흐느껴 울고 있었다. 조문객 대부분이 "그렇게 착한 사람이······." 하고 오열하고 있었다.

구보타는 동네에서도 평판이 좋은 사람이었다. 이웃에 사는 노인들을 위해 일하는 틈틈이 봉사활동을 해왔다고 한다. 집 안에 울리는 수많은 사람들의 오열이 그 사실을 여실히 보여 줬다.

"그 사람은 다시 일어섰군요······."

조사 보고서를 읽는 스즈모토의 눈에 눈물이 맺혔다.

나는 고개를 작게 끄덕였다.

"그래. 그 남자는 죽었군······."

뒤를 돌아보니 칸막이 너머에 고구레가 서 있었다.

언제 사무소에 온 거지?

"소장님, 이분은 이번 의뢰인인 스즈모토 씨입니다."

내가 소개하려고 하자 스즈모토는 고구레를 굳은 얼굴로 바라보고 있었다.

"당신이······ 여기 소장이라고······?"

스즈모토가 당혹스러운 듯 높아진 목소리로 말했다.

"경찰을 그만두고 이 탐정사무소를 열었지요. 이번에 우리 사무소를 이용해 주셔서 감사합니다."

고구레가 고개를 숙였다.

하지만 고객에게 감사 인사를 하는 그의 눈은 웃고 있지 않았다. 고구레와 스즈모토의 사이에서 찌릿한 공기가 흘렀다.

"아는 사이였습니까?"

나는 고구레에게 물었다.

고구레는 내 물음에 답하지 않고, 스즈모토를 물끄러미 쳐다봤다.

"구보타 아쓰시한테 폭행당한 아가씨의 아버님입니다……."

스즈모토가 중얼거렸다.

나는 놀라서 고구레를 쳐다봤다.

"전 부인한테서 선생과 만났다는 얘기는 들었습니다. 당신 자택에 일부러 우리 사무소 다이렉트 메일을 넣어두길 잘했군……. 이번 조사 결과에 만족하셨는지요?"

"구보타 군은 형무소에서 나와 진지하게 살았던 듯합니다. 그걸 알 수 있어서……."

"자기만족이지요."

고구레는 스즈모토의 말을 가로막듯이 내뱉었다.

"앞으로 당신이 변호했던 피고인들을 전부 이런 식으로 조사할 작정입니까?"

"그건……."

스즈모토는 말을 우물거렸다.

고구레는 스즈모토 앞에 있는 탁자에 봉투를 던졌다.

스즈모토는 봉투를 열어 안에 든 종이를 꺼냈다. 조사 보고서인 것 같다.

"이건……."

스즈모토는 고개를 들고 고구레에게 물었다.

"서비스로 요 일주일 동안 제가 직접 조사한 겁니다. 선생이 말았던 다른 피고인으로, 8년 전에 편의점에서 물건을 훔쳐 달아나다가 뒤쫓아온 종업원을 칼로 찔러 죽인 남자가 출소하고서 어떻게 사는지 조사한 보고서지요. 분명히 구보타는 갱생했는지도 모르겠습니다. 하지만 그게 전부는 아니지."

"압니다……."

스즈모토는 비명에 가까운 소리를 질렀다.

"잘 압니다……. 당신 말이 맞습니다. 이번 조사는 자기만족을 위해 벌인 겁니다. 당신 부인이 했던 말이 줄곧 마음에 걸렸습니다."

"전 부인, 입니다."

고구레가 정정했다.

"그 사람이 했던 말이 그토록 아팠습니까?"

고구레의 물음에 스즈모토는 고개를 천천히 끄덕였다.

"재판이 끝나고 당신을 때렸을 때, 지금 그 고통을 느끼길 바랐죠."

"때렸다고요?"

나는 고구레에게 물었다.

"그래. 검사가 구형한 것보다 가벼운 판결이 나왔을 때, 난 피고인이 남몰래 주먹을 불끈 쥐는 걸 봤거든."

"얻어맞았을 때는 당신이 밉살스러웠는데, 지금은……. 당신한테도 사과해야 하겠군요."

스즈모토는 고구레에게 고개를 깊숙이 숙였다.

고구레는 스즈모토의 모습을 지그시 내려다보고 있었다.

"사과하는 김에 우리한테 돈을 좀 더 쓰시죠. 옵션을 추가하는 건 어떨까요?"

"옵션?"

스즈모토는 고개를 들고 물었다.

"새 의뢰를 예약하라는 겁니다. 몇 년 뒤가 될는지는 모르겠지만, 당신의 따님을 죽인 그 남자가 형무소에서 나온 뒤에 저희 사무소에 조사 의뢰를 맡겨 달라는 거죠."

고구레의 제안에 스즈모토는 당혹스러운 표정을 지었다.

"그 남자가 훌륭하게 재기한 걸 알고서 아까처럼 기뻐할 수 있다면, 당신이 해온 일은…… 당신의 인생은…… 틀리지 않았다고 인정해 드리죠."

고구레는 도발하듯 스즈모토를 봤다. 그는 눈을 감고서 잠시 생각에 빠졌다.

"예약하도록 하겠습니다."

천천히 눈을 뜨고서 스즈모토는 말했다.

"소장님……."

스즈모토가 돌아간 뒤에 나는 고구레를 불러 세웠다.

고구레가 나를 돌아봤다.

"하나만 물어봐도 되겠습니까? 소장님은 어떻게 에노키 가즈야를 알고 계십니까?"

내 물음에 고구레는 멍한 눈으로 쳐다봤다.

"사에키……, 기억 안 나? 인생의 은인인데."

인생의 은인……?

무슨 말을 하는 건지 도무지 모르겠다.

"나 참…… 기껏 사고 치지 않게 구해 줬더니만, 쓸데없는 짓을 해서 빨간 줄이나 긋고 말이야."

고구레가 기가 차다는 듯 말했다.

무슨 소리지? 말뜻을 잘 모르겠다.

고구레는 책상 서랍을 열어 무언가를 꺼냈다.

"뭐, 너도 조금은 어른이 된 것 같으니 슬슬 돌려줘야겠군."

고구레가 내민, 가죽 칼집에 든 나이프를 보니 15년 전 기억이 선명하게 되살아났다.

그때, 그 형사…….

나는 얼떨떨한 얼굴로 고구레를 다시 쳐다봤다.

유카리 누나를 죽인 범인이 체포됐다는 소리를 듣고, 당시 열다섯 살이었던 나는 이 나이프를 웃옷 주머니에 넣고서 집에서 뛰쳐나왔다. 경찰서에 구류되어 있는 놈들을 죽이겠다는 마음뿐이었다. 하지만 막상 경찰서에 들어간 나는 범인들이 어디에 있는지 알지 못했다. 그래서 일단 경찰관들의 눈을 피하고자 화장실에 숨었다. 개인 칸에 숨어 있으면 경찰관들의 이야기를 엿들어 녀석들이 어디에 있는지 알 수 있을지도 모른다고 생각했던 것이다.

잠시 뒤에 누군가가 문을 쾅쾅 두드렸다. 나는 안에 사람이 있다며 문을 두드렸지만, 밖에서 남자가 "빨리 나와. 쌀 것 같아." 하고 다급하게 말하기에 하는 수 없이 문을 열고 말았다.

"역시 너였구만."

내 눈앞을 낯이 익은 형사가 가로막았다. 유카리 누나의 시신을 발견한 직후에 사정청취를 하러 온 형사였다.

형사는 곧바로 주머니 속에서 나이프를 쥐고 있는 내 손을 붙잡아 주머니 밖으로 뺐다. 그러고는 칼집에서 나이프를 빼서 찬찬히 살펴봤다.

"좋은 나이프네. 아까우니까 저 녀석들을 찌를 참이면 싸구려 나이프로 해. 이건 이 아저씨가 맡아 둘 테니."

"돌려줘……."

나는 그렇게 따지는 게 고작이었다.

"진짜 어른이 되면 되찾으러 오거라."

형사는 그렇게 말하고서 나이프를 안쪽 주머니에 넣고는 가 버렸다.

그때, 그 형사……. 지금껏 까먹고 있었다.

"소장님, 꽤 늙었군요……."

나는 고구레를 쳐다보며 말했다.

"이걸 돌려주려고 널 이 사무소에 고용한 건데 말이야……. 진짜 어른이 됐나?"

고구레가 내 눈을 지그시 쳐다봤다. 내 마음속에서 타오르는 불길을 꿰뚫어 보듯이.

"아직 이른 것 같구만."

고구레는 그렇게 말하고서 나이프를 서랍 속에 다시 넣은 뒤 열쇠로 잠갔다.

나는 일을 끝마친 뒤 후유미의 맨션으로 향했다.

요 며칠 동안…… 나는 오랜만에 쓸쓸하다는 감정을 품었다. 누군가와 함께 있고 싶었다. 누군가와 마음속에 있는 것을 공유하고 싶었다. 그게 가능한 사람은 오직 한 명밖에 없었다. 그때부터 내 마음속에서 싹튼 감정이었다.

도중에 케이크 가게에 들러 후유미가 좋아할 만한 케이크를 여러 개 골랐다. 케이크가 담긴 상자를 들고 맨션으로 향하는 길에 사이렌 소리가 들려왔다. 맨션 앞에 도착하니 구급차가 세워져 있었다. 여러 구경꾼들이 먼발치에서 지켜보고 있었다.

무슨 일이 있나?

나는 불길한 예감에 사로잡혀 출입구로 뛰어갔다. 오토락 버튼을 누르려고 할 때, 정면 엘리베이터 문이 열리더니 들것을 미는 구급대원들이 나왔다.

자동문이 열리고 구급대원들이 내 옆을 지나갔다.

나는 들것에 실려 고통스러운 듯 신음하는 여성을 봤다. 무슨 일인지는 모르겠으나 눈을 돌리고 싶을 만큼 얼굴이 부어올라 있었다. 온통 피투성이였다.

그 순간, 내 심장은 옥죄어 들었다.

그 여자는 후유미였다…….

제6장

귀향

"후유미!"

나는 들것으로 달려가 구급대원들을 밀쳤다. 들것에 실려 있는 여성을 쳐다봤다. 후유미가 분명했다. 얼굴은 퉁퉁 부어올랐고, 온통 피투성이였다.

"후유미! 어떻게 된 거야?"

후유미는 들것 위에서 고통스럽게 신음하고 있었다. 내 말에 반응하지 않았다.

"지인입니까?"

구급대원 중 한 명이 묻기에 나는 고개를 끄덕였다.

"병원까지 동행해 주시겠습니까?"

나는 구급대원과 함께 구급차에 올랐다.

대체 무슨 일이냐……. 누가 이런 참혹한 짓을…….

"슈······짱, ······슈짱······."

잠꼬대 같은 멍한 목소리가 들렸다. 내려앉은 콧속에 피가 차 있어서 그런 거겠지. 듣기 안쓰러운 목소리였다.

"왜 이런 꼴을 하고 있는 거야? 난 여기 있어."

나는 후유미의 손을 꼬옥 잡았다.

"돌아왔는데······ 미안······ 오늘도······ 수고했어······."

"대체 누가 이런 짓을······."

"걱정 끼쳐서······ 미안해······. 근데······ 나······ 용서할 수가 없었어······."

"용서할 수 없었다고?"

"그놈들을······ 용서할 수 없었어······."

부어오른 후유미의 눈에서 눈물이 천천히 흘러내렸다.

병원에 도착하고, 나는 응급처치실 앞에서 기다렸다. 벤치에 주저앉아 조마조마한 시간을 이 악물며 버텼다.

내가 일 때문에 없는 동안에 대체 무슨 일이 있었던 거지? 모르겠다. 알 수 없지만 데라다나 다도코로, 둘 중에 하나가 후유미를 저 지경으로 만들었을 것이다.

응급처치실에서 하얀 옷을 입은 의사가 나왔다.

"그 사람은 어떻습니까!"

나는 벤치에서 벌떡 일어서 의사에게 물었다.

"상처가 상당히 깊더군요."

의사가 나를 보고 대답했다.

"살 수 있겠습니까?"

내가 묻자 의사가 희미하게 미소를 지었다.

"목숨이 위험할 정도의 부상은 아닙니다. 다만 심한 폭행을 당했는지 코뼈와 왼쪽 눈 주변이 내려앉았더군요."

"그렇습니까……."

생명에 지장이 없다는 소리를 듣고 조금이나마 안도했다.

"가족이십니까?"

"아뇨…… 그게……."

"교제하는 분?"

내가 말을 얼버무리자 의사가 다시 물었다. 나는 고개를 끄덕였다.

"옆에 있어 주십시오."

후유미가 들것에 실린 채 처치실에서 나왔다. 얼굴에 붕대가 감겨 있었다. 나는 들것 뒤를 따랐다.

후유미는 병실 침대에서 조용히 자고 있었다.

문득 정신을 차려 옆 의자를 보니 아까 샀던 케이크 상자가 놓여 있었다. 뚜껑을 열어 보니 케이크가 뭉개져 있었다.

폐공장 바닥에 굴러다니던 케이크의 잔해가 뇌리에 스쳤다.

시계를 보니 밤 9시가 넘었다. 오늘 밤은 내내 곁을 지켜주고 싶었지만, 그 전에 확인해야만 할 것이 있다.

나는 꽉 쥐고 있던 후유미의 손을 살짝 놓고서 일어섰다.

편의점 잡지 진열대에서 밖을 엿보고 있었다. 잠시 뒤 데라다가 거주하는 맨션 앞에 어떤 자동차가 정차했다. 다도코로의 자가용인 스카이라인이다. 차에서 내린 다도코로가 맨션 출입구로 들어갔다.

나는 편의점에서 나와 맨션으로 향했다. 데라다가 사는 203호실 아래, 마루야마 치과 간판이 걸려 있는 전봇대까지 가서 가방에서 수신기를 꺼냈다. 이어폰을 귀에 꽂고 주파수를 맞췄다.

초인종 소리가 귀에 울렸다.

―늦었잖아.

데라다의 짜증 섞인 목소리가 들렸다.

―대체 무슨 일이야? 이런 늦은 시간에 갑자기 날 부르고. 나도 할 일이 있는 사람이라고.

다도코로가 대꾸했다.

―급한 일이야. 그리고 너한테 물어볼 것도 있고.

―뭐야? 묻고 싶은 게…….

―저기, 하루카라는 개 말이야. 대체 뭐하는 년이야?

―하루카? 레이디 조커의 그 하루카? 그냥 술집 호스티스잖아?

―평범한 술집 호스티스가 이런 걸 갖고 있냐!

―뭐야, 그건…….

―도청기야. 이게 내 가방 속에 들어 있었어.

도청기라는 말을 듣고 나는 가슴이 철렁 내려앉았다.

―더군다나 그년은 내가 없는 틈을 타서 집에 들어가 뭔가를 뒤졌어. 대체 뭐냐고!

―집 안을 뒤졌다니…….

―그저께 밤에 레이디 조커에 갔더니 하루카 쪽에서 애프터를 걸더라. 일이 끝나면 한잔하러 가자고 말이야. 내 집에 가고 싶다고. 그래서 데리고 왔더니만 갑자기 배가 아프다며 약을 좀 사다 달래. 배가 아프다는 사람을 안을 수는 없잖아? 하는 수 없이 나갔지. 근

데 약을 사가지고 왔더니 '배가 너무 아프니까 집에서 쉴게.'라는 메모만 남겨 놓고 사라졌더라고.

―근데 집 안을 뒤졌다는 건 무슨 소리야?

―나중에 살펴봤더니 이 안에서 딱 하나가 없어졌더라고.

―없어진 물건······.

―DVD. 그 여자 말고는 이런 짓을 할 사람이 없어.

DVD······ 유카리 누나를 덮쳤을 때 놈들이 촬영했다는 영상을 말하는 건가?

후유미는 그 DVD를 빼내기 위해 스스로 데라다의 집에 갔다는 건가······. 그토록 위험한 남자의 집에······ 달랑 혼자서······.

내 가슴이 옥죄어 들었다. 숨을 쉴 수 없을 만큼 괴로웠다.

―네놈이 사주한 거 아냐?

데라다는 격한 말투로 물었다.

―사주? 무슨 헛소리야?

다도코로가 허둥대며 대답했다.

―그 DVD가 필요한 사람이 이 세상에 너 말고 또 누가 있겠냐?

―나 아냐. 더군다나 그 DVD를 훔쳐 봤자 달라지는 건 없잖아.

―그렇지. 그딴 복사본 한 장 훔쳐 봤자 나는 아프기는커녕 가렵지도 않거든. 근데 도청기는 신경이 쓰이더군······. 그래서 시킨 사람이 누군지 불게 하려고 어젯밤에 레이디 조커에 갔지.

―그래서······?

―하루카가 안 나왔더라. 무단결근이래. 폐점 뒤에 나온 종업원을 협박해서 그년이 사는 맨션의 위치를 알아냈지. 난 사람을 한 번 죽여 봤으니 또 하나 죽이는 건 일도 아니라고 을렀더니 쉽사리

불더라고. 오늘 저녁에 택배기사로 가장해서 그 집을 찾아갔어. 그년이 문을 연 순간에 뒤에서 붙들어 집 안으로 밀고 들어갔지.

─너 설마……. 죽여 버린 건 아니겠지?

─게거품을 물고 쓰러지긴 했는데, 안 죽었을걸. 꽤 두들겨 줬는데도 결국 안 불더라…….

데라다의 이야기를 듣고서 격한 자책감에 휩싸였다.

후유미가 저 지경이 된 건 전부 내 탓이다.

─비명을 질러서 도망칠 수밖에 없었어. 뭐, 그래서 지금 난 경찰한테 쫓기는 몸이야. 그년은 이 집을 아니까 지금 당장 나가야 돼.

─너…… 대체 무슨 짓을 저지른 거야? 이 집 보증인은 바로 나잖아. 그럼 나도 경찰서에 가서 사정청취를 받게 될지도 모른다는 소리야?

─내가 알 게 뭐야. 적당히 말하면 되겠지. 아무것도 모른다고 말이야.

─그런 변명이 경찰한테 통할 것 같아? 우린 살인사건 공범이야. 나까지 짓지도 않은 죄를 뒤집어쓰게 될 거라고. 이 사실을 다케와키 씨가 알기라도 하면…….

─사장 딸과의 결혼이 깨지는 건가?

─도망쳐 봤자 금세 잡힐 거야. 차라리 경찰서에 자수하는 편이 나아. 죽인 건 아니니까…….

다도코로가 가냘픈 목소리로 말했다.

─경찰서에 자수……? 멍청한 소리 지껄이지 마. 이번에는 재범이라서 감방에 꽤 오랫동안 처박혀 있어야 한다고. 콩밥은 이제 진절머리가 나. 이제야 쥐구멍에 볕이 들려고 하는구만. 조금 더 즐겨

야겠어. 이건 새 계좌번호야. 잘 갖고 있어.

―새 계좌?

―사건이 발각되면 내 계좌를 틀어막을지도 몰라. 앞으로 이 계좌에 매달 100만 엔씩 입금해 줘.

―100만 엔이라니……. 그건 힘들어…….

―무슨 소리야? 술집 도우미한테 매달 100만 엔씩 줄 테니까 자기 애인이 돼 달라고 꼬신 거 다 알아. 너한테는 껌 값이잖아? 난 너한테 애인보다 더 각별한 존재 아니냐? 우린 형제야. 특별한 체험을 함께 했으니까. 성의를 보여 주면 사건을 무덤 속까지 갖고 들어가지 주지. 하지만 성의를 보여 주지 않는다면 너랑 그 여자의 피로연에서 그 영상을 틀어 버릴 거다.

두 사람 사이에서 침묵이 흘렀다.

―알았어……. 내 나름의 성의를 죽을 때까지 보여 줄게.

의외라고 여겨질 만큼 다도코로는 선선히 대답했다.

―여기서 빨리 나가는 게 좋겠다. 빨리 짐부터 꾸려. 당장 쓸 현금이 필요하겠지. 편의점에서 돈을 뽑아 올 테니까 근처 패밀리 레스토랑에서 기다리고 있어. 내 차로 은거할 만한 적당한 곳을 찾아보자.

―역시. 장차 거물이 될 사람은 얘기가 빠르구만.

나는 귀에서 이어폰을 빼고서 수신기를 가방에 넣었다.

이제 어쩌면 좋은가. 나는 잠시 제자리에서 가만히 있었다.

지금 당장 경찰에 신고를 해야 하나? 아니면 이 손으로 데라다를 붙잡아 경찰에 넘겨야 하나?

일단 나는 택시를 잡고자 저 앞에 보이는 대로로 향했다. 택시를 타고 데라다가 지정한 패밀리 레스토랑 앞까지 가서 차를 세웠다. 잠시 뒤에 가방을 어깨에 걸친 데라다가 다가와 레스토랑 안으로 들어갔다. 그로부터 10분쯤 뒤에는 데라다의 스카이라인이 택시 옆을 지나 패밀리 레스토랑 주차장으로 들어갔다.

"저 스카이라인이 나오면 뒤를 쫓아 주십시오."

내가 말하자 택시기사가 곤혹스러운 표정으로 돌아봤다.

"그런 거 잘 못하는데."

"팁을 섭섭지 않게 드릴 테니까 부탁 좀 합시다."

20분쯤 뒤에 다도코로의 스카이라인이 주차장에서 나왔다. 그 모습을 본 기사가 택시를 몰았다.

스카이라인과의 사이에 차를 한 대 두고서 뒤를 쫓았다. 하지만 다음 교차로에서 신호가 갑자기 빨간색으로 바뀌면서 앞 차가 멈추고 말았다. 그 직전에 그 앞에 있던 스카이라인은 교차로를 지나 달려가 버렸다.

나는 무심코 혀를 찼다.

"아이고, 이건 어쩔 수 없어요. 내 책임이 아니잖아요."

기사는 당황했는지 머리를 긁적였다.

신호가 파란색으로 바뀌자 그대로 직진해서 다도코로의 스카이라인을 한동안 찾았지만, 결국은 영영 놓치고 말았다.

"앞으로 어쩔까요?"

기사가 묻기에 어쩔 수 없이 후유미가 입원한 병원으로 가달라고 했다.

목덜미에 무언가가 닿는 감촉이 들어 눈을 떴다.

고개를 드니 침대 위에서 상반신을 일으킨 후유미가 나를 보고 있었다. 둥근 의자에 앉은 채로 침대에 엎어져 깜빡 잠이 들어 버린 모양이다.

"밤새 있어 준 거야?"

후유미가 물었다.

얼굴에 칭칭 감긴 붕대와 검붉게 변색된 피부가 참으로 애처로웠다. 하지만 의외로 말투는 또렷했다. 후유미의 왼쪽 눈은 붕대로 덮여 있었다. 나는 그녀의 왼쪽 눈을 쳐다보면서 할 말을 찾았다.

"깜빡 잠이 들었나 보네."

나는 머리를 긁적이면서 변명했다.

노크하는 소리가 들려 뒤를 돌아왔다. 일어서서 문을 여니 정장 차림의 두 남자가 서 있었다.

"오기쿠보 서에서 나왔습니다. 어제 사건에 대해 말씀을 듣고자 이렇게 찾아왔습니다."

남자 한 명이 경찰수첩을 내보이며 말했다.

나는 후유미 쪽으로 고개를 돌렸다.

"슈짱, 나 주스 마시고 싶어."

후유미가 고개를 끄덕이면서 말했다.

"한 시간쯤 걸릴 겁니다."

"알겠습니다."

나는 병실에서 나와 밖에 있는 주차장으로 향했다. 주차장에 도착하자 주머니에서 담배를 꺼내 불을 붙였다.

후유미는 경찰에게 데라다가 한 짓이라고 진술했을까? 그렇다면 설령 다도코로의 손을 빌려 도망치더라도 금세 잡힐 것이다. 형량이 얼마나 나올까? 여하튼 데라다가 붙잡힌다면 나의 복수는 꽤 멀어지게 되겠지.

나는 제자리에 쪼그리고 앉아 아스팔트 바닥에 담배를 눌러 껐다.

후유미를 이런 사건에 휘말리게 해놓고 이딴 생각이나 하고 있는 제 자신에게 화가 났다.

근처에서 끼니를 간단하게 때운 뒤 주스와 꽃다발을 사서 병실로 돌아왔다. 마침 형사들이 병실에서 나가려는 참이었다.

"안 어울려."

병실에 들어온 나에게 후유미가 말했다.

나는 의미를 알지 못하고 "뭐가?" 하고 물었다.

"그래도 기뻐……. 여기 올려놔."

후유미는 침대 옆에 있는 이동식 협탁을 가리켰다.

아무래도 내가 사온 꽃다발을 말하는 듯했다. 나는 꽃다발을 탁자에 두고 둥근 의자에 앉았다.

"형사한테 뭐라고 얘기했어?"

"가게에 자주 들르는 데라다라는 손님이 나한테 마음이 있었는지 느닷없이 덮쳤다고……."

"그래?"

"그 남자는 어떤 벌을 받게 되는 거야?"

"나도 모르지. 재범이니까 2, 3년쯤 받을지도 모르고, 곧바로 나올지도 모르고."

"여하튼 슈짱이 위로받을 수 있을 만한 형량은 아니네."

"미안해. 이런 일에 휘말리게 해서……. 다 내 탓이야."

"슈짱 탓이 아냐. 그리고 이 정도 상처는 별거 아니라니까."

후유미는 그렇게 말하면서 얼굴에 감긴 붕대를 만졌다.

"또 성형하면 될 일이고. 나 말이야. 실은 얼굴 여기저기를 고쳤어. 옛 친구들과 혹 스치더라도 절대로 알아보지 못하겠지……."

처음 듣는 소리였다.

성형하는 여자는 드물지 않다. 하지만 어째서 그런 이야기를 일부러 나에게 들려주는 거지? 그리고 모든 것을 놔버린 듯한 후유미의 말투도 마음에 걸렸다.

"왜 그렇게 위험한 짓을 한 거야? 데라다의 집에서 그 DVD를 갖고 나왔지?"

나는 후유미를 쳐다보면서 물었다.

"당신 누나가 불편할 테니까……."

후유미가 중얼거렸다.

"그러니까! 너하고는 관계없는 일이잖아? 이건 내 문제야. 네가 그런 마음을 먹을 줄 알았다면 그 이야기를 하는 게 아니었는데."

"난 딱히 슈짱 때문에 일을 벌인 게 아냐. 이건 내 의지로 한 거라고!"

후유미의 한쪽 눈에서 눈물이 흘러내렸다.

"그런 게 있는 한……, 당신 누나는 이미 세상을 떠났어도……, 앞으로 몇 번이고, 몇 번이고 계속 살해당할 거야. 난 도저히 용서할 수 없었어."

후유미가 얼굴에 붙은 붕대를 향해 천천히 손을 뻗었다. 그러고는 그것을 조금씩 벗기기 시작했다.

"이봐, 무슨 짓이야!"

나는 손을 뻗어 제지하려고 했으나 후유미가 막았다.

"슈짱한테 내 진짜 모습을 보여 주고 싶어. 지금껏 슈짱이 봐왔던 건 진짜 내가 아니니까."

지독한 상처가 남아 있는 후유미의 얼굴이 훤히 드러났다.

"나, 아버지한테서 성적인 학대를 받아 왔어. 아버지라고 해도 친아버지는 아니지만……. 진짜 아버지는 초등학교 때 돌아가셨으니까. 그 사람은 어머니의 재혼 상대였어. 학원 강사인데, 처음 봤을 때는 상냥할 것 같더라고. 아버지가 돌아가시고 어머니도 아주 고생하셨으니까 재혼하고 싶다고 했을 때 반대하지 않았어. 그런데……."

후유미의 눈빛이 어둡게 가라앉았다.

"얘기하고 싶지 않으면 애써 할 필요 없어."

나는 더 이상 후유미와 마주 보고 있기가 괴로웠다.

"슈짱이 들어 줬으면 해. 들어 줄래……?"

호소하는 듯한 그 시선에 나는 고개를 끄덕였다.

"열다섯 살이었던 어느 날, 어머니는 동창회에 나가서 집에 없었어. 방에서 숙제를 하고 있었는데, 그 사람이 들어왔어. 평소에는 술을 잘 하지 않는데, 그날따라 술을 잔뜩 마셨는지 냄새가 진동을 하더라. 처음에는 공부하다가 모르는 부분이 있으면 알려 주겠다며 내 등을 은근슬쩍 만졌는데, 내가 싫다며 저항을 하니 갑자기 침대에 넘어뜨렸어. 결국 난 새아버지한테 억지로 당했어. 그 뒤로 나는 침대 위에서 울고만 있었어. 어머니가 돌아오고 태연하게 담소를 나누는 그 남자의 목소리가 들렸어……. 열다섯 살 그날……, 진짜 나는 죽어 버린 거야."

유카리 누나가 살해당한 것도 내가 열다섯 살이었던 때였다. 어쩌면 나 역시 그때 유카리 누나와 함께 죽어 버렸는지도 모른다.

"그날 이후로 그 남자는 틈이 날 때마다 관계를 요구했어. 맨 처음에는 저항을 했지. 어머니한테 일러바친다고 했더니 그 남자가 콧방귀를 뀌며 이렇게 말했어. '말할 테면 말해 봐. 이 사실을 알면 가장 상처 받을 사람은 네 어머니야. 너도 알지?'라고. 그 말을 듣고 난 저항할 수가 없었어. 지금껏 열심히 키워 준 어머니를 슬프게 하고 싶지 않았거든. 나는 몇 년씩이나 그 남자의 요구대로 안겼어. 그리고 굴욕적인 사진도 찍혔고. 난 어머니한테 졸라서 도쿄에 있는 대학에 다니기로 했어. 물론 그 남자가 반대했지만, 어머니는 도쿄에 가서 혼자 사는 걸 허락해 줬어."

도망치기 위해서……

신주쿠에서 일루미네이션을 봤을 때 후유미가 했던 말이 떠올랐다.

"도쿄에 올라와 얼마 지나지 않아 어머니는 그 남자와 이혼했어. 학교와 아르바이트처에서 새 친구도 생겼고, 이제 친가로 돌아가도 그 남자를 보지 않아도 된다고 생각하니 조금씩 과거의 끔찍한 기억이 사라져 갔어……. 아르바이트처에서 애인도 생겼어……. 그때 난 정말로 행복했어."

그 애인과 함께 봤던 일루미네이션으로 나를 데리고 갔었다. 그때, 후유미는 어떤 생각을 하고 있었을까?

"그런데 반년쯤 뒤에 일방적으로 헤어지자고 했어. 이해가 안 돼서 이유가 뭐냐고 따졌더니, 그 사람이 헤픈 여자는 싫다면서 인터넷 창을 띄운 컴퓨터 화면을 나한테 보여 주더라. 거기에는 내 사진이 있었어. 알몸으로 중년 남자한테 안겨 있는 내 사진. 나는 아무

말 없이 그 사람 집에서 뛰쳐나왔어."

나는 후유미에게서 눈을 돌리고 싶었지만, 꾹 참았다. 후유미는 지금 진짜 자신을 모조리 드러내고 있는 중이다.

그날 밤 내가 자신의 고통을 드러낸 것처럼.

"그 사이트뿐만 아니라 여기저기에 내 사진이 실려 있었어. 여기저기 퍼져 버린 사진을 몽땅 지울 수는 없었어. 설령 지우더라도 여러 사람의 손을 거쳐 결국 다른 사이트에 또다시 올라올 뿐. 마치 깊은 바다 속에 잠겨 있는 자그마한 잔해처럼. 그 사진들을 모조리 모으는 건 불가능해. 그 끔찍한 기억은 지금도 인터넷 속에서 표류하고 있어. 세상 사람들은 내 부끄러운 사진을 보고 있고. 나는 몇 번이고 살해됐어……."

나는 무릎 위에 올려 둔 주먹을 세게 쥐었다.

어째서 그런 모험을 하면서까지 후유미가 데라다의 집에서 그 DVD를 빼앗으려고 했는지 잘 알았다.

후유미의 마음속에는 치유될 길 없는 깊은 상처가 있다.

줄곧 함께 있었는데도 그 존재를 조금도 알아차리지 못한 내 자신이 참으로 한심했다. 아니, 알아차리지 못한 것이 아니다. 지금까지 나에게는 아무래도 상관없는 일이었던 것이다.

"난 대학이랑 아르바이트를 그만뒀어. 살고 있던 아파트에서도 이사를 했고, 지금껏 친하게 지내던 사람들과도 연락을 끊어버렸어. 어머니와도 벌써 몇 년째 만나지 않았어. 유흥업소를 전전하면서 얼굴에 메스를 댔어. 다른 사람이 되고 싶었거든. 하지만 아무리 얼굴을 바꿔도, 누군가가 인터넷에 떠도는 사진 속 여자라는 사실을 알아차리지 않을까 하는 공포는 가시질 않아……."

그녀의 고통을 조금이라도 덜어 주고 싶었다.
하지만 어떤 말을 해주어야 좋을지 도무지 모르겠다.

병원에서 나온 나는 후유미의 맨션에 들렀다.
후유미가 맡긴 여벌열쇠로 문을 열었다. 집 안으로 들어간 순간, 들짐승의 고리고리한 비린내를 맡은 것 같은 불쾌함이 치밀었다.
집 안으로 통하는 유리문이 부서져 파편이 바닥에 흩어져 있었다. 나중에 청소할 요량으로 나는 신발을 신은 채로 들어갔다. 실내도 어질러져 있었다. 바닥과 침대 덮개 군데군데에 피가 들러붙어 있었다. 데라다가 후유미를 덮쳤던 상황이 생생하게 남아 있었다.
나는 옷장을 열었다. 후유미의 양복과 가방 따위가 들어 있다. 파란색 봉지 속에 DVD가 들어 있다고 후유미가 말했다. 봉지를 열어 보니 말대로 DVD 한 장이 들어 있었다. DVD 겉면에는 매직으로 '놀이1'이라고 적혀 있다.
그것을 본 순간, 마음속에 있는 증오의 불길이 활활 타올랐다.
유카리 누나가 놈들에게 능욕을 당하고, 끝내 살해당하는 모습이 촬영된 영상⋯⋯.
내가 모르는 유카리 누나의 마지막 모습이 이 안에 남아 있다.
텔레비전으로 눈을 돌렸다. 천천히 다가가 DVD 플레이어의 트레이를 열었다. DVD를 든 손이 덜덜 떨렸다.
지금 나에게는 이 안에 담겨 있는 영상을 볼 용기가 없다. 아니, 아마 평생 그럴 용기는 나지 않으리라.
나는 DVD를 두 손으로 움켜쥐었다. 산산이 부숴 버릴 작정이었지만, 그것도 할 수가 없었다. 나는 DVD를 케이스에 담아 주머니에 찔러 넣은 뒤 집에서 나왔다.

밤 8시 무렵에 두 남자가 사무소에 찾아왔다.
"어서 오십……시오."
문을 열고 들어온 남자를 보고 고구레는 의아하다는 표정을 지었다.
나도 분명히 그런 표정을 짓고 있었겠지. 남자 중 한 명은 아는 사람이었다.
"여어, 고구레……. 오랜만이군."
나이가 제법 든 남자가 손을 올렸다.
"사이토…… 무슨 일이야……."
명백하게 당혹해하며 고구레가 물었다.
나는 옆에 서 있는 젊은 남자를 봤다. 가시와기 도시유키…….
경찰학교 시절 동기였다. 그렇다면 옆에 있는 사이토라는 남자도 사이타마 현경 소속의 형사일 터였다.
"잠깐 저기 애송이한테 물어보고 싶은 게 있어서 말이야. 실례 좀 함세."
사이토는 성큼성큼 사무소 안으로 들어와 소파에 털썩 앉았다. 가시와기는 사이토의 뒤에 공손히 서 있었다.
"여전하구만."
고구레가 밉살스럽게 말했다.
"차라도 좀 내오지그래?"
사이토가 이쪽을 보고 말했다. 책상에 앉아 있던 소메야가 일어나려고 하자 고구레는 손으로 제지했다.

"돈을 내지 않는 사람한테는 차를 안 내오는 게 규칙이거든."

고구레가 턱수염을 매만지면서 말했다.

"쩨쩨한 놈 같으니. 새 아이디어로 왕창 벌었잖아? 뭐였더라……. 그래. 범죄 전과자 추적 조사였지. 난 별로지만."

사이토가 주머니에서 담배를 꺼내 불을 붙였다.

"이 업계도 경쟁이 무지 치열하거든. 고객의 니즈를 잡아내질 못하면 먹고살 수가 없어."

"피해자와 가해자를 대면시켜 놓고 뒷일은 경찰한테 맡긴다? 속 편해서 좋겠구만."

"경찰도, 탐정도 니즈가 있으니까 먹고살 수 있는 거라고. 피차 바쁜 몸이니 용건이 있으면 빨리 하지 그러나?"

"오늘 오전 1시에서 5시 무렵에 어디에 있었나?"

사이토가 담배를 재떨이에 눌러 끄고서 물었다.

"세 번째 애인이랑 러브호텔에 있었지."

고구레가 태연하게 대답했다.

"너 말고! 저기 저 애송이 말이야."

사이토가 나에게 날카로운 시선을 보내며 말했다.

"기치조지에 있는 병원에 있었습니다."

나는 대답했다.

"병원?"

"지인이 입원해서 옆에 있었습니다."

"흐음, 개인실?"

"예."

"무슨 병원인가?"

내가 병원 이름을 말하자 가시와기가 메모를 했다. 그는 이따금씩 따가운 시선으로 나를 쳐다봤다.

"대체 뭐야? 남의 사생활을 캐고 싶으면 제대로 사정을 말해 줘야지."

고구레가 내 마음을 대변했다.

"오늘 아침에 이루마가와 강 둔치에서 시체가 발견됐다. 경동맥이 끊어졌을 뿐만 아니라 온몸에 40여 군데가 넘는 자상(刺傷)이 남아 있었지. 피해자는 데라다 마사시라는 녀석이야……."

데라다 마사시…… 그 이름을 듣고 심장이 철렁했다.

"사망 추정 시각은 대강 2시에서 4시 사이로 보고 있어."

사이토가 나를 예의주시하면서 말했다.

병원에 있었다고는 하지만, 한밤중이었으니 남몰래 빠져나오는 것도 불가능하지만은 않을 터라고 여기고 있으리라.

뇌리에 어젯밤의 광경이 되살아났다. 데라다를 태운 다도코로의 스카이라인이 어둠 속으로 사라지는 광경…….

"실례가 많았군."

사이토는 일어서서 "가자." 하고 가시와기의 어깨를 두드렸다.

아까까지 보여 줬던 끈적끈적한 태도와는 정반대로 사이토는 사무소에서 선선히 나가 버렸다.

"여전히 예의를 모르는 녀석이구만. 소메야 씨, 소금 좀 뿌려요."

"소금 같은 거 없어요."

소메야가 대꾸했다.

"그럼 슈퍼나 아무 데나 가서 좀 사와요."

"나 참 소장님은……."

소메야는 귀찮다는 듯 푸념을 늘어놓으면서 사무소에서 나갔다.

"현경 시절······."

나는 물었다.

"그래. 쭉 함께 일했던 놈이다. 옛날부터 저랬어. 미운 녀석이야. 늘 맞섰거든. 내가 경찰을 그만뒀을 때 욕이란 욕은 다 퍼부었더랬지."

고구레가 향수에 잠겨 말했다.

"소장님은 왜 그만뒀습니까?"

나는 줄곧 궁금했던 것을 물었다.

"그 변호사 녀석을 때렸으니까."

그 변호사 녀석······. 저번에 탐정사무소로 의뢰를 하러 왔던 스즈모토 시게키를 말하는 거겠지.

"하기야 너처럼 체포나 징계면직 같은 화려한 훈장은 달지 못했지만 말이야. 시시한 자원 퇴직."

고구레가 손가락으로 권총 모양을 만들어 나에게 겨눴다. 나는 고구레를 쳐다보면서 쓴웃음을 지었다.

집행유예에 그쳤지만, 세상의 바람은 차디찼다. 도망치듯 옮긴 싸구려 아파트, 실직, 그리고 자신의 정의가 모조리 부정당했다는 분노가 한데 뒤얽혀 모든 것을 놓아 버렸을 때, 고구레는 내 앞에 나타났다.

"그나저나······ 데라다가 살해당하다니 깜짝 놀랐네. 진짜 아무런 관계가 없는 거냐?"

농담하듯 말했지만, 고구레의 눈은 웃지 않았다.

"너랑 관계가 없기를 바란다. 새 조사원을 구하는 것도 성가시고······. 그럼 수고해."

고구레는 책상에 올려 둔 가방을 들고 사무소에서 나갔다.

"사에키······."

빌딩에서 나오니 누군가가 불러서 뒤를 돌아봤다.

가시와기가 서 있었다.

나는 주변을 둘러봤다. 사이토는 근처에 없는 듯했다.

"경찰학교 동기라고 했더니 시간을 좀 내주더라."

"그래?"

나는 쌀쌀맞게 대답했다.

"아까는 실례가 많았다. 분위기는 그래도 결코 나쁜 사람은 아냐. 그저 경찰관으로서의 규범의식이 투철한 거뿐이야."

"그건 너도 마찬가지지. 괜찮은 짝패잖아?"

이 남자는 나를 사정없이 때린 적이 있었다.

가시와기가 나를 물끄러미 쳐다봤다. 답답해질 만큼 뜨거운 눈빛이었다.

"뭐야?"

견딜 수가 없어서 시선을 조금 돌렸다.

"사에키······. 얼굴이 많이 변했네."

"사나워졌다고 말하고 싶은 건가?"

"그래."

가시와기가 또렷하게 대답했다.

"경찰학교 시절과 비교해 눈이 완전히 달라······."

이토록 직설적으로 말하니 충격이긴 충격이었다. 그건 나도 잘 안다. 나는 코웃음을 쳤다.

경찰학교에 있었을 무렵에는 나름이나마 가슴속에 희망을 품고 있었다. 우리 힘으로 이 세상에서 범죄자를 조금이라도 줄이고 싶다. 범죄로 피해를 입어 슬퍼하는 사람들을 조금이라도 도와주고 싶다고.

하지만 수많은 경찰관들이 몸이 부서져라 뛰어다녀도 이 세상에서 범죄는 사라지지 않는다. 설령 범죄자를 붙잡더라도 피해자가 맛보았던 고통에 걸맞지 않은 가벼운 벌이 내려질 따름이다.

그런 현실에 나는 무너져 버렸던 것이다.

"정말로 너하고는 관계가 없는 거겠지?"

가시와기가 내 눈을 들여다보며 물었다.

"그건 너희 경찰이 조사할 일이지."

"네 말을 직접 듣고 싶은 거다!"

여전히 열혈한이다.

"데라다의 친구 관계를 파헤치다 보면 떠오르는 게 있겠지."

"너, 뭔가 알고 있지?"

가시와기가 내 어깨에 손을 올리고 물었다.

"글쎄. 그건 네가 알아서 조사해. 난 그 남자의 죽음을 애도할 마음 따윈 전혀 없으니까."

나는 가시와기에게서 등을 돌려 빠른 걸음으로 단골 바로 향했다.

경찰 관계자 중에서 내가 유카리 누나 사건을 털어놓은 사람은 가시와기뿐이었다. 사이타마 현 안에서 벌어진 사건이니 내가 범죄 피해자의 유족이라는 사실을 아는 사람도 있으리라. 하지만 내 입으로 직접 이야기를 한 건 그 녀석뿐이었다.

경찰학교 기숙사 시절, 이웃이었던 덕분이기도 하지만, 서로 죽이 잘 맞아서 가시와기와 나는 여러 이야기를 나눴다. 졸업한 뒤에 나는 구마가야 서로, 가시와기는 사야마 서로 배속됐다. 내가 경찰을 그만두지 않았더라면 지금도 분명히 좋은 친구 사이로 남았으리라.

경찰을 그만둔 뒤에 어디서 어떻게 알아냈는지는 모르겠으나 가시와기가 아파트로 찾아왔다. 문을 열고 나를 보자마자 사정없이 주먹을 날렸다.

아팠지만, 화는 나지 않았다. 가시와기는 나를 잘 알기에 때린 것이다. 그렇게 여겼다.

수많은 경찰관에게 나는 경찰의 위신을 더럽힌 단순한 폭주 경관이었다. 하지만 가시와기만은 그것과는 다른 감정으로 나를 때렸다.

실망……이었을까?

나는 잔을 들어 바텐더에게 하퍼 스트레이트를 주문했다.

그나저나…… 데라다 마사시가 살해당하다니.

경찰관으로서 현장에 갈 수 없다는 것이 조금 한스러웠다.

범인은 아마도 다도코로일 터였다. 이대로 데라다에게 질질 끌려다니다가는 신세를 망칠 거라고 여겼으리라. 멍청한 놈이다.

다도코로는 소년형무소에서 나온 뒤 가게를 차려 대박을 냈다. 그리고 대형 프랜차이즈 회사 사장의 딸과 결혼하기로 했다. 하지만 기껏 쌓아 올린 성공도 이제 곧 파멸되겠지.

"사에키 씨……. 뭐 좋은 일 있습니까?"

바텐더가 잔을 내밀면서 물었다.
"왜요?"
"그게 실실 웃고 있길래."
나는 벽에 걸린 거울 쪽으로 고개를 돌렸다. 볼썽사납게 입가가 일그러져 있었다.

후유미의 병실을 들여다보니 저번에 왔던 오기쿠보 서 형사들이 있었다. 침대에 누워 있는 후유미와 뭔가 이야기를 하고 있었다.
나를 보더니 두 형사는 가볍게 알은체를 하고서 일어났다.
"그럼 뭔가 떠오르는 게 있으면 연락 주십시오."
형사들이 병실에서 나갔다.
후유미의 시선이 나에게로 쏠렸다. 무슨 이야기를 했는지 짐작이 갔다.
"데라다의 시체가 사이타마에서 발견됐대."
후유미의 목소리는 떨리고 있었다.
"그래. 우리 사무소에도 형사가 왔었어."
"슈짱 사무소에도……?"
불안한 듯한 목소리였다.
"나한테는 놈을 죽이고 싶은 동기가 있으니까."
나는 대답했다.
후유미는 미동조차 하지 않았다. 나를 지그시 쳐다볼 뿐이었다.
"괜찮아. 내가 죽이지 않았어. 데라다가 살해됐을 때, 난 쭉 이 병실에 있었어."
그렇게 말하니 후유미는 다소 안심한 모양인지 고개를 살짝 끄덕였다.
"누가 데라다를······."
"범인은 대강 짐작이 가긴 가는데······. 걱정할 거 없어. 사건은 곧 해결될 거야."
"그나저나 살해당하다니······."
후유미의 목소리는 어둡게 가라앉았다.
아무리 가혹한 폭행을 가한 상대일지라도 살해됐다는 소리를 들으면 누구나 동요하겠지.
"몸 상태는 어때?"
나는 억지로 빙긋 웃으며 화제를 돌렸다.
"아까 선생님이 일단 퇴원해도 괜찮대."
"그래? 다행이다. 집까지 바래다줄게. 그리고 청소도 해야 하고 말이야."
후유미는 대답하지 않았다.
"그 집으로 돌아가는 게 무서워?"
"그런 게 아니라······. 오늘은 어디 다른 데가 좋을 것 같아. 슈짱 집에 가면 안 돼?"
"내 집? 네 맨션과는 달리 허름한 아파트라고. 게다가 어질러져 있고."
"그래도 괜찮아. 한 번이라도 괜찮으니 슈짱이 사는 곳을 보고 싶어."
"알았어."
후유미의 짐을 가방에 넣은 뒤 병실에서 나섰다. 수납처에 가서 퇴원 수속을 밟았다. 오늘은 차를 타고 오지 않았다. 내 아파트가 있는 가와고에까지 전철로 가면 시간이 꽤 걸릴 테고, 얼굴에 붕대가 감겨 있는 후유미를 퇴근하는 인파 앞에 노출시키는 것도 조금 가여운 듯해서 꽤 거리가 멀지만 택시를 타기로 했다.

내 아파트는 가와고에 역에서 도보 10분 거리에 있는, 지은 지 30년이 넘은 아파트. 2평짜리 부엌과 3평짜리 다다미 방. 방 안은 너저분했다.

"우와, 여기가 슈짱이 사는 집이구나."

허름하고 오래된 아파트라 오히려 신선하게 비춰진 건가? 후유미의 목소리는 들떠 있었다.

"청소 좀 해야겠네. 복도에 있던 세탁기 말이야. 슈짱 거지?"

후유미가 바닥 위에 벗어 놓은 옷을 주섬주섬 줍기 시작했다.

"됐어. 내가 할 테니까. 안정을 취해야지."

"괜찮아."

후유미가 정색을 하고 말했다.

"그럼 부탁해. 그 동안에 난 저녁을 지을게. 죽 같은 걸……."

나는 냉장고를 열어 어떤 식재료가 들어 있는지 확인했다.

둘이서 텔레비전을 보며 저녁을 먹었다.

늘 봐왔던 살풍경한 방이지만, 사람이 있으니 눈에 달리 비친다.

경찰을 그만둔 뒤로 나는 고독했다. 아니, 유카리 누나가 살해된 뒤로 쭉 고독감에 속박되어 살아온 듯했다. 그날 이후로 나는 진심으로 웃을 수가 없게 됐다. 나뿐만 아니라 부모님도 그랬다. 피붙이가 살해된 가족은 일상생활 속에서 웃을 때조차 죄책감을 느낀다. 유카리 누나가 살해된 그날 이후로 단란했던 가족의 모습은 아무리 손을 뻗어도 닿을 수 없는 머나먼 존재가 됐다.

후유미는 나보다도 더 고독하지 않았을까? 적어도 나에게는 똑같은 고통을 공유할 수 있는 부모님이 계셨다. 후유미는 가눌 길 없는 고통을 홀로 감당해 내며 살아왔으리라.

강인한 여성이다.

나는 유카리 누나 이외의 여성에게 처음으로 존경의 마음을 품었다.

후유미와 따로 자기로 했다. 내 방에 있는 파이프 침대는 싱글 크기라서 같이 자다가 후유미의 얼굴에 상처를 입히지 않을까 걱정했다. 나는 그녀에게 침대에 자라고 권하고서 바닥 위에 모포를 깔았다.

"슈짱의 꿈은 뭐야……?"

캄캄한 방 안에서 후유미가 불쑥 중얼거렸다.

"갑자기, 왜 그런 걸……."

"왜 탐정이 됐는지 궁금해서……. 어렸을 적에 텔레비전이나 영화 같은 걸 보고 동경했나 싶어서……. 문득 그런 생각이 들었어."

"탐정 따윌 동경한 적은 없어."

나는 지금껏 해왔던 일을 떠올리면서 대답했다.

이 일을 해오면서 수많은 사람들을 불행에 빠뜨린 것 같았다.

사카가미 요이치, 엔도 리사, 호소야 히로후미……. 그 사람들의 얼굴이 뇌리에 떠올랐다.

내가 한 일 때문에 불행해진 사람들이다.

"사람을 찾는다……. 왠지 로맨틱하지 않아?"

"로맨틱이라……."

나는 무심코 쓴웃음을 지었다.

의뢰에 따라서는 그런 면이 있는지도 모른다. 하지만 적어도 내가 탐정 일을 해온 4년 동안에 그렇게 느꼈던 의뢰는 단 한 건도 없었다.

"이발사겠지……."

"어?"

후유미가 되물었다.

"내 어렸을 적 꿈……."

나는 아버지가 이발소를 운영한다는 이야기를 들려줬다.

"좋겠네, 이발사도……."

내 이야기를 듣고 후유미가 말했다.

"나도 동경해……. 언젠가 그렇게 될 수 있으면 좋겠어. 나도 될 수 있을까?"

후유미의 말을 들으면서 나는 어둠 속에서 후유미와 함께 아버지의 이발소 앞에 서 있는 모습을 상상했다.

하지만 입 밖으로 내지 않았다.

나에게 후유미를 사랑할 자격이 있을까?

마음속에 언제나 증오의 불길이 활활 타오르는, 언제 폭발할지 모르는 감정을 품은 내가 후유미를 행복하게 해줄 수 있을까?

이런 이야기를 하고 있는 바로 지금도 마음 저 깊은 곳에서는 증오의 불길이 활활 타오르고 있다.

에노키 가즈야……. 유카리 누나를 죽인 마지막 놈.

데라다는 죽음이라는 죗값을 받았다. 다도코로도 곧 잡힐 것이다. 하지만 가장 잔인한 짓을 벌였던 주범은 이미 사회로 복귀해 태연하게 살고 있을 것이다. 그 생각만 하면…….

"그만…… 자자……."

나는 말했다.

일을 마치고 사무소가 있는 빌딩에서 나오니 가시와기가 불러 세웠다.

"잠깐 할 얘기가 있어……."

기분 탓인지 표정이 절박해 보였다.

"무슨 일이야? 아직도 데라다를 죽인 범인을 잡지 못한 건가?"

나는 물었다.

"아니, 범인은 체포했어. 오늘 낮에 잠복하고 있던 캡슐 호텔에서……."

"그래? 그럼 이제 나한테 볼일은 없겠군."

내가 가려고 하자 가시와기가 붙잡았다.

"범인은 다도코로 겐지……. 네 누님을 살해했던 공범이야."

"그게 뭐 어쨌는데?"

나는 무뚝뚝하게 대꾸했다.

"너, 알고 있었던 거냐?"

가시와기의 눈이 번쩍였다.

나는 아무 말 없이 등을 돌렸다. 떠나려는 내 어깨를 가시와기가 뒤에서 잡았다. 나는 가시와기 쪽으로 몸을 돌렸다.

"너, 대체 무슨 일을 벌이려는 거야?"

가시와기가 내 눈을 물끄러미 쳐다봤다.

"뭐가?"

"데라다의 집에서 콘센트형 도청기가 발견됐어."

"흐음."

"네가 설치한 거 아냐? 프로 탐정이라면 이 정도 물건이야 쉽게 구하지. 수사를 벌이면서 데라다의 맨션 앞에 설치된 편의점 방범 카메라를 확인했더니 네 모습이 뻔질나게 보이더라."

나는 침묵했다.

"널 불법침입죄로 잡아넣으려는 게 아냐."

"그럼 왜 온 거야?"

"너…… 그 영상을 본 거냐?"

가시와기가 속을 떠보듯이 물었다.

"그 영상이라니……?"

놈들이 찍은 유카리 누나의 영상을 말하는 건가? 그런데 가시와기가 어떻게 그 DVD를 아는 거지?

나는 얼굴에 감정을 드러내지 않으려 가시와기를 물끄러미 쳐다봤다.

"체포됐을 때, 다도코로의 소지품 중에 8밀리 비디오테이프가 있었어. 어떤 영상이 담겨 있는데, 데라다가 그걸로 협박했다고 하더라. 다도코로는 데라다를 죽이고서 그걸 빼앗았다고 진술했어."

나는 시선을 조금 돌렸다.

"저번에 이토 후유미라는 여성이 데라다한테서 폭행을 당했어. 다도코로의 말에 따르면 이토 후유미가 데라다의 집에서 그 영상을 복사한 DVD를 빼냈다더군. 나는 그 점이 마음에 걸렸어. 그래서 그 여성의 교우관계를 조사해 봤더니……."

"난 그런 거…… 몰라."

나는 시치미를 뗐다.

"그래……."

가시와기는 내 말을 믿지 못하는 눈치였다.

"근데 만에 하나 갖고 있다면…… 절대로 보지 마."

가시와기의 동공은 떨리고 있었다.

"친구를 잃고 싶지 않아……."

내 눈을 쳐다보면서 가시와기는 중얼거렸다.

나는 손잡이를 붙잡으며 차창 밖에 펼쳐진 칠흑 같은 어둠을 쳐다보고 있었다.

대체 그 영상이 뭐 어쨌다고…….

나는 가시와기의 눈을 떠올렸다. 필사적으로 무언가를 호소하려는 듯한 눈이었다.

절대로 보지 마.

가시와기는 그 말을 전하려고 일부러 나를 만나러 왔을지도 모른다.

가시와기는 그 영상을 봤겠지.

친구를 잃고 싶지 않다……. 그건 무슨 의미야?

주머니 속에서 휴대전화가 울렸다. 꺼내 보니 후유미가 문자를 보냈다. 제목은 '고마워'였다. 후유미는 그저께 자기 맨션으로 돌아갔다.

본문을 보고 가슴에 묵직한 통증이 일었다.

'슈짱을 사랑했어. 지금까지 고마웠어.'

지금까지 고마웠어……. 이게 무슨 말이야?

다음 역에서 내려 후유미에게 전화를 걸었다. 연결되지 않았다.

나는 반대쪽 플랫폼으로 넘어가 들어오는 전철을 타고 후유미의 맨션으로 향했다.

후유미의 집 앞에서 초인종을 눌렀지만, 반응이 없다. 여벌열쇠로 문을 연 뒤 불을 켠 나는 아연실색했다.

집 안이 텅 비어 있었다.

역으로 돌아가는 내내 나는 왠지 미아가 된 것 같은 불안한 기분을 맛봤다.

이제야 나온 낯익은 거리를 걸으면서 나는 마음속으로 정말로 한심한 놈이라며 자책했다.

원래대로 돌아갔을 뿐이잖아.

조금 전까지 네 마음속에 후유미라는 여자는 어디에도 없었잖아? 정말이지 제멋대로다. 그런 남자는 누구든 싫증을 느끼게 마련인 것을.

역 앞 PC방에 들어갔다. 오늘 밤만큼은 후유미의 온기가 남아 있는 그 아파트로 돌아가고 싶지 않았다.

나는 오랜만에 와코 역에 내렸다.

4년 전에 징계면직 처분을 받은 뒤로 한 번도 친가에 돌아가지 않았고, 부모님의 얼굴도 보지 않았다.

유카리 누나의 사건 이후로 슬픔과 고통과 증오가 얽혀 있는 그 집이 싫어졌다. 그리고 치유될 수 없는 마음의 고통 때문에 하루하루 늙어 가는 부모님에게 나는 죄를 저질렀고, 경찰을 그만두게 됐다. 그런 마음의 빚이 나를 친가에서 멀어지게 했다.

어째서 갑작스레 돌아가고 싶어졌을까? 그날 밤, 후유미와 했던 이야기가 아직껏 가슴 한구석에 남아 있기 때문일까?

20분쯤 걸으니 빨간색, 파란색, 흰색이 어우러진 삼색등이 보였다.

이발소 문을 열었다. 손님의 머리를 다듬고 있는 아버지가 나를 힐끔 쳐다봤다.

순간 눈이 마주쳤으나 아버지는 아무 말 없이 소파에 앉으라고 권했다. 아버지는 손님과 담소를 나누면서 머리를 계속 다듬었다.

나는 소파에 앉아 책장에 꽂혀 있는 만화잡지를 훌훌 넘겼다. 잡지를 펼치면서 아버지가 일하는 모습을 한동안 쳐다봤다.

이발이 끝나고, 손님이 값을 치르고 가게에서 나가자, 아버지는 나에게 의자에 앉으라고 손짓했다.

나는 의자에 앉았다.

"어떻게 해줄까?"

아버지가 물었다.

"적당히."

내가 대답하자 아버지는 내 머리를 다듬기 시작했다.

"어머니는……?"

"몸이 안 좋아져서 또 입원해 있다. 그거 말고는 딱히 별일은 없다마는, 종종 와서 얼굴 좀 보여라."

"어……."

그 후로 대화다운 대화는 오가지 않았다.

아버지는 데라다가 살해된 것도, 다도코로가 체포된 것도 알고 있으리라. 하지만 조금도 내색하지 않고 그저 내 머리만을 다듬었다.

나도 무슨 이야기를 해야 할지 몰라 눈앞의 거울에 비친 아버지의 모습을 바라봤다. 예전에 봤을 때보다 주름이 깊어졌고, 새치도 늘었다. 아버지는 내 머리 모양을 확인하려는 듯이 이따금 거울을 힐끔 쳐다봤다.

"너, 늙었구나……."

내 귓가에 대고 아버지가 나직이 중얼거렸다.

"그래요?"

늙었다는 말을 아버지한테서 먼저 듣고 말다니.

"요즘에는 뭐 하나?"

"탐정 일 해요."

"탐정…… 그거 재밌니?"

"글쎄요."

나는 모호하게 대답했다.

"아버지……. 이 일이 재밌나요?"

반대로 되물었다.

"글쎄……. 하지만 영혼이 갈가리 찢기는 것 같은 고통은 없지."

아버지의 말에 내 어깨가 흠칫 떨렸다.

"가만히 있어. 위험하니까."

아버지는 당신의 손바닥으로 내 뺨을 살짝 밀어 얼굴의 방향을 고쳤다.

"얼굴을 보면 안다. 기왕 뭔가를 해야 한다면 가끔은 웃을 수 있는 일을 하거라."

나는 고개가 움직이지 않도록 시선만을 아래로 떨어뜨렸다.

"언제든 웃어도 된단다. 아니, 웃어야만 한다. 우리는 절대로 불행해져서는 안 돼."

아버지의 말을 듣고, 몸이 떨리기 시작했다.

"움직이지 말래도."

"알아, 알아요……."

나는 필사적으로 눈물을 참았다.

"더 일찍 말했어야 했는데. 미안하다……."

아버지가 중얼거렸다.

이발을 끝내고 아버지가 수납장에서 껌을 꺼내 나에게 내밀었다. 애들이 이발하러 왔을 때 주는 것이다.

"이제 이거 받을 나이는 지났죠."

"부모한테 자식은 언제나 아이야."

나는 웃었다.

아버지가 준 껌을 씹으면서 역까지 걸었다.

나는 탐정사무소를 그만둘 작정이다. 그리고 마지막으로 한 사람을 찾을 것이다.

후유미와 만나고 싶었다.

사무소에 도착해 나는 소파에 앉아 있는 고구레에게 다가갔다.

"소장님……. 드릴 말씀이 있습니다."

"뭐?"

고구레는 펼친 신문 밖으로 얼굴을 쑥 내비쳤다.

"염치없는 부탁이라는 건 저도 알지만……. 이 일을 그만두고 싶습니다."

"그래? 알았어."

고구레는 선선히 대답하고서 신문을 접어 탁자 위에 올려 뒀다.
"의뢰가 하나 들어왔는데, 그 일만 마치고서 그만두면 안 될까?"
나는 하는 수 없이 고개를 끄덕였다.
"조사하는 데 시간이 아무리 걸리더라도 반드시 해내도록."
고구레는 탁자 위에 놓인 조사 의뢰서를 집어 나에게 내밀었다.
조사 의뢰서를 본 순간, 나는 아연실색했다.
조사 대상자 칸에 '에노키 가즈야'라고 적혀 있었다.
의뢰인란을 보니…….
나는 고구레를 노려봤다.

제7장

임종

고구레가 내민 조사 의뢰서를 본 순간, 나는 경악했다.
조사 대상자 칸에 '에노키 가즈야'라고 적혀 있었다.
의뢰인의 이름은 '고구레 마사토'였다.
"이게 대체 뭐하자는 겁니까!"
나는 고구레를 노려봤다.
"뭐냐니……, 네가 해야 할 마지막 일이지."
고구레는 태연하게 대꾸했다.
유카리 누나를 직접 죽인 에노키를 나더러 조사하라고 하다니……. 대체 무슨 생각인가? 나에게 뭘 시키려는 건가? 가슴속이 펄펄 끓어올랐다.
"네 누나를 죽인 에노키는 이미 출소했겠지?"
고구레는 내 눈을 지그시 쳐다봤다.

그렇다. 에노키는 형무소에서 나와 이 사회로 복귀했다.

그 사실을 떠올리는 것만으로도 온몸에서 증오가 뿜어져 나왔다.

"그 남자가 지금 뭘 하는지…… 알고 싶겠지?"

고구레는 옆에 둔 보조가방에서 무언가를 꺼내 탁자 위에 올려놨다. 지폐 다발이다.

"조사비용은 100만 엔. 마음껏 쓰도록 해. 그 대신에 아무리 시간이 걸리더라도 끝까지 해내."

"거절합니다."

나는 단호하게 말했다.

"왜지?"

의외라는 듯이 고구레가 나를 쳐다봤다.

"소장님의 의도를 모르겠습니다. 대체 뭘 하라는 거죠?"

"의도는 딱히 없어. 다만 탐정을 그만둔다고 하니 작별 선물로 네가 가장 알고 싶어 하는 걸 스스로 알아보라고 시키는 거뿐이야."

"소장님한테는 관계없는 얘기잖아요? 소장님이 돈을 내면서까지 저한테 조사를 맡길 필요가 있습니까?

"뭐, 4년간 실컷 부려먹었으니 퇴직금이라고 할 수 있으려나?"

고구레가 얼버무리듯이 말했다.

"제가 괴로워하는 걸 즐기려는 겁니까?"

나는 고구레를 뚫어져라 쳐다보며 말했다.

이 남자는 언제나 그렇다. 일이라는 핑계로 나에게 고통스러운 일을 떠맡겨 왔다.

특히 고구레가 범죄 전과자 추적 조사 서비스를 시작한 뒤로 수행했던 모든 일이 나에게는 고통이었다.

"괴롭힌다고? 말본새하고는. 반대로 네가 고통에서 해방될 수 있는 마지막 기회라고 생각하는데 말이야."

"무슨 뜻입니까?"

"탐정을 그만두고서 이제 뭘 할 작정이지?"

고구레가 물었다.

"다른 일을 하려고 합니다."

"오호. 아버님 이발소라도 물려받을 작정인가? 확실히 우리 사무소에서 싸게 부려먹기는 했지. 지긋지긋해진 건가?"

"그렇긴 하죠……."

'기왕 해야 한다면 가끔은 웃을 수 있는 일을 하거라…….'

아버지의 말이 떠올랐다.

"지금 넌 날붙이를 잡는 일을 하지 않는 게 좋을 것 같은데 말이야. 위험해서 두 눈 뜨고 볼 수가 없어."

"제 마음입니다."

"뭐, 설령 아버님 이발소에서 얌전하게 일을 하더라도 넌 언젠가 반드시 에노키 가즈야가 어떻게 사는지 알고 싶어질 거다. 다도코로와 데라다를 조사했듯이……."

고구레는 내 마음을 꿰뚫어 본 것처럼 말했다.

역시 알고 있었던 것이다.

나는 여기서 일을 하면서 유카리 누나를 죽였던 놈들을 조사해왔다. 그리고 에노키의 공범인 다도코로와 데라다를 찾아내 진정한 앙갚음을 해줄 기회를 엿보고 있었다.

대형 외식 프랜차이즈 사장의 딸과 결혼하기로 한 다도코로는 유카리 누나의 사건을 폭로하겠다고 협박하는 데라다 때문에 골머리를 앓았다. 이대로 놔뒀다가는 모든 것이 끝장나겠구나 싶었으리라. 다도코로는 데라다를 살해했고, 결국 경찰에 체포됐다.

나에게는 일석이조와도 같은 복수였으나 동시에 값비싼 대가를 치렀다. 아니, 내가 치른 것이 아니었다. 소중한 사람의 몸과 마음이 다치고 말았다.

"여기서 4년 동안 일했으니 그 녀석의 소재를 파악하는 일쯤은 식은 죽 먹기겠지. 넌 언젠가 반드시 에노키를 찾으려 들 거다. 내 말 틀렸나?"

고구레의 말이 분명히 맞다.

탐정을 그만두더라도 나는 언젠가 에노키 가즈야를 찾으려 할 것이다. 내 마음 속에서 그놈의 존재를 결코 지울 수 없다. 교복이 찢긴 채로, 멎어 버린 눈으로 나를 쳐다보던 누나의 마지막 모습이 단 한 순간이라도 뇌리에서 사라지지 않는 것처럼.

"넌 프로 탐정으로서 이 의뢰를 받아들여야 해. 이 일만 끝낸다면 이발사든 뭐든 네 맘대로 하라고."

고구레와 대치하면서 나는 결정을 망설였다.

"이 일을 수락하지 않으면 넌 후회할 거다."

고구레가 콧수염을 매만지며 말했다.

"후회……?"

무슨 뜻이지? 알 수 없었지만, 그 말에 이끌린 것처럼 나는 고구레에게 다가갔다.

"그놈의 뭘 조사하라는 겁니까?"

나는 물었다.

"그건 네 자유야. 내가 알고 싶은 걸 조사하면 돼."

"조사 기간은……."

"무제한. 네가 만족할 때까지. 하루 만에 조사를 끝내도 되고, 극단적인 이야기지만……, 1년이 걸려도 상관없어. 뭐, 그럴 일은 없겠지만."

나는 탁자 위에 놓인 지폐 다발을 움켜쥐었다.

"단……."

고구레의 목소리에 고개를 들었다.

"프로로서 일을 하는 것이니 의뢰인과의 약속도 엄수하도록."

"약속……?"

"간단해. 조사 결과는 네 입으로 의뢰인인 나한테 직접 보고할 것. 어떤 형태가 됐든."

고구레의 시선이 나를 휘감았다.

어떤 형태가 됐든……. 형무소 면회실이라도 상상하고 있는 건가?

"알았습니다."

나는 지폐 다발을 웃옷 주머니에 꽂아 넣고 사무소에서 나왔다.

사무소에서 나온 나는 오미야에서 전철을 타고 자택 아파트가 있는 가와고에로 향했다.

손잡이를 잡으면서 나는 앞으로 해야 할 조사를 생각했다.

나는 내일부터 에노키 가즈야의 행방을 찾는다. 이 세상에서 가장 증오하는 남자를 찾는 것이다.

지금 그놈은 어디에 있고, 또 어떻게 살고 있을까……. 조사 자체는 그리 어렵지 않으리라.

하지만 이제부터 나는 대체 어쩌면 좋은가?

고구레는 내가 알고 싶은 걸 조사하면 된다고 했다. 내가 만족할 때까지 에노키를 조사하라고.

나는 대체 그놈의 무엇을 알고 싶은 걸까? 어떻게 해야 이 조사를 끝내도 좋겠다고 만족할 수 있을까?

'너, 늙었구나……'

차창에 비친 내 얼굴을 보고 있으니 아버지의 그 말이 떠올랐다. 오랜만에 만난 아버지는 평온해 보이는 표정으로 머리를 다듬어 줬다.

'언제든 웃어도 된단다. 아니, 웃어야만 한다. 우리는 절대로 불행해져서는 안 돼……'

아버지의 말을 듣고 나는 탐정사무소를 그만두고 후유미를 찾으러 가기로 결심했다. 그런데…….

아버지의 마음속에서는 딸을 살해한 범인을 향한 증오가 옅어지기라도 한 건가? 그럴 리는 없으리라. 하지만 딸이 무참하게 살해됐어도 아버지는 예전과 변함없이 선량하고 온화했다.

대체 어떤 경지란 말인가.

내 마음속에는 유카리 누나를 죽인 인간에 대한 증오와 사람을 해하는 범죄에 자기 손을 태연히 물들이는 인간을 향한 분노가 흘러넘쳤다. 증오가 격렬한 불길로 번져 마음속을 송두리째 태워 버렸다. 그 불꽃 때문에 나는 수많은 사람들에게 상처를 줬다. 후유미도 그중 한 사람이었다.

내 마음속에서 활활 타오르고 있는 이 불길은 시간이 지나면 자연스럽게 잦아들까? 아니면 죽을 때까지 끝없이 타오르기만 할까?

유카리 누나를 죽인 그놈의 현재 모습을 봤을 때, 내 마음이 어떤 맹화(猛火)에 휩싸일지 상상하니 두려워졌다.

아파트로 돌아와 불을 켜니 쓸쓸한 광경이 떠올랐다.

살풍경한 방 안에 깔끔하게 개킨 셔츠가 놓여 있었다. 후유미가 세탁해 준 셔츠다.

주머니에서 꺼낸 지폐 다발을 탁자 위에 놓고서 세면대로 향했다. 차가운 물로 얼굴을 씻었다. 부엌에서 컵을 꺼내 위스키를 따랐다.

문득 텔레비전 위에 놓인 DVD가 눈에 들어왔다. 마음이 갈가리 찢겨지는 듯했다.

DVD 겉면에 매직으로 '놀이1'이라고 적혀 있었다.

유카리 누나가 놈들에게 능욕당하고, 살해당하는 모습이 찍힌 영상이다.

'절대로 보지 마…… 친구를 잃고 싶지 않다…….'

가시와기의 말이 떠올랐다.

이 DVD에는 누나가 놈들에게 능욕당하고, 살해되는 모습이 기록되어 있다. 그런 것을 봤다가는 미쳐 버릴 것이라는 친구로서의 조언이겠지. 아니면 뭔가 다른 의미가 담겨 있는 건가? 마음에 걸렸다.

나는 DVD를 들었다. 하지만 그 영상을 볼 용기는 갖고 있지 않았다.

초인종 소리에 눈을 떴다.

시계를 보니 오후 1시가 지났다. 대체 누구지?

티셔츠에 트렁크 팬티 차림으로 침대에서 일어나 그대로 현관으로 향했다. 문구멍을 들여다보고서 깜짝 놀랐다.

문 밖에 엔도 리사가 서 있었다.

무시하고 침대로 돌아갈까 하고 생각했다.

"사에키 씨, 계신 거 알아요. 문 좀 열어 주실 수 없을까요?"

하지만 그 말을 듣고 하는 수 없이 체인이 걸린 문을 살짝 열었다.

"느닷없이 찾아와서 죄송합니다. 사무소에 가봤더니 한동안 나오지 않는다고 들어서……."

리사가 고개를 숙였다.

내 하반신에 눈길이 간 건지 그녀는 살짝 부끄러워하며 고개를 들었다.

"조금만 시간을 내주실 수 있을까요?"

리사가 나를 지그시 쳐다보며 말했다.

"무슨 용건입니까?"

나는 거칠게 물었다.

이 여자와 할 이야기는 없다. 아니, 리사를 보고 있으면 마음에 남은 상처가 욱신거린다. 그게 싫었다.

"요이치 일로 상담을 드릴 게 있어요."

요이치…… 사카가미 요이치. 그 이름을 들으니 상처가 더욱 격하게 욱신거렸다.

"미안한데…… 나하고는 이제 관계없습니다."

"사에키 씨, 제 얘기만이라도 들어 주세요. 당신 말고 상담할 수 있는 사람이 없어요."

대체 나보고 어쩌라는 거지? 하지만 관계없다고 말했어도 내가 두 사람의 인생을 크게 바꾸고 말았다는 자각은 하고 있다.

"잠시만. 옷을 갈아입고 올 테니."

마음에 쌓인 빚이 내 등을 떠밀었다.

나는 일단 문을 닫고서 바지를 입은 뒤 다시 문을 열었다.

"집 안이 좀 더러운데……. 불쾌하다면 어디 찻집이라도 가죠."

"실례해도 될까요?"

리사는 양해를 구하고 집 안으로 들어왔다.

나는 부엌에 가서 주전자를 앉히고 커피를 끓일 준비를 했다.

"신경 쓰지 않으셔도 돼요."

방 가운데에 우두커니 서 있는 리사가 말했다.

"내가 마시고 싶어서 끓이는 겁니다. 당신 건 타는 김에."

커피 잔 두 개를 탁자 위에 올린 뒤 나는 앉았다.

"실례하겠습니다."

리사도 맞은편에 앉았다.

"요이치가 사라졌어요……."

커피 잔을 입에 대지 않고 리사가 말을 꺼냈다.

"그래요……."

나는 커피를 한 모금 마시고 말했다.

놀라지는 않았다. 왠지 그리 될 것 같다는 예감은 있었다.

"사에키 씨, 그이가 어디 갔는지 짐작이 가는 데는 혹시 없으신가요?"

리사가 몸을 앞으로 내밀어 물었다.

"모릅니다."
"정말인가요?"
리사는 내 눈을 응시했다.
"그 남자의 소재를 내가 알 턱이 없죠."
나는 매몰차게 대답했다.

리사의 부탁으로 사카가미의 병실을 찾았을 때가 마지막 만남이었다. 그 이후로 사카가미도, 리사도 만나지 않았다.

"요이치는 한 달 전에 퇴원했어요. 아마 평생 휠체어 신세를 면할 수는 없겠지만, 그가 나름대로 적극적으로 재활 치료를 받았고, 겨우 일상생활을 보낼 수 있게 됐습니다. 살던 맨션도 주인한테 부탁해서 휠체어로 생활할 수 있도록 개조했고요. 그런데……."

"갑자기 당신 앞에서 사라졌다?"

"그래요. 2주 전에 퇴근하고 돌아와 보니 요이치의 짐이 집 안에서 사라졌어요. 편지와 현금 50만 엔이 놓여 있었죠. '난 여기서 나간다. 혼자서 집세를 내는 게 부담스럽다면 이 돈으로 새 거처를 찾아.'라고만 적혀 있었는데……."

"그렇군요……."

"사에키 씨, 부탁이에요. 그이를 찾아 주실 수 없을까요?"

리사가 고개를 숙였다.

"그럴 여유는 없습니다. 지금 다른 일을 떠안고 있어서."

변명이었다. 요 이틀 동안 나는 아무 것도 하지 않았다. 에노키 가즈야를 찾아야만 한다는 현실에 움츠러들어 좀처럼 몸을 일으킬 수가 없었다.

"저도 그이가 있을 만한 곳을 샅샅이 찾아봤습니다. 그런데 전 그이에 대해 아무 것도 몰라요. 그이가 친구와 운영했다던 회사 위치는 물론이거니와, 그이의 친구와 그이의 친척조차 만나 본 적이 없어요. 하지만 사에키 씨라면 저보다도 그이를 더 잘 알 것 같아요. 염치없는 부탁이라는 거 잘 알지만, 사에키 씨 말고 부탁할 만한 사람이 없어요. 제발……."

리사가 애원하는 모습을 보고 있으니 가슴이 아렸다.

리사는 어떤 마음으로 나에게 고개를 숙이고 있을까? 나는 그녀의 애인을 반신불수로 만든 장본인이었다.

"그 사람을 찾아서 뭘 어쩌려는 겁니까?"

나는 물었다.

"어쩌다니요……. 그이가 걱정이 돼요. 그런 몸으로 어디서 뭘 하는 건지……. 이상한 생각이라도 품고 있는 게 아닐까 해서."

"이상한 생각……?"

"자포자기해서 모든 것을 내버리려고……."

사카가미는 자살을 떠올릴 만한 연약한 인간은 아니다. 리사의 앞에서 사라진 이유는 딱 하나겠지. 예전에 만났을 때, 리사의 짐이 되고 싶지 않다고 했던 말을 떠올렸다.

"저한테는 아무 말도 해주지 않았지만…… 그이는 나름대로 호소야 씨와 그 아드님에 대한 죄책감을 느끼고 있었던 것 같아요. 앞으로 어떻게 해야 그 사람들한테 속죄를 할 수 있을지 병원 침대에서 생각했을 거예요. 그러니까 고통스러운 재활 치료도 열심히 받은 거고요. 그 모습을 보고 저도 앞으로 그이와 함께 그분들한테 속죄를 하려고 마음먹었습니다. 그러니까 그이가 이상한 생각을 하지 않았으면 해요."

임종 233

자기가 저지른 죄가 아닌데도 죗값을 짊어지려고 하다니. 리사는 사카가미를 절절이 사랑하는 모양이다.

솔직히 불쾌한 의뢰였다.

사카가미의 현재를 안다는 것은 동시에 내가 저질렀던 죄와 마주해야 된다는 뜻이기도 하다.

내가 내뱉은 말 때문에 아니, 내 마음속에 있는 증오 때문에 사카가미와 리사와 호소야 부부의 인생이 크게 바뀌었다는 현실은 줄곧 가시처럼 걸려 있었다.

하지만 언젠가 결말을 내기는 내야 할 일이다.

"알았습니다. 하지만 그저 사카가미의 소재를 찾기만 할 겁니다. 사카가미가 당신 곁으로 돌아갈지 말지는 내 알 바가 아닙니다."

"고맙습니다……."

리사는 연약하게 고개를 끄덕였다.

리사가 돌아간 뒤 나는 앞으로 어떻게 사카가미를 찾을지 고민했다.

휠체어 신세다. 느닷없이 연고도 없는 곳으로 갔을 리는 만무하다. 그 몸으로 거주지나 일자리를 구하는 것도 어렵겠지.

우선은 친가로 돌아가지 않았을까 하는 생각이 들었다. 사카가미는 소년원에서 나온 뒤로 부모와 소원해졌다고 말했으나, 자식이 그 지경이 됐다면 부모로서 역시 도와주지 않을 수는 없으리라.

사카가미의 친가는 호소야가 의뢰한 조사를 진행하면서 조사해 뒀다. 그의 친가는 사건이 벌어지기 전까지 가와구치 시내에 있었다. 하지만 8개월 전에 조사를 해보니 도코로자와 시내로 거주지를 옮겼다.

이튿날, 나는 당장 도코로자와로 떠났다.

사카가미의 부모는 도코로자와 역에서 도보 10분 거리에 있는 4층짜리 맨션에서 살고 있었다.

305호실 우편함을 살펴보니 '사카가미'라는 명패가 걸려 있었다. 오토락이 달려있지 않아 3층까지 올라가서 직접 방문하기로 했다.

하지만 맨션 안으로 들어가 보니 이곳에 사카가미는 없을 것 같다고 단박에 짐작했다. 이 맨션에는 엘리베이터가 설치되어 있지 않았다.

일단 305호실 앞까지 가서 초인종을 눌렀다. "예." 하고 어떤 여성이 응답했다.

"느닷없이 찾아와서 죄송합니다. 전 사토라고 합니다. 요이치 씨는 안 계십니까?"

직접적으로 물으니 여자는 잠시 침묵했다.

"없습니다만……, 누구시길래 여길?"

여성은 수상쩍다는 목소리로 물었다.

"아, 예. 전 요이치 씨의 친구입니다. 최근에 이사를 한 것 같던데 어디로 옮겼는지 찾고 있는 중입니다. 예전에 부모님께서 이쪽에 사신다는 얘기를 들은 적이 있기에 혹시 이쪽으로 이사를 했나 싶어서……"

"그 아이는 이제 우리랑 관계없어요."

내 말을 가로막듯이 말하고서 여성은 인터폰을 끊어 버렸다.

내가 끈질기게 초인종을 누르자 문을 벌컥 열고 여성이 씩씩거리며 얼굴을 내밀었다. 사카가미의 모친일 터였다.

"대체 뭐하는 작자예요? 빚 받으러 왔나요? 그 애랑 관계없다고 했잖아요!"

"아뇨, 그런 사람 아닙니다. 그 사람이 지금 어디 있는지 궁금한 거뿐입니다."

나는 조금 허둥대며 대답했다.

"몰라요. 그 아이 얼굴을 벌써 몇 년째 보지 못했으니까."

"그렇습니까……. 7개월 전쯤에 어떤 사람의 칼에 찔려서 중상을 입었다고 들었습니다만, 알고 계십니까?"

"그건 알지만, 우리하고는 관계없어요. 병문안도 간 적이 없고, 사건에도 흥미 없어요. 자업자득이지……."

혐오감이 번져 나오는 그 표정은 연기로는 보이지 않았다.

"그렇습니까……. 실례했습니다."

"우리 주소를 알려 주다니 기가 차서……."

모친은 불경하다는 듯 말하면서 문을 닫았다.

나는 맨션에서 나와 도코로자와 역으로 향했다. 이제 전철을 타고 우라와에 갈 작정이었다.

우라와 역 옆에는 사카가미가 자주 들렀던 바가 있다. 사카가미는 소년원에서 나온 뒤에도 그 바에 곧잘 찾아가 옛 친구들과 교유를 이어 왔다. 8개월 전에 조사를 했을 때도 사카가미의 모습을 거기서 찾았다.

하지만 이곳에서도 허탕을 치고 말았다.

사카가미는 부상을 입은 뒤로 이 바에 온 적이 없다고 했다. 친분이 있다는 사람에게 물어봤지만, 아무도 사카가미가 지금 어디에 있는지 모른다고 했다.

그 말이 진짜인지 의심이 들었다. 누군가가 도와주지 않는다면 휠체어 신세인 사카가미는 지금껏 살던 집에서 짐을 옮겨 새로운 거처로 쉽사리 이사할 수는 없으리라. 물론 이사 업체에 맡긴다면 그만한 짐쯤은 어떻게든 옮길 수야 있겠지만.

누군가가 도와주지 않는다면…….

나는 불길한 예감을 품으면서 우라와의 바에서 나와 이케부쿠로로 향했다.

이케부쿠로 역에서 내려 7개월 전에 며칠 동안 들락거렸던 복합빌딩으로 향했다.

사카가미 일당이 활동했던 보이스피싱 사기단의 거점 사무소다.

복합빌딩에 들어가 안내판을 보니 4층에는 아무 것도 적혀 있지 않아 휑했다. 7개월 전에는 '무겐다이 기획'이라는 엉터리 회사명이 적혀 있었다. 나는 엘리베이터를 타고 4층으로 올라갔다. 엘리베이터에서 내리니 문 앞에 '사무소 임대'라고 벽보가 붙어 있었다.

쉽사리 끝날 조사가 아닐 듯했다.

나는 이케부쿠로 번화가를 배회하면서 사카가미의 소재지를 찾을 다음 방법을 강구했다.

내가 아는 곳 중에서 사카가미와의 연결고리가 될 만한 곳은 몇 번인가 가본 적이 있는 돌이라는 바였다. 하지만 리사도 드나드는 바에 사카가미가 어떤 흔적을 남겼을 것 같지는 않았다.

밤이 깊어지고 오늘은 이만 조사를 접을까 하고 생각했을 때, 사카가미와 함께 간 적이 있는 또 다른 바가 떠올랐다. 메지로 역 인근에 있는 '레드문'이라는 바였다.

그 바에서 나는 사카가미의 본심이라고 할 수 있는 고백을 들었다.

"어서 오십시오. 분명히 저번에 오신 적이 있으시지요?"

레드문의 카운터에 앉자 바텐더가 맞이해 줬다.

"최근에 사카가미 씨는 안 왔습니까?"

나는 하퍼 스트레이트를 주문하고서 바텐더에게 물었다.

"그러고 보니 그때, 사카가미 씨와 함께 계셨지요? 사건은 들으셨습니까?"

"예."

"그 이후로 오시지 않았죠."

"그렇군요……."

"그러고 보니…… 저희 단골 중에 사카가미 씨를 잘 아는 분이 계신데, 이렇게 말씀하셨죠."

"뭐죠?"

"롯폰기 고급 클럽에서 흥청망청 노는 모습을 봤다고요. 휠체어를 타고 있는 모습은 가슴이 아팠지만, 일이 잘 풀리는 모양인지 부하로 보이는 사람들을 여럿 데리고서 신나게 놀더랍니다. 참 부럽습니다."

"그 클럽 이름을 혹 아십니까?"

나는 물었다.

클럽이 입점한 빌딩에서 휠체어에 탄 사카가미가 나왔다.

나는 도로 반대쪽에서 사카가미를 지그시 지켜보고 있었다.

사카가미는 여러 부하들과 호스티스들에게 둘러싸여 담소를 나누고 있었다. 부하들 중에 몇 명은 낯이 익었다.

사카가미는 부하들에게 손을 흔들고서 휠체어를 끌었다. 화려한 옷차림의 한 여성이 사카가미와 나란히 롯폰기 교차로 쪽으로 걸어간다. 오늘은 저 여성과 애프터를 할 모양인가 보다.

그저께, 여기서 사카가미를 발견했다. 그날 사카가미는 동료들과 술집 앞에서 헤어져 혼자서 돌아갔다. 엘리베이터를 타고 롯폰기 역으로 들어가 익숙하지 않은 손놀림으로 휠체어를 끌며 개찰구를 빠져나갔다. 역무원의 도움을 받아 전철에 오른 그는 요요기 역에서 내려 역 인근 맨션으로 들어갔다. 고급 맨션이었다.

요요기 역 앞 PC방에서 아침까지 눈을 붙인 뒤 다시 맨션 앞을 예의주시했다. 오전에 맨션에서 나온 사카가미는 그대로 휠체어를 끌고 10분 거리에 있는 어느 복합빌딩 안으로 들어갔다. 새로운 일터겠지.

나는 사카가미에게 들키지 않도록 사진 몇 장을 몰래 찍었다.

이것으로 조사는 끝났다. 이제 이 사실을 리사에게 고하기만 하면 된다. 이것으로 끝이건만……, 도저히 지울 수 없는 미련이 남았다.

나는 사카가미와 여성의 뒤를 쫓았다.

사카가미와 여성은 롯폰기 교차로 부근에 있는 세련된 바에 들어갔다.

나는 바 앞에서 잠시 망설였다.

그 남자와 새삼스레 할 이야기가 있을까? 지금까지 봐왔던 것이 그 남자의 현재 모습이며, 그 남자의 진짜 모습이리라.

'나는 어떻게 해야 호소야 겐타와 그 부모한테서 용서를 받을 수 있나?'

병실에서 만났을 때, 사카가미는 나에게 그렇게 물었다.

그때, 뭐라고 대답했는지 잘 기억이 나지 않았다.

나는 망설인 끝에 바 안으로 들어갔다.

사카가미와 여성은 안쪽 탁자석에 있었다. 휠체어에 앉은 채로 탁자에 놓인 술을 마시며 옆에 앉은 여성과 즐겁게 대화를 했다.

안쪽으로 걸어가자 사카가미는 내 쪽으로 시선을 돌렸다. 나와 눈이 마주쳤지만, 얼굴에 놀라움을 찾아볼 수가 없었다. 내가 미행했다는 걸 진즉 눈치 챘는지도 모른다.

"오호, 오랜만이로군."

사카가미는 입가를 살짝 일그러뜨리며 손을 올렸다.

"미안한데, 먼저 집에 가 있어."

사카가미가 말하자 옆에 있는 여성이 김샜다는 얼굴로 일어섰다. 나를 밉살스럽게 쩨려보며 바에서 나갔다.

"방해를 한 모양이군."

나는 사카가미를 내려다보며 말했다.

"뭐, 됐어. 언젠가 내 앞에 나타날 줄 알았어. 앉지그래?"

사카가미는 맞은편을 가리켰다. 나는 자리에 앉았다. 탁자 위에는 언젠가 사카가미가 사줬던 맥캘란 18년산 병과 잔이 놓여 있었다. 사카가미는 웨이터를 불러서 잔을 하나 더 갖다달라고 했다.

"하퍼 스트레이트."

나는 사카가미의 술을 거절하고 웨이터에게 주문했다.

"여전하구만."

그런 나를 보고 사카가미는 쓴웃음을 지었다.

"내가 미행한 걸 눈치 챘나?"

나는 물었다.

"뭐, 그렇지. 이런 걸 타고 있으면 평범하게 걸어 다닐 때보다 주변에 신경을 더 쓰게 되거든. 한데 네가 데이트를 방해하는 촌스러운 남자일 줄은 생각도 못 했군. 리사의 부탁을 받은 건가?"

"그래."

나는 대답했다.

"그랬군……. 뭐, 이렇게 산다. 그 녀석한테 잘 전해 줘."

"당신이 홀딱 반한 남자는 뉘우치지도 않고 다시 범죄로 손을 더럽혔고, 사람을 속여서 갈취한 돈으로 매일 희희낙락하며 살고 있으니 안심해라……."

"그래. 꽤 괜찮네."

사카가미가 실웃음을 지었다.

"왜 돌아간 거지?"

나는 사카가미를 응시했다.

"당연한 것 좀 묻지 마. 돈 때문이잖나. 가방끈도 짧고, 전과자에다가 불구가 된 내가 화려한 삶을 누리고 싶다면 다시 이리로 돌아올 수밖에 없잖나. 한번 몸에 밴 화려한 생활을 하루아침에 버린다는 건 어려운 일이지."

사카가미는 그렇게 말하고서 잔에 담긴 술을 맛있게 비웠다.

"그렇게 흥청망청 쓸 돈이 있다면 번잡한 전철 같은 거 타지 말고, 운전기사나 부리지 그러나?"

"휠체어도 그리 나쁘지만은 않더군. 사람들이 전부 나를 동정 어린 눈으로 쳐다봐. 한데 아까처럼 괜찮은 여자를 데리고 비싼 술집에서 신나게 노는 모습을 보면 동정의 눈빛이 갑자기 선망의 눈빛으로 바뀌지. 이렇게 살 수 있는 이유는 내가 돈을 갖고 있기 때문이야."

"비뚤어졌군."

"그럴지도 모르지만……, 이게 현실이다."

"이게…… 네가 진정으로 바라던 생활인가? 그 여자를 잃더라도? 그 여자는…… 앞으로 너와 함께 호소야 씨한테 속죄를 할 생각이던데."

"속죄…… 정말이지 한심한 여자야. 그런 점이 거추장스럽다니까. 그 녀석은 나 같은 놈과 함께 있으면 안 되는 여자야."

그것이 사카가미의 본심이라고는 결코 생각하지 않는다. 그가 리사를 진심으로 사랑한다는 걸 나는 잘 안다.

"이렇게 너와 얼굴을 마주하는 것도 마지막일 테니 하나만 묻겠어."

사카가미가 물었다.

"뭐지?"

"나를 용서해야 하는가, 용서하지 말아야 하는가……. 넌 어떤 모습을 봤다면 나를 용서해도 좋다고 호소야 부부한테 말했을까?"

사카가미의 질문에 나는 대답할 수 없었다.

"다른 질문을 하지. 넌 네 누나를 범하고 죽인 놈들의 어떤 모습을 봐야 용서할 마음이 들까?"

사카가미가 나를 물끄러미 쳐다봤다.

"그놈들이 형무소에서 나와 착실하게 살아가고 있다면 과거의 죄를 용서할 수 있나? 누님의 무덤이나 네 앞에서 울며불며 용서를 구한다면 넌 용서할 수 있을까?"

나는 대답할 수가 없었다.

"용서할 수 있을 리가 없지. 악당은 그 사실을 아주 잘 알아. 그래서 용서라는 성가시기 짝이 없는 걸 구하지도 않고, 바라지도 않아. 악당은 자신이 빼앗은 만큼 무언가를 잃는다는 것도 잘 알아. 그래도 기어코 나쁜 짓을 저지르고 마는 인간, 그게 바로 악당이라는 거다."

이것이 이 남자의 본심이라면 참으로 가엾다.

"이게 너의 인생인가?"

"그래……. 나란 놈은 죽음이 닥쳤을 때도 빼앗아 온 것들과 잃어버린 것들을 저울에 재보겠지."

사카가미는 나직이 대답했다.

이튿날, 리사를 가와고에의 찻집으로 불렀다.

사카가미의 현재 모습과 그가 했던 말을 들려줬다. 리사는 울음을 터뜨렸다.

"어차피 용서받을 수 없을 테니까…… 그 사람은 앞으로도 나쁜 짓을 저지르며 살아가겠다는 건가요……."

나는 흐느끼는 리사의 모습을 탁자 너머에서 지켜볼 수밖에 없었다.

"그건 너무 슬퍼요……. 저기요, 사에키 씨……. 사람의 목숨을 빼앗은 인간은 무슨 짓을 하더라도 용서받을 수 없나요……. 그들은 자신이 저질렀던 죄를 피해자의 가족들이 진심으로 용서해 주길 바라지 않는 건가요······."

리사는 새빨갛게 핏발이 선 눈으로 호소했다.

"그건 당신이 잘 알 겁니다."

리사의 아버지도 범죄에 휘말려 세상을 떠났다.

"당신은 아버님을 죽인 인간을 용서할 수 있습니까? 아버님을 죽인 인간이 당신이나 어머님의 용서를 구하고자 뭔가를 한 적이 있었습니까?"

리사는 입을 다물고서 고개를 천천히 가로저었다.

"재판에서는 앞으로 영원히 유족들한테 사죄를 하겠다고 했지만······, 진즉 형무소에서 나왔을 텐데 한 번도 찾아온 적은 없었어요. 애당초 만나고 싶은 마음도 없지만······. 한데 요이치는······."

"그래······."

나는 말을 하려다 끊었다. 리사가 나를 쳐다봤다.

"아니, 아무것도 아닙니다."

나는 사카가미가 했던 모든 말이 진심이라고는 생각하지 않는다. 사카가미는 호소야 씨에게서 둘도 없는 소중한 것을 빼앗았다는 자각을 하고 있다. 그렇기에 제 자신도 소중한 존재를 손에서 놓겠다는 선택을 한 게 아닐까? 부질없는 상상이지만.

죽음이 닥쳤을 때도 빼앗아 온 것과 잃어버린 것을 저울에 재보겠지······.

그때, 사카가미가 이를 악물며 감내해야 할 잃어버린 존재의 무게는 얼마나 될까?

"슬슬 가보겠습니다."

나는 전표를 들고 일어섰다.

찻집 앞에서 리사와 헤어진 뒤 아파트로 돌아왔다.

방 안으로 들어오니 탁자 위에 놓아둔 지폐 다발이 눈에 들어왔다.

'넌 네 누님을 범하고 죽인 놈들의 어떤 모습을 봐야 용서할 마음이 들까?'

어제 사카가미와 이야기를 나누면서 나는 에노키 가즈야를 찾아 나서기로 각오를 했다.

그놈의 무얼 알아야만 용서할 마음이 들는지는 모르겠다. 그저 모든 것을 본 뒤에 뭐든 답을 낼 작정이다.

나는 수납장 서랍에서 DVD를 꺼냈다. 텔레비전 앞에 앉아 DVD 플레이어 트레이를 열었다.

심장이 세차게 뛰기 시작했다. DVD를 쥔 손이 덜덜 떨렸다.

역시 봐서는 안 될지도 모른다는 생각을 하면서 DVD를 트레이에 넣고 재생 버튼을 눌렀다.

텔레비전 화면에서 영상이 흘러나오는 순간, 나는 엉겁결에 눈을 감아 버렸다.

"어때? 잘 찍히냐?"

남자의 목소리가 들리자 서서히 눈을 떴다.

칠흑 같은 어둠 속에 뿌연 빛이 떠올랐다.

나는 무슨 영상인지 화면을 주시했다.

"제대로 찍고 있어."

화면이 옆으로 움직였다. 담배를 피우며 운전대를 쥐고 있는 남자의 옆모습이 비쳤다. 아무래도 달리는 자동차 조수석에서 촬영하고 있는 모양이다.

"비밀병기군."

운전석에 앉아 있는 남자가 카메라를 힐끔 쳐다봤다. 갈색머리에 눈빛이 날카로운 남자다. 다도코로와 데라다는 분명히 아니다. 아마도 이 남자가 에노키겠지.

"이거, 엄청 비싸게 주고 산 거야."

"뭔 소리야? 내가 차를 끌고 왔으니까 그 정도는 당연하잖아. 이제부터 신나게 즐기자고."

에노키는 창밖으로 담배를 버렸다.

이번에는 화면이 뒷좌석을 비추었다. 공간이 꽤 넓다. 왜건인 모양이다. '무라키 건축사무소'라고 적힌 상자 안에 공구와 배관으로 보이는 물체가 보였다. 그 옆에는 고개를 푹 숙인 소년이 앉아 있었다. 내가 아는 다도코로와는 상당히 다르지만, 어렴풋하게나마 지금 모습이 엿보였다. 그렇다면 조수석에서 카메라를 들고 있는 건 데라다인가?

"역시 좀 그렇지 않나……."

다도코로가 약한 소리를 했다.

"이제 와서 무슨 헛소리야! 여고생이랑 하고 싶다고 말을 꺼낸 건 너잖아? 남들처럼 헌팅하면 누가 너처럼 못생긴 놈을 상대해주겠어?"

"하지만…… 혹시…… 경찰에 신고하기라도 하면……."

"그래서 카메라를 준비한 거 아니냐. 멍청한 자식. 야, 마사시. 카메라를 밖으로 돌려. 저기! 저기!"

앞에서 희미한 빛이 다가왔다. 자전거를 모는 여성의 뒷모습이 보였다.

내 가슴이 술렁였다.

"마사시, 얼굴 좀 확인해 봐. 지지리 못생겼으면 그냥 통과할 거야."

카메라가 조수석 창밖을 비췄다. 자전거를 모는 여성의 옆모습이 보였다. 유카리 누나……

"어때?"

"귀여워……. 야, 너. 집까지 데려다 줄까?"

데라다가 유카리 누나에게 말을 걸었다.

누나는 깜짝 놀라 소리가 난 쪽으로 고개를 돌렸다. 얼굴이 굳었다. 자전거 속도를 올렸는지 화면에서 누나의 모습이 사라졌다.

"쳇. 무시하네."

남자가 그렇게 중얼거린 순간에 격렬한 충격이 일었다. 화면도 크게 흔들렸다. 화면 구석에 쓰러진 자전거가 비쳤다.

"좀 심한 거 아녜요?"

카메라가 운전석을 비췄다.

"살짝 친 거뿐이야. 빨리 주워 와. 자전거도 빼먹지 말고."

카메라를 향해 실웃음을 지은 에노키를 보고 등골이 오싹해졌다.

에노키는 달리던 유카리 누나의 자전거를 차로 들이박은 것이다.

화면이 바뀌었다. 본 적이 있는 어둑한 광경……. 마쓰야마와 함께 누나의 시신을 발견했던 폐건물이다. 교복을 입은 누나가 바닥에 쓰러져 있었다. 꿈쩍도 하지 않았다.

더 이상 보고 싶지 않았다. 나는 눈을 돌렸다. 리모컨을 찾았다.

"죽은 건 아니겠지……"

다도코로의 목소리에 나는 화면으로 눈길을 돌렸다.

"그럴 리 없어. 기절한 거뿐이잖아. 너부터 해. 대신에 5만 엔이다."

에노키가 한 손을 내밀며 말했다.

"역시 나 안 할래……. 돈은 그냥 줄게……."

다도코로가 울먹이며 말했다.

"빨리 하라면 해!"

에노키가 엉덩이를 발로 차자 다도코로는 누나를 덮치고서 치마 안으로 손을 찔러 넣었다. 정신을 차린 유카리 누나가 절규했다. 격렬하게 저항했다.

"내가 팔 좀 붙잡아 주랴?"

에노키가 옆에서 부추겼다.

그 뒤에는 차마 눈을 뜨고 볼 수 없는 광경이 이어졌다. 다도코로와 데라다는 번갈아 가며 누나를 범했다. 유카리 누나의 울부짖음이 귀에 꽂혔다.

나는 화면에서 나오는 처참한 광경을 눈에 새겼다.

누나는 교복이 찢긴 채로 바닥에 널브러져 넋을 놓고 있었다. 이미 저항할 힘조차 없이 빈껍데기만 남은 것처럼 늘어져 있다.

"그럼 마지막에는 나냐? 잘 찍어라."

카메라를 향해 손가락을 세우고서 에노키는 누나의 곁으로 다가갔다. 바지와 속옷을 벗고서 누나의 몸을 덮쳤다. 갑자기 누나가 몸부림을 쳤다. 또다시 격렬하게 저항했다.

"끄윽!"

에노키가 손으로 머리를 눌렀다.

누나가 바닥에 떨어져 있던 쇳조각 같은 걸로 에노키의 머리를 찍은 듯했다.

"무슨 짓이야! 이 망할 년!"

에노키는 누나의 손을 붙잡고서 노성을 질렀다. 누나의 얼굴을 마구 때린 뒤 두 손으로 목을 졸랐다. 누나가 고통스러운 듯 몸부림을 쳤다.

"에노키 형, 그만해. 목을 더 졸랐다가는 죽는다고……."

"닥쳐!"

목이 졸리면서도 누나는 필사적으로 입을 어물어물거리며 무언가 호소했다.

나는 누나가 뭐라고 하는지 알았다.

슈짱…… 살려 줘……. 슈짱……. 그렇게 말하고 있는 것이다.

"그놈은 누구야? 남친? 그렇게 계속 불러 봐라. 퍽도 오겠네."

카메라는 냉혹하게도 목이 조여져 얼굴이 시뻘게진 누나를 찍고 있었다. 누나의 눈에서 눈물이 흘러 떨어졌다. 누나의 얼굴이 경련했다.

"그만! 그만해!"

나는 화면을 향해 외쳤다.

누나의 흐리멍덩한 눈이 나를 쳐다보고 있었다.

"안심하라고. 그 새끼는 너 같은 년은 금세 잊어버릴 거야."

에노키가 그렇게 말한 순간 유카리 누나의 눈에서 힘이 사라졌다…….

완전히 힘이 빠져 버린 누나의 눈이 나를 향하고 있었다. 화면을 쳐다보면서 나는 오열했다.

"망했어, 에노키 형……. 죽었잖아……."
데라다가 당황해하며 말했다.
"닥쳐! 일단 카메라부터 꺼……."
그 순간 화면은 새카매졌다.

간밤에 나는 한숨도 잘 수가 없었다.
그 DVD를 본 뒤 두 시간쯤 제자리에서 꼼짝도 하지 않았던 모양이다. 시간의 감각이 전혀 없었다. 시간의 감각뿐만이 아니다. 내 마음 역시 무언가를 생각하는 것도, 느끼는 것도 거부하듯이 정지했다.
그 뒤에는 극심한 고통이 마음을 꿰뚫었다. 주체할 수 없는 고통, 주체할 수 없는 슬픔, 주체할 수 없는 분노에 나는 밤새 몸부림쳤다.
눈을 감으면 눈꺼풀 안쪽에서 유카리 누나의 숨이 끊어지는 순간이 되살아났다.
누나는 얼마나 절망하며, 고통스러워하며 죽어 갔을까. 누나는 죽어 가는 순간에 나에게 도와달라고 애원했다. 15년 동안 몰랐던 사실이 그 영상에 있었다. 15년 전에 나는 누나를 구할 수가 없었다.
'그 새끼는 너 같은 년은 금세 잊어버릴 거야…….'
나는 죽어 가는 유카리 누나에게 더한 절망을 맛보게 한 에노키를 절대로 용서할 수 없었다.

역에서 내려 옛날에 에노키가 살던 지역으로 향했다.

에노키는 사건 당시에 우리가 살던 와코 시 옆에 있는 아사카 시에서 살았다.

미성년자가 벌인 사건이라 뉴스에서 실명은 보도되지는 않았다. 하지만 에노키와 놈들이 범인이라는 소문은 인근 지역에 퍼졌다.

아버지의 이발소를 찾은 손님들도 소년사건이라서 범인들의 상세한 정보를 알 길이 없었던 부모님을 위해서인지 소문을 곧잘 들려줬다. 범인들의 가족이 어디서 사는지, 범인들이 어떤 인간인지 말이다. 나도 사건 직후에 놈들의 집 앞에 몇 번이나 가본 적이 있었다.

나는 에노키가 살았던 동네의 이웃, 학교 관계자, 지인들과 모조리 접촉했다. 한시라도 빨리 그놈을 찾아내고 싶은 일념이었다.

그놈의 무언가를 알고 싶어서 찾고 있는 게 아니다.

그놈을 죽여 버리겠다……. 그뿐이었다.

에노키 가즈야를 향한 격렬한 증오만이 나를 움직이고 있었다.

법률사무소에서 고용한 탐정이라고 밝힌 뒤 사무소 변호사가 담당했던 피고인들의 실태조사를 하기 위해 소재지를 찾고 있다는 명목으로 에노키에 대한 탐문조사를 벌였다.

어렸을 적부터 에노키는 동네에서 골칫거리 취급을 받았던 모양이다. 대부분의 사람들은 에노키에 대해 묻지도 않은 내용까지 술술 말해 줬다.

에노키의 부모는 그가 열 살 때 이혼했다. 그 뒤에 아버지가 에노키를 맡아 키우기로 했고, 어머니는 한 살 아래인 남동생을 맡기로 했다. 에노키가 비행을 저지른 것은 그때부터라고 한다. 중학교에 들어간 뒤에는 상해와 절도 때문에 밥 먹듯이 경찰서 신세를 졌다. 그는 동네에서도 소문이 자자한 불량 청소년이 됐다. 일단은 고등학교에 진학을 했지만, 반년 만에 자퇴를 했다. 지역 건축회사에서 일하기 시작했으나 사건 당시에는 그 일도 그만둔 상태였다.

에노키의 개인 정보는 그럭저럭 알아낼 수 있었지만, 가장 중요한 소재지는 아무도 알지 못했다. 그리고 에노키의 아버지도 사건 직후에 이 지역에서 떠나 지금은 어디에서 사는지조차 알 수가 없었다.

나는 에노키가 한때 몸을 담았다는 건축회사에 가봤다.

"그때는 참 어이가 없었지……. 우리 회사에서 열심히 일한다고 해서 운전면허를 따는 비용까지 미리 빌려줬는데 말이야……. 얼마 안 있어 그만뒀고, 그 돈도 갚질 않았지."

사장인 무라키는 회사 앞에서 나에게 푸념을 늘어놓았다.

"그만둔 뒤에도 무단으로 열쇠를 복제해서 회사 차를 제 마음대로 굴렸어. 범행을 벌일 때, 우리 회사 차를 썼다는 말을 듣고 어찌나 놀랐던지. 경찰에서 한동안 차를 압수해서 일에도 지장이 생겼고, 정말 민폐도 그럴 민폐가 없었지……."

무라키는 회사 앞에 세워진 소형 밴을 바라보며 한숨을 내쉬었다.

"이미 형무소에서 나왔을 텐데, 어디에 사는지는 모르십니까?"

"아니, 모르겠는데……."

"그 사람의 아버님은?"

나는 매달렸다.

"그놈 아버지는 말이지. 근처 술집에서 이따금 만나곤 했었는데, 정말 별 볼 일 없는 남자였어. 술버릇도 고약하고, 일도 착실하게 하질 않으니……. 그러니까 그 아내도 진절머리가 나서 이혼을 하자고 했겠지만."

"어머님은 어디에?"

"글쎄? 다른 아들을 데리고 친정으로 돌아가지 않았을까?"

에노키의 동생인가?

"가즈야는 엄마바라기였지. 어머니와 동생, 셋이서 즐겁게 산책하는 모습을 자주 봤거든. 그때는 아주 솔직한 아이였는데. 그러니 어머니가 동생만 데려가기로 했을 때, 꽤 충격을 받았던 모양이야. 그리고 보니 그때, 가즈야가 가출을 해서 큰 소동이 벌어졌더랬지. 나흘 뒤에 경찰이 찾아내긴 했지만……. 아무래도 어머니를 찾으러 갔다나 봐. 가즈야가 비뚤어지기 시작한 건 그 무렵부터였지……. 두 아이를 키우는 게 엄청 힘들겠지만, 그때 게이코 씨가 가즈야도 맡았더라면 그런 일은 벌어지지 않았을지도."

유카리 누나를 죽인 건 틀림없이 에노키 가즈야다. 하지만 나는 그 이야기를 듣고 에노키의 어머니도 가증스러웠다. 그 어머니는 자기 자식이 저질렀던 범죄를 어떻게 받아들이고 있을까?

슬슬 물러나려고 생각했을 때, 자동차에서 내린 직원을 보고서 무라키가 "그러고 보니……." 하고 무언가 떠올린 것 같은 표정을 지었다.

"어이, 신조……."

무라키가 부르자 자동차에서 짐을 내리고 있던 남자가 돌아봤다.

"너, 얼마 전에 에노키가 이상한 부탁을 했었다고 하지 않았냐?"

"아아…… 보증인 말입니까?"

신조가 대답했다.

"보증인?"

"예. 한 3개월쯤 전이었나……. 느닷없이 전화가 왔는데, 그 녀석이더라고요. 중학교 동창이긴 하지만, 그리 친한 건 아니고……. 대체 무슨 일인가 싶었는데, 입원할 일이 생겨서 보증인이 돼 달라고 하더라고요."

"입원……?"

"입원할 때 무슨 보증인이 필요한가 봐요. 솔직히 그 녀석의 보증인 따위 돼주고 싶지 않았지만, 금방 퇴원할 거고, 절대로 폐를 끼치지 않겠다고 통 사정을 하길래……. 게다가 자칫 거절했다가 원한을 사고 싶지도 않았고……."

"무슨 병원이었는지 기억하십니까?"

나는 물었다.

"으음…… 분명히…… 도요타 제1종합병원이었던 것 같은데. 아이치 현 도요타 시에 있는."

"지금 그 사람은 아이치 현에 있습니까……."

"그런 모양이더라고요. 자동차 부품 공장에서 파견 사원으로 일하고 있다고 했어요."

"고맙습니다."

나는 두 사람에게 인사를 하고서 물러났다.

시계를 보니 저녁 6시가 넘었다. 이 시간에 도요타 시에 가는 건 불가능하지는 않으나 오늘은 일단 아파트로 돌아가기로 했다.

그 병원에 가면 반드시 에노키와 만날 수 있다고 장담할 수가 없다. 3개월 전이라고 했으니 퇴원했을 가능성이 더 높으리라. 하지만 에노키는 아마 도요타 시에 있다. 장기전을 앞두고 준비를 할 필요가 있다.

아파트로 돌아가기 전에 인근 철물점에 들러 싸구려 소형 나이프를 한 자루 샀다.

고구레의 말대로 그놈을 죽이는 데 이 싸구려 나이프면 족하다.

'유카리 누나……. 내가 원수를 갚아 줄게.'

나는 마음속으로 맹세하면서 포장된 나이프를 가방 속에 넣었다.

이튿날 6시에 나는 아파트에서 나왔다.

어젯밤에도 나는 거의 잠을 이루지 못했다.

도쿄 역에서 도카이도 신칸센을 타고 나고야로 향했다. 나고야에서 전철로 갈아타 도요타 시에서 내렸다. 도요타 제1종합병원은 도요타 시 역에서 택시로 20분 거리에 있었다.

4층짜리 병원으로, 안내판을 보니 2층부터 병실이다. 일단 수상쩍게 보이지 않도록 1층 매점에서 꽃다발을 산 뒤 병실을 돌아다녔다. 병실 한 곳, 한 곳을 돌아다니며 문 옆에 걸린 명패를 살펴봤다. 2층 병실에 '에노키 가즈야'라는 이름은 없었다. 3층을 돌아다니다가 나의 심장이 크게 요동쳤다.

308호실 명패에 에노키 가즈야라는 이름이 있었다. 명패가 하나밖에 걸려 있지 않으니 개인실이라는 뜻이겠지.

나는 문 옆에서 들키지 않도록 심호흡을 거듭 했다.

병실에 누가 있을까? 아니, 있든 없든 상관없다. 에노키를 죽이고 그대로 잡히면 그만이니까.

임종 255

나는 노크도 하지 않고 문을 열고 안으로 들어갔다.

병실에는 침대에 누워 있는 에노키 이외에는 아무도 없었다. 자고 있나? 에노키는 반응이 없었다. 나는 곧바로 문을 닫고서 들고 있던 꽃다발을 바닥에 내팽개쳤다. 침대를 향해 서서히 다가갔다.

침대에 누워 있는 에노키를 내려다본 순간, 나는 당황했다.

이 인물이 정말로 에노키가 맞나…….

지금 내 옆에 있는 에노키는 화면에서 봤던 그놈과 동일인물로는 보이지가 않았다. 뺨은 쏙 들어가 있고, 급격하게 야위어서 그런지 감긴 눈은 움푹 팼다. 혈색을 잃어 부석부석해진 피부. 마치 해골 같았다.

이불 밖으로 나와 있는 팔은 말라비틀어진 나뭇가지처럼 가늘다. 팔 여기저기에 검게 변색된 주삿바늘 자국이 있었다.

하지만 유심히 쳐다보니 에노키 가즈야가 틀림없었다.

대체 무슨 병에…….

나는 에노키의 모습을 보고서 여기에 온 동기를 잊고 있었다. 유카리 누나를 목 졸라 죽였던 손을 쳐다보며 분노를 다시 일으켰다.

눈앞에 있는 놈은 틀림없이 유카리 누나를 죽였던 에노키 가즈야다.

차로 유카리 누나를 치고서 실웃음을 짓고, 목 졸라 죽이기 전에 유카리 누나에게 절망적인 말을 내뱉었던 그 에노키다.

나는 주머니에서 나이프를 꺼내 들었다.

'유카리 누나, 내가 원수를 갚아 줄게.'

자고 있는 에노키의 얼굴을 노려보며 이 두 눈에 새겨져 있는 유카리 누나의 마지막 모습을 떠올렸다.

마지막까지 삶을 잇고자 필사적으로 저항했던 누나. 눈앞에 있는 이놈은 누나의 그런 애원을 비웃기라도 하듯이 죽여 버렸다.

네놈에게 이 세상에 살아갈 자격 따윈 없다.

길에 기어 다니는 벌레를 밟아 죽이듯이, 고작 그 정도의 죄책감을 안고 네놈을 죽여 주마.

나는 에노키의 가슴을 향해 있는 힘껏 나이프를 내리꽂았다.

이러면 너무 편하잖아……!

아슬아슬한 순간에 나이프를 세웠다.

에노키에게 이런 편안한 안식을 선사해 줄 수는 없다.

유카리 누나가 죽기 전까지 느꼈을 고통과 절망에 걸맞지 않는다.

네놈은 처절한 고통을 맛봐야 한다. 절망을 느끼면서 죽지 않으면 의미가 없다.

나는 에노키의 자는 얼굴을 노려봤다. 어금니를 꽉 깨물면서 나이프를 주머니에 도로 집어넣었다.

바닥에 내팽개친 꽃다발을 주워 병실에서 나왔다.

나는 격앙된 감정을 누그러뜨리고자 복도 벤치에 앉았다.

복도를 지나가는 환자들을 보며 병원에서는 차마 사람을 죽일 수 없겠구나, 하고 망설여졌다. 아마 중병에 걸린 환자도 있겠지. 여기서 살인을 저지른다면 환자들이 크게 동요할지도 모른다.

그렇다면 어떻게 해야 좋단 말인가……. 나는 에노키가 사는 집도, 회사도 모른다. 에노키가 퇴원한다면 원점에서 조사를 다시 시작해야만 한다. 그렇다고 언제 퇴원할지도 모르는 남자를 병원 앞에서 쭉 감시할 수는 없는 노릇이다.

"실례했습니다."

그 소리를 듣고 나는 저 앞에 있는 병실로 향했다.

병실에서 녹색 유니폼에 모자를 착용하고 있는 남자가 나왔다. 그는 청소도구를 실은 수레를 밀며 옆 병실로 향한 뒤 청소용구를 꺼내 다시 "실례합니다." 하고 말하며 병실로 들어갔다. 나는 한동안 그 모습을 쳐다보고 있었다.

수레를 미는 남자가 내 앞을 지나갔다. 모자에는 '다이와 클린 서비스'라고 적혀 있었다.

그날 밤, 나는 역 앞 비즈니스호텔에 묵었다. 그리고 이튿날 아침에 다시 병원을 찾았다.

3층 벤치에 앉아 있으니 수레를 미는 남자가 다가왔다. 병실 청소를 시작하는 남자의 모습을 한동안 바라봤다. 남자가 화장실에 들어가기를 기다렸다가 나는 벤치에서 일어섰다.

화장실에 들어가 보니 남자는 변기를 향해 볼일을 보고 있었다.

나는 세면대에서 손을 씻었다. 남자가 내 옆으로 와서 손을 씻었다.

"알바 시급은 얼마나 됩니까?"

내가 말을 걸자 그는 깜짝 놀란 듯이 나를 쳐다봤다.

"750엔인데······."

그는 의아하다는 표정으로 대답했다. 얼굴을 보니 스무 살쯤 된 젊은이였다.

"부탁이 하나 있는데."

나는 젖은 손을 손수건으로 닦고서 지갑을 꺼냈다. 안에서 1만 엔짜리 지폐를 꺼내 남자에게 내밀었다.

"네 일을 잠깐만 체험해 볼 수 있을까?"

남자의 이름은 고바야시였다. 두 시간쯤 대신 청소를 해줄 뿐 민폐는 끼치지 않겠다고 설득했다. 개인 칸에서 그가 입은 유니폼과 내가 입은 옷을 바꿔 입었다. 그리고 어떤 식으로 작업을 하는지 간단하게 알려달라고 했다.

"실례합니다."

나는 문을 노크하고서 308호실에 들어갔다.

"수고하네."

침대에서 에노키가 고개를 들고 말했다.

오늘은 일어나 있었나?

되도록 이 남자와 직접 이야기하고 싶지 않았다. 눈을 마주친다면 내 안에 있는 격렬한 증오를 감지하고서 경계할지도 모른다.

나는 눈을 마주치지 않도록 모자를 깊숙이 눌러쓴 뒤 병실 청소를 시작했다. 틈을 봐서 콘센트형 도청기를 달았다.

여러 병실을 돌아보니 구조 자체는 거의 차이가 없는데도 각 병실에서 풍기는 분위기는 꽤 다르다는 걸 깨달았다. 이 병실은 꽃 한 송이도 장식되어 있지 않아 살풍경했다. 하기야 저놈에게 꽃이 가당키나 할쏘냐.

"신참?"

쉰 목소리로 에노키가 물었다.

"예."

나는 침대 쪽을 보지 않고 대답했다.

"몇 살?"

"서른입니다."

내가 청소를 하는 동안에 에노키는 침대에 누워 여러 이야기를 걸어왔다. 어지간히도 대화 상대가 필요했던 모양이다.

실제로 에노키와 대면해 보니 화면에서 봤을 때의 고압적인 분위기는 온데간데없었다. 그는 생기를 느낄 수 없을 만큼 쇠약했다.

"청소 끝났습니다. 그럼 실례합니다······."

"부탁이 좀 있는데."

에노키가 불러 세워 나는 뒤를 돌아봤다. 그는 협탁을 가리키고 있었다.

"한 게임 해주면 안 될까?"

협탁 위에는 오셀로 게임이 놓여 있었다.

"다른 사람은 곧잘 해주고 갔는데."

에노키가 나를 보고 빙긋 웃었다.

그 표정을 보고 격렬한 분노가 치솟았지만, 하는 수 없이 오셀로 게임을 잠깐 해주기로 했다. 도청기 설치는 성공했다. 에노키의 교우관계나 직업, 생활과 관련한 정보를 얻을 수가 있다.

"쓸데없는 참견으로 들릴 수도 있겠지만, 알바가 아니라 빨리 취직을 하는 게 나아."

에노키는 하얀 말을 판에 두면서 말했다.

나는 아무 말도 하지 않고 검은 말을 뒀다.

"난 말이야······. 입원하기 전까지 인근 공장에서 파견사원으로 일했는데, 장기간 입원하게 되면서 모가지가 잘렸지, 뭐야. 참 각박하다니까······."

언젠가 진짜로 그 모가지를 잘라 주마.

나는 그 말을 꾹 삼키고서 검은 말을 뒀다. 판 위의 말이 대부분 검은색으로 바뀌고, 나는 병실에서 나왔다.

비즈니스호텔로 돌아온 나는 무너지듯이 침대에 누웠다. 어두컴컴한 천장을 올려다봤다.

에노키의 얼굴이 뇌리에 스쳤다.

언제쯤에야 나는 누나의 복수를 완수할 수 있을는지…….

머릿속에 오로지 그 생각만이 자리 잡고 있었다.

나는 그리 멀지 않은 날에 에노키를 죽일 것이다. 한 인간의 생명을 빼앗는 것이다.

그리하여 나 역시 수많은 것을 잃게 되리라. 부모님은 살인자가 된 아들을 보고 어떤 생각을 할까?

'언제든 웃어도 된단다. 아니, 웃어야만 한다. 우리는 절대로 불행해져서는 안 돼…….'

아버지의 말이 떠올랐다.

죽음이 닥쳤을 때도 빼앗아온 것과 잃어버린 것을 저울에 재보겠지…….

그때는 사카가미가 내뱉었던 말에 반감을 품었다. 하지만 지금 나는 그 녀석과 똑같은 인생으로 치달으려 하고 있다.

여기까지 와서 무얼 망설이는 건가?

나는 가방에서 DVD를 꺼내 소형 플레이어에 넣었다.

두 번 다시 보고 싶지 않은 처참한 영상이지만, 그놈을 향한 살의를 꺼뜨리고 싶지 않았다.

나는 어둠 속에서 유카리 누나의 마지막 순간을 눈에 새겼다.

에노키의 인생이란 무엇이었을까? 나는 유카리 누나의 마지막 모습을 보며 생각했다.

유카리 누나는 이놈들과 맞닥뜨리기 전까지 행복한 인생을 보내고 있었다. 수많은 친구가 있고, 멋진 연인이 있고, 화목한 가족이 있고……. 유카리 누나는 최후의 최후까지 살고 싶다고 바랐을 것이다. 어떻게든 살아서 만나고 싶은 사람이 분명 있었을 것이고, 하고 싶은 일들도 잔뜩 있었을 것이다. 유카리 누나가 빼앗긴 인생에는 무한한 가능성과 가치가 있었다.

그 남자의 인생은 어느 정도 가치가 있을까?

에노키의 병실에서 나온 다음 화장실로 돌아가 고바야시와 옷을 바꿔 입었다. 다음에도 옷을 바꿔 입자고 부탁을 해놓은 뒤에 308호실에 드나드는 사람이 없는지 물어봤다. 308호실에 병문안 온 사람을 본 적이 없다고 했다. 아마 부모하고도 관계가 소원해졌겠지. 옛날 친구하고도 연락이 끊어진 모양이다. 일하던 회사에서도 해고됐다고 들었다.

내 인생과 맞바꿔 에노키를 찔러 죽일 거라면 적어도 그 남자가 죽기 직전에 이 세상을 향한 회한을 느낄 수 있기를 바랐다.

수레를 밀며 병실을 돌아다니던 나는 맞은편에서 걸어오는 사람을 보고 깜짝 놀랐다.

낯이 익은 인물…… 변호사인 스즈모토 시게키였다.

저 남자가 어째서 여기에 있는 거지?

나는 모자를 푹 눌러쓰고서 스즈모토와 스쳤다.

뒤를 돌아 스즈모토의 등을 눈으로 쫓았다. 스즈모토는 308호실에 들어갔다.

나는 수레를 벽에 붙이고서 청소도구와 함께 넣어뒀던 수신기를 꺼냈다. 서둘러 화장실로 달려가 개인 칸에 들어갔다. 수신기 이어폰을 귀에 끼우고서 주파수를 맞췄다.

―어떤가? 몸 상태는…….

스즈모토의 목소리가 들려왔다.

―어…… 덕분에…… 뭐, 그럭저럭…….

에노키가 갈라진 목소리로 대답했다.

―심심할 것 같아서…… 책을 몇 권 가지고 왔네.

―고맙습니다…… 근데 선생님도 바쁜 몸이고, 일부러 먼 곳에서 병문안을 올 필요는 없어요.

―꽤 한가해. 아니면 이런 아저씨 얼굴을 보면 김이 팍 샌다, 이건가?

―그런 건 아닌데…… 참 고맙습니다. 선생님이 돈을 내주신 덕분에 개인실로 옮길 수 있었고, 이렇게 자유롭고 느긋하게 지낼 수 있으니.

스즈모토는 유카리 누나의 사건 재판 때, 에노키의 변호를 맡았던 변호인이다. 스즈모토가 어째서 에노키의 입원 비용을 부담한 거지?

―저기, 에노키 군…… 요즘에 뭐 하고 싶은 일이나 가고 싶은 곳은 없나?

스즈모토는 지금까지와는 다른 온순한 투로 말했다.

―딱히 없는데요. 매일 이렇게 멍하니 하루를 보내기만 해도 만

족합니다.

—예를 들어…… 사에키 유카리 씨 유족분들에게 편지를 써본다든가…….

유카리 누나의 이름이 나오자 나는 퍼뜩 놀랐다.

—테이프에 자기 육성을 남기는 방법도 있네. 몸을 움직일 수 있을 때, 그분의 묘에 다녀오는 것도 좋을지 몰라. 내가 그분의 부모님과 상의를 해서…….

갑자기 내 귀에서 비웃음이 울렸다. 불쾌하고, 가증스러운 웃음이었다.

—선생님은 나한테 그런 짓을 시키려고 병실을 옮겨 준 겁니까? 아쉽지만, 난 그딴 거에 전혀 흥미 없어요. 게다가 무슨 글을 써본들 몽땅 거짓말이 될 겁니다. 난 딱히 반성하고 싶지도 않고, 누군가한테 사과하고 싶은 마음은 요만큼도 없어요…….

에노키의 말을 듣고 나는 분노가 들끓었다.

—정말로 그런가? 구치소에 있으면서 반성의 뜻을 내비치지 않았나?

—선생님, 죽음이 가까워진 인간은 솔직해진다고 하지요?

죽음이 가깝다?

나는 에노키의 말에 충격을 받았다.

—인간은 욕심이 있어요. 구치소에서 썩어야 할 날이 길겠구나 싶으면 조금이라도 형기를 줄이려고 갖은 생각을 다 한단 말이죠. 근데 이 세상에 남은 시간이 얼마 남지 않으면 자신의 본질이라고 할까, 그런 게 보입니다. 내 안에 반성이나 사죄의 마음은 전혀 없어요. 난 요 33년 동안 소중하게 여겼던 사람이 단 한 명도 없어서

그런지…… 소중한 사람이 살해당한 심정 따윈 잘 모릅니다.
 ―정말로 그런가……? 자네한테 소중한 사람이 진정 없었나? 아니겠지.
 ―그딴 건 상관없습니다. 어차피 난 얼마 살지 못해요. 내가 죽으면 그 여자의 유족한테 내가 죽었다고 전하면 되지 않습니까? 그러면 조금이나마 마음이 풀리겠지요.
 난 얼마 살지 못해요……. 그 말에 나는 깜짝 놀랐다.
 내가 손을 쓸 것도 없이 에노키는 이제 곧 병으로 죽는다.
 에노키는 죽음을 이미 각오하고 있다. 놈의 최후를 조금 앞당기는 정도로는 유카리 누나의 복수를 완수할 수 없다.
 이 손으로 유카리 누나가 느꼈던 것보다 더 한 절망과 고통을 에노키에게 주고 싶었다. 저놈의 숨이 끊어지는 순간까지 아니, 영원히 이어질 고통을 안겨 주고 싶었다. 하지만 어떻게 해야 좋단 말인가…….
 육체를 죽이는 것에 의미가 없다면 난 저놈의 영혼을 죽여 버리고 싶었다…….

 "실례합니다."
 308호실에 들어가니 침대에 누워 있는 에노키가 이쪽으로 고개를 틀었다.
 "여어, 오늘은 너구나……. 요전에는 잔소리 같은 말을 해서 미안했어. 성가신 환자라고 여겼겠지?"
 "아뇨……."
 "오랫동안 입원을 하니 딴 세계에 있는 사람들이 왠지 부러워서……."

나는 청소를 시작했다. 탁자 위에 성서와 여러 권의 고전 명작이 놓여 있었다. 스즈모토가 갖고 온 책이리라.

"그러고 보니…… 어젯밤에 옆 병실이 엄청 소란스럽던데."

"돌아가셨습니다."

나는 대답하고서 에노키의 반응을 엿봤다.

에노키의 표정이 순간 굳어진 것처럼 느껴졌다. 무슨 생각을 하고 있을까? 이제 곧 자신에게 닥쳐올 죽음의 공포를 조금이나마 느끼고 있는 걸까?

"아주 고통스러워하더군요……. 방금 전에 청소하고 왔는데, 바닥이며 벽에 피가 한가득 튀어서 아주 애먹었습니다."

"그래……."

에노키는 나에게서 고개를 돌리고 창밖을 봤다.

"죽으면 어디로 가게 될까……."

그는 불쑥 중얼거렸다.

"글쎄요……."

"보통은 그런 생각을 안 하나?"

에노키가 나를 보고 말했다.

"생각하죠."

나는 15년 전부터 늘 생각해 왔다. 죽은 유카리 누나는 대체 어디로 가버렸을까 하고. 영혼이 돼서 혹시나 내 바로 옆에 있는 게 아닐까. 아니면 다른 사람으로 환생한 게 아닐까. 여하튼 고통이 없는 좋은 세계에 있기를 바란다.

"오호……."

"누나를 잃었으니까."

나는 에노키의 시선을 느끼며 말했다.

"그랬군……."

"사람마다 가는 곳이 다르지 않겠습니까?"

내가 말하자 에노키는 "뭐?" 하고 되물었다.

"흔히들 그러지 않습니까? 이 세상에서 선행을 베풀어 온 사람은 다음에 환생할 때까지 천국에 가 있지만, 엄청난 죄를 저지른 사람은 지옥에 떨어져 영겁의 고통을 맛보게 된다고……."

"그딴 건 미신이겠지."

에노키가 처음으로 언성을 높여 말했다.

"그럴까요?"

나는 에노키의 동요를 꿰뚫어 보고는 가볍게 비꼬면서 대답했다.

"대체 누가 그걸 봤다는 거야! 그딴 세계! 사후의 일은 아무도 모르잖나."

에노키가 짜증스럽다는 듯이 단언했다.

나는 그런 에노키의 모습을 바라보며 마음속으로 비웃었다.

병원에서 나오니 내 앞을 갑자기 어떤 사람이 가로막았다. 고개를 드니 스즈모토였다.

"설마 싶었는데, 역시 당신이었군요……."

스즈모토는 당혹스러움을 감추지 못하고 말했다.

나는 스즈모토를 무시하고 제 갈 길을 가려고 했다. 하지만 그가 내 팔을 붙잡았다.

"잠깐 이야기를 하고 싶은데……."

스즈모토의 부탁에 나는 마지못해 근처 찻집에 가기로 했다.
"어째서 당신이 거기에 있는 겁니까?"
커피를 한 모금 들이켜고서 스즈모토가 말했다.
"어디에 있든 내 마음이죠."
"목적은 에노키 가즈야겠군요."
스즈모토는 내 눈을 지그시 쳐다보며 물었다.
나는 아무런 대답도 할 수 없었다.
"당신이 무슨 목적으로 에노키 군에게 접근했는지는 모르겠지만. 하나 이제 그만두면 안 되겠습니까……."
스즈모토가 나직이 말했다.
"왜 내가 당신한테 그런 소리를 들어야만 합니까?"
내가 대답하자 스즈모토는 한숨을 살짝 내쉬었다.
"누님을 죽인 인간이 지금 어떻게 살고 있는지 알고 싶다. 당신의 마음을 모른 바 아닙니다. 언젠가 당신은 저한테 이렇게 말했지요. 출소한 에노키가 어떻게 사는지 왜 알아보려 하지 않느냐고. 전 그 말이 줄곧 마음에 걸려서 에노키를 찾기로 했습니다. 열흘쯤 전에 에노키가 그 병원에 입원했다는 사실을 알았지요. 하나 그 사람은…… 말기 간암에 걸려 솔직히 말해 그리 오래 살지 못합니다."
나는 스즈모토의 눈을 지그시 쳐다봤다.
"알고 있었습니까……?"
내가 반응을 보이지 않아서 눈치 챘겠지.
"그 사람이 편안하게 죽을 수 있도록 놔줄 수 없겠습니까?"
스즈모토가 애원하듯 말했다.
"내 누나의 죽음은 편안하지 않았어."

나는 내뱉었다.

"물론 그렇지요. 물론…… 그 사람에게 안식만을 줄 생각은 없습니다. 저는 에노키 군의 마음에서 유카리 씨와 당신과 당신 부모님을 향한 속죄의 마음을 이끌어내고 싶습니다. 당신 가족의 마음을 반드시 전할 테니 저한테 맡겨 줄 수는 없겠습니까?"

"난 그딴 거에 흥미 없습니다. 입으로는 무슨 말이든 못할까. 당신네 같은 변호사는 범죄자가 내뱉는 거짓 사죄에 언제나 놀아나지."

그 영상을 봤을 때, 아무리 미성년자가 벌인 범죄라고는 하지만 징역 10년은 너무나도 가볍다. 살아 있는 범죄자는 반성이나 변명을 얼마든지 지껄일 수 있다. 살해된 유카리 누나는 자신이 느꼈던 고통, 절망을 누구에게도 호소할 수 없다.

유카리 누나의 진정한 원한을 아는 사람은 그 영상을 본 나뿐이다.

"죽음과 마주하게 된 지금이야말로 자신이 죽인 사람의 한을 진심으로 이해할 수 있지 않을까 저는 생각합니다. 전 진정한 반성을 당신과 당신 가족에게 전해 주고 싶습니다."

"그놈이 반성을 하든 말든 상관없습니다. 난 그놈에게 유카리 누나가 맛봤던 것보다 더한 절망을 맛보게 해줄 겁니다. 내 바람은 그뿐입니다."

나는 지갑에서 1000엔짜리 지폐를 꺼내 탁자 위에 올려 둔 뒤 일어났다.

"당신이 죄인이 되길 원치 않습니다."

"가만히 놔둬도 그놈은 어차피 곧 죽습니다. 위법을 저지를 생각은 없습니다."

"법을 위반하는 것만이 죄는 아니지요. 설령 처벌을 받지 않더라도 자기가 저지른 죄는 평생 가슴속에서 사라지지 않는 상처로 남지 않을까요?"

나는 스즈모토의 말을 무시하고 그곳에서 떠났다.

그날, 308호실은 소란스러웠다.

병실에 여러 기계들이 옮겨졌고, 여러 의사와 간호사들이 절박한 표정으로 드나들었다.

나는 복도에서 그 광경을 쳐다봤다.

"이번에는 어떻게든 목숨줄을 잡았지만, 다음에는 어렵겠군……."

병실에서 나온 의사의 말이 귀에 들어왔다.

나는 침대 위에서 몸부림쳤다.

어쩌면, 지금 이 순간에도 에노키는 이 세상을 떠나고 있는 중일지도 모른다.

그놈을 이대로 죽게 내버려 둘 수는 없다. 에노키에게 유카리 누나가 느꼈던 것보다 더한 절망과 고통을 안겨 주기 전까지는.

초조함에 쫓기면서 손목시계를 봤다. 밤 9시가 지났다. 나는 DVD플레이어를 가방에 넣은 뒤 비즈니스호텔에서 나와 병원으로 향했다.

면회 시간은 진즉 끝났다. 간호사에게 들키지 않도록 나는 308호실로 향했다. 병실 문에는 '면회 사절'이라는 팻말이 걸려 있다. 나는 노크도 하지 않고 문을 열고 안으로 들어갔다.

병실은 어둠에 휩싸여 있었다. 에노키는 침대에 누워 있다. 나는 자는 얼굴을 싸늘하게 쳐다봤다.

살짝 신음을 하며 에노키가 실눈을 떴다. 눈앞에 서 있는 나를 보고는 깜짝 놀랐다.

"여긴…… 어디야……. 난 살아 있는 건가…… 선생님……."

꺼져 버릴 것 같은 목소리로 말했다.

의식이 몽롱한지 나를 의사라고 착각한 모양이다.

"안타깝게도 아직 살아 있다."

내 말의 의미도 이해하지 못한 듯했다. 에노키가 눈을 서서히 떴다.

"뭐야……. 너였어? 이 늦은 시간에 뭐야……."

"지루할 것 같아서 재미난 걸 갖고 왔지."

"재미난 거?"

내 말투가 변해서 그런지 에노키는 조금 의아한 표정을 지었다.

나는 협탁을 침대 위에 끌어올려 에노키의 눈앞에 DVD플레이어를 내려 뒀다. 재생 버튼을 눌렀다.

'어때? 잘 찍히냐…….'

15년 전 자신의 얼굴을 보고 에노키의 표정이 얼어붙었다. 그는 침대 위에 놓여 있는 너스 콜로 시선을 옮겼다. 에노키가 그것을 집으려는 순간에 나는 손을 휘둘렀다. 너스 콜이 바닥에 떨어졌다.

"이걸 보면서 네놈이 앞으로 갈 곳이나 상상해 보라고."

나는 말했다.

"넌……."

굳어 버린 표정을 나에게 보이면서 에노키가 물었다.

나는 손을 뻗어 DVD플레이어의 빨리돌리기 버튼을 눌렀다. 에노키가 유카리 누나의 목을 조르는 장면에서 딱 재생 버튼을 눌렀다.

화면 안에서 유카리 누나가 우물거리며 무언가를 호소하고 있었다.

"이건 말이야. '슈짱…… 살려 줘……. 슈짱…….' 그렇게 말한 거다."

에노키는 퍼뜩 놀라 나를 쳐다봤다. 눈치를 챈 모양이다.

"동생……."

'안심하라고. 그 새끼는 너 같은 년은 금세 잊어버릴 거야…….'

에노키의 그 말과 동시에 화면 속에서 유카리 누나가 죽었다.

"난 잊어버리지 않았어."

나는 에노키에게 말했다.

"날 죽이러 온 건가?"

에노키가 내 눈을 지그시 쳐다보며 물었다.

"가만 놔둬도 죽을 텐데, 죽여 봤자지."

에노키는 께느른하게 나를 보고 있었다.

"사형 집행을 기다리는 심정은 어떤가?"

나는 내뱉었다.

"딱히…… 별거 없어. 인간은 어차피 언젠가 죽는다."

"그렇지. 네 인생은 어땠냐? 네놈은 사람이나 죽이려고 생명을 받아 이 세상에 태어났냐? 사람을 죽이고 형무소에 들어가는…… 고작 그런 인생이냐? 네놈이 죽으면 대체 몇 명이나 네놈을 기억할까? 우리 누나는 모두가 잊지 못해. 나도, 내 부모님도, 누나의 친구들도…… 죽을 때까지 잊지 않겠지. 그건 17년 동안 열심히 살아왔기 때문이야. 네놈하고 달리."

"그래서 뭐 어쩌라고……?"

에노키는 기력을 짜내 상체를 일으켜 도발하듯 말했다.

"난 이 세상에 미련 따위 없어. 그러니 죽는 게 조금도 두렵지 않아. 네 누나랑 달리."

그 말을 들은 순간 온몸에서 불길이 솟았다. 에노키의 멱살을 잡았다.

갑자기 병실 문이 열렸다. 나는 그쪽을 돌아봤다.

"대체 무슨 짓이에요! 면회 사절이라고요."

간호사가 아연실색하며 나에게 다가왔다. 간호사의 손에 붙들려 밖으로 나갈 때, "야." 하고 나를 부르는 소리가 들렸다.

"사형이 집행되는 순간에 입회하게 해주지."

내가 돌아보자 침대 위에서 에노키가 말했다.

저 새끼를 죽여 버리고 싶다. 아니, 저 새끼의 영혼까지 죽여 버리겠다.

나는 줄곧 그 생각에만 빠져 있었다.

이제 곧 죽을 놈에게, 이미 자신의 죽음을 받아들인 에노키에게 유카리 누나가 느꼈던 것 이상의 절망과 고통을 어떻게 안겨 줄 수 있을까? 나는 그 수단이 떠오르지 않았다. 초조함과 허무함이 치밀었다. 나는 주체할 수 없는 한스러움에 이를 꽉 깨물었다.

요 33년 동안 소중하게 여겼던 사람이 단 한 명도 없어서 그런지 소중한 사람이 살해당한 심정 따윈 잘 모릅니다……. 그놈은 그렇게 말했다.

그놈에게 대체 어떻게…….
아니……, 정말로 그럴까?
내 머릿속에서 어떤 생각이 떠올랐다.
어쩌면 그놈에게 유카리 누나가 느꼈던 것 이상의 절망을 안겨 줄 수 있을지도 모른다. 죽어 가는 저놈의 영혼을 죽일 수 있을지도 모른다.

이튿날 아침, 나는 비즈니스호텔을 체크아웃했다.
사이타마로 돌아가 에노키의 친 어머니의 소재를 조사하기 위해서다.
에노키에게 가장 큰 약점은 어머니가 아닐까?
'가즈야는 엄마 바라기였지.'
무라키 건축사무소 사장도 그렇게 말했고, 스즈모토도 "자네한테는 정녕 소중한 사람이 하나도 없나?" 하고 에노키에게 물었다.
에노키의 어머니는 자기 자식을 어떻게 생각하고 있을까?
어머니의 심정 속에서 에노키의 영혼을 죽일 수 있는 무언가를 찾아낼 수 있기를 기대했다.
하지만…… 에노키에게 대체 시간이 얼마나 남아 있을는지.
점점 초조해진다. 제발 조금만 더 살아 있어 달라고 기도하면서 나는 전철에 올랐다.
아사카 시에 가서 교류가 있었던 사람에게 물어보니 어머니인 게이코는 남편과 이혼한 뒤 친정이 있는 아이치 현 오카자키 시로 옮겨 갔다고 했다. 에노키가 사건을 저지르기 전까지는 연하장으로 인사도 주고받았으나 현재는 아무런 연락도 하지 않아 지금도 그곳에 사는지는 알 수가 없다고 지인이 말했다.

　오카자키 시⋯⋯ 에노키가 출소한 뒤에 살았던 도요타 시와 인접한 지역이다. 단순한 우연일까? 에노키와 그 어머니는 지금도 어떤 형태로든 얽혀 있는 건가? 아니면 에노키의 어떤 생각 때문인가⋯⋯.

　나는 오카자키 시에 있는 게이코의 친정을 방문해 보기로 했다.

　친정 주변을 탐문해 보니 게이코는 23년 전에 돌아온 뒤로 재혼하지 않고 줄곧 거기서 살았다고 한다. 에노키의 동생인 신지는 10년쯤 전에 취직하여 집에서 나갔다.

　게이코가 집에서 나왔다.

　나는 들키지 않도록 게이코의 뒤를 쫓았다. 게이코는 전철을 타고 다섯 정거장쯤 떨어진 역 빌딩 안으로 들어갔다. 그 안에 있는 귀금속 상점이 게이코의 일터였다.

　나는 게이코와 이야기를 할 기회를 찾고자 오로지 기다렸다.

　폐점 뒤 상점에서 나온 게이코는 그대로 역 빌딩 최상층에 있는 레스토랑에 들어갔다.

　나는 게이코의 옆 탁자에 앉아 상황을 엿봤다. 레스토랑 입구를 보고 게이코가 자리에서 일어섰다. 이쪽으로 다가오는 커플이 있었다. 남성은 나와 동년배인 듯 보였다. 게이코의 맞은편에 앉은 커플이 흥겹게 대화를 시작한다.

　게이코의 맞은편에 앉은 남성은 아무래도 차남인 신지인 것 같다. 두 사람은 곧 결혼할 예정인 모양인지 여성이 내민 팸플릿을 보면서 게이코는 "이 드레스 정말 잘 어울리겠구나."라고 말했다.

　여성이 자리에서 일어나 화장실로 들어가는 모습을 끝까지 본 뒤에 남성이 그늘이 드리워진 얼굴로 입을 열었다.

"친척한테…… 입막음 좀 해줘요."

"잘 안다."

"그 남자는 이 세상에 없는 사람으로 되어 있잖아요. 아버지도 이혼한 뒤로 연락을 주고받은 적이 없으니 결혼식에는 안 나타나겠죠?"

"걱정할 거 하나도 없단다."

한 시간쯤 대화를 나누고서 커플이 자리에서 일어나 먼저 나갔다. 이 타이밍밖에 없다. 나는 일어서서 게이코의 맞은편으로 향했다. 게이코가 의아하다는 듯 나를 올려다봤다.

"잠깐 얘기 좀 할 수 있겠습니까?"

"뭐예요? 당신은……."

나는 답을 기다리지도 않고, 아까 전에 커플이 앉았던 의자에 엉덩이를 붙였다.

"저, 이만 가봐야 해서."

게이코는 약간 언짢은 듯 말한 뒤에 전표를 집었다.

"아드님 일로 여쭤볼 게 있습니다."

내 말을 듣고 게이코가 흠칫 놀란 듯 손을 멈췄다.

"단지…… 이제 곧 결혼할 예정인 행복한 아드님 쪽이 아니라……."

"당신은…… 매스컴 쪽 사람인가요……."

게이코는 경계심이 배어 나오는 얼굴로 물었다.

"난…… 사에키 유카리의 동생입니다."

내가 말하자 게이코의 얼굴이 굳어졌다.

"사에키…… 유카리……."

"그렇습니다……. 당신의 아들이 살해한."

"대체…… 저한테…… 무슨……."

"잠깐 대화를 하고 싶은 거뿐입니다."

나는 주머니 속에 손을 찔러 넣었다.

"얘기라니…… 대체 무슨……."

목소리가 떨리고 있다. 하지만 나를 뿌리치고 이 자리에서 벗어날 만한 용기는 없는 모양이었다.

주머니 속에 넣어 뒀던 녹음기의 녹음 버튼을 더듬으면서 눌렀다.

"에노키 가즈야에 대해 얘기를 좀 해주십시오."

나는 게이코를 응시했다.

"전 드릴 얘기가 없어요."

아까 전까지 동요했던 게이코가 내 쪽으로 시선을 돌렸다.

"할 얘기가 없다? 당신 자식이잖습니까?"

"가즈야는 죽었으니……."

그녀는 무표정하게 나에게 그리 말했다.

"죽었다?"

"예……, 그 아이는 진즉 죽었습니다. 제 자식은 아까 여기 있었던 신지뿐입니다."

"에노키 가즈야는 아직도 살아 있습니다."

나는 진의를 캐내려 게이코를 물끄러미 쳐다봤다.

에노키가 죽었다는 말을 하며 내 추궁을 피해 보겠다는 의도인가?

"가즈야에 대해 말씀드릴 수 있는 건 어렸을 적 추억밖에……, 그 얘기 말고는 드릴 말씀이 없습니다. 그 아이는 오래전에 죽었으니까요."

"그렇습니까……. 뭐, 여하튼 그놈은 이제 곧 죽을 테지만."

게이코의 눈이 살짝 반응했다.

"말기 암에 걸려 목숨이 이제 얼마 남지 않았거든요."

내가 말하자 게이코의 얼굴빛이 변했다.

"그러니까 대체 무슨 말을 원하는 거예요! 가즈야는 진즉 죽었어요. 그런 괴물은 제가 죽여 버렸단 말이에요!"

게이코가 나를 노려보며 말을 쏘아 댔다.

"그렇군요……."

이대로 더 이야기를 해봤자 소용이 없겠구나 싶었다.

나는 녹음기 정지 버튼을 누르고서 일어났다.

"실례 많았습니다."

나는 그곳에서 떠났다.

'가즈야는 진즉 죽었어요. 그런 괴물은 제가 죽여 버렸단 말이에요!'

녹음기 버튼을 조작하며 게이코의 말을 몇 번이고, 몇 번이고 들었다.

게이코의 마음속에서 에노키는 이미 죽었다. 아니, 게이코는 스스로 에노키를 죽였다고까지 말했다.

죽기 직전에 이 말을 들려준다면 에노키는 어떤 절망을 맛보게 될까?

네놈은 가장 소중한 사람의 손에 살해당해 죽는 거다.

놈의 영혼을 죽인다…….

이걸로 유카리 누나의 복수를 완수할 수 있으리라 나는 생각했다.

그런데도 게이코의 말을 들을 때마다 형언할 수 없는 불쾌한 감정이 끈적끈적하게 들러붙었다.

이 감각은 대체 뭐지…….

망설임……?

그럴 리가 없다. 나는 에노키를 줄곧 증오해 왔다. 그놈에게 유카리 누나가 느꼈던 것 이상의 절망과 고통을 선사해 주고 싶다고 오래전부터 갈망했다.

에노키의 어머니를 향한 증오인가……?

그것도 있겠지. 낳을 때는 언제고, 자신이 감당할 수 없는 짓을 저지르면 쉽사리 제 자식의 존재를 죽여 버린다. 그런 어머니를 향한 격렬한 분노가 솟았다. 하지만 유카리 누나를 죽인 사람은 에노키의 어머니가 아니다. 어디까지나 그놈이다.

그렇다면 내 마음속에서 꿈틀거리는 이 불쾌한 감각은 대체 뭐란 말인가.

휴대전화가 울렸다. 처음 보는 전화번호였다. 나는 전화를 받았다.

"여보세요……. 스즈모토입니다. 갑작스럽게 연락해서 미안합니다. 지금 어디에 있습니까?"

나는 머물고 있는 비즈니스호텔 이름을 불러 줬다.

"에노키 군이 위독합니다. 임종이 닥쳤을 때, 저와 당신이 함께 있었으면 좋겠다고 의사 선생님한테 말한 모양이라…… 지금 택시로 가는 중인데, 함께 가겠습니까?"

바라마지 않았던 기회다. 나는 승낙했다.

녹음기를 주머니에 넣고서 나는 객실에서 나왔다. 호텔 앞에서 기다리고 있으니 택시가 정차했다. 나는 스즈모토의 옆에 앉았다.

"연락해 놓고 이런 말을 하는 것도 뭐하지만…… 에노키 군이 어째서 당신이 지켜봐 줬으면 좋겠다고 했는지 모르겠군요."

"약속했습니다."

"약속?"

"사형이 집행되는 순간을 입회하게 해준다고……."

내가 대답하자 스즈모토는 눈썹을 찡그렸다.

"사에키 씨…… 약속을 하나 해주지 않겠습니까?"

나는 스즈모토를 쳐다봤다.

"죽어 가는 사람한테 채찍질을 하지 말아 주십시오."

그건 안 된다. 나는 주머니 속에서 녹음기를 쥐고 있었다.

병실에 도착하니 의사와 간호사가 침대를 에워싸고 있었다. 손쓸 방법이 더 이상 없는 거겠지. 다급하게 뭔가 조치하고 있지는 않았다.

에노키는 실눈을 뜨고 겨우 숨만 쉬고 있는 상태였다.

"아무 말이나 걸어 주십시오."

의사의 말을 듣고 스즈모토는 에노키의 귓가에 대고 무언가를 속삭였다.

에노키가 나를 쳐다보고 있는 것 같은 기분이 들었다. 에노키는 이 세상의 마지막 순간에 대체 무슨 생각을 하고 있을까?

나는 에노키의 곁에 서서히 다가갔다.

순간 스즈모토와 시선이 교차했다. 나는 스즈모토가 서 있는 침대 반대편에서 멈췄다. 에노키를 내려다봤다.

이제 앞으로 몇 분 뒤면 이놈은 죽겠지.

나는 주머니 속에서 녹음기를 꽉 움켜쥐었다. 내 손에는 증오해 마지않는 남자를 절망의 구렁텅이에 빠뜨릴 물건이 있다.

나는 주머니에서 녹음기를 꺼냈다.

'가즈야는 진즉 죽었어요. 그런 괴물은 제가 죽여 버렸단 말이에요!'

네놈에게 꼭 들려주고 싶었던, 너에게 가장 소중했던 사람의 말이다.

죽기 직전에 네놈은 이미 네 어머니의 손에 살해당했다는 사실을 깨달아라……

그러면 놈의 영혼을 죽일 수가 있다.

넌 어떤 표정을 지을까?

절망을 악물며 죽어 가는 네놈의 얼굴을 두 눈으로 똑똑히 지켜봐 주마.

문이 덜컹 열리자 나는 뒤를 돌아봤다.

게이코가 들어온 순간, 에노키의 눈이 희미하게나마 뜨인 것 같았다.

왜, 여기에 게이코가……. 나는 약간 동요했다.

"어머님, 와주셨군요. 자, 뭐라도 말씀을 해주십시오."

스즈모토가 게이코에게 말했다.

게이코가 나를 보고 당혹스러운 표정을 지었다. 게이코는 문 옆에서 꼼짝도 않고 자식을 쳐다보고 있었다.

스즈모토가 문으로 가서 게이코의 손을 잡았지만, 그녀는 고개를 가로저으며 에노키의 곁으로 가기를 거부했다.

나는 에노키의 귓가에 녹음기를 가져갔다.

이 말을 들으면서 네놈은 자신의 어리석기 짝이 없는 인생을 곱씹게 될 것이다.

넌 왜 태어났나? 살면서 어떤 짓을 해왔는가? 네놈은 이 세상에서 살아갈 가치가 있었는가? 사랑했던 어머니의 말을 듣고 고통에 겨워하며 죽어 가라.

네놈에게 그 고통을 안겨 주려는 나는 악당이다. 너와 똑같은 악당이다. 그래도 상관없다. 나는 유카리 누나의 복수를 완수하기 위해 악당이 될 것이다.

하지만 재생 버튼에 댄 손가락에 도무지 힘이 들어가질 않았다.

아까부터 내 마음속에서 소용돌이치고 있는 무언가가 나를 억눌렀다.

뭘 망설이는 거냐. 빨리 눌러! 빨리 버튼을 누르라고!

'악당은 자신이 빼앗은 만큼 소중한 무언가를 잃는다는 걸 잘 알아. 그래도 기어코 나쁜 짓을 저지르고 마는 인간, 그게 바로 악당이라는 거다.'

언젠가 사카가미가 했던 말이 뇌리에 스쳤다.

그래. 그건 잘 안다. 유카리 누나를 위한 복수 말고 나에게 소중한 것이 또 있으랴. 잃어버리고 후회할 것이 지금 나에게는…….

에노키의 눈에서 한줄기 눈물이 흘렀다.

"임종하셨습니다……."

의사가 맥박을 재고 우리에게 그렇게 고한 순간, 게이코가 내 곁으로 천천히 다가왔다.

나는 에노키의 얼굴에 뻗은 게이코의 손을 쳐다봤다.

게이코의 손가락이 에노키의 뺨에 닿았다. 마치 조금 전까지 살아 있던 자식의 온기를 확인하려는 것처럼 에노키가 흘렸던 눈물 자국을 손가락으로 훔쳤다.

나는 의사의 손에 의해 눈꺼풀이 닫힌 에노키의 죽은 얼굴을 지그시 쳐다봤다.

마음속이 새하얬다.

아니, 마치 재처럼······.

지금껏 활활 타올랐던 분노의 불길이 새하얀 재가 되어 마음속에서 펄펄 떨어졌다.

허무했다······.

나는 녹음기를 주머니에 넣고서 병실에서 나왔다.

복도에서 누군가가 어깨를 치기에 돌아보니 스즈모토가 서 있었다.

"저 사람은 어머님과 만나는 것을 줄곧 거절해 왔습니다."

스즈모토가 중얼거렸다.

"어머니를 부른 건 변호인으로서의 마지막 온정입니까?"

나는 물었다.

"아뇨······. 제 나름의 벌이었습니다."

스즈모토는 그렇게 대답하고는 걸어 나갔다.

에노키는 죽는 순간에 무슨 생각을 했을까?

최후의 눈물은 대체 어떤 의미를 갖고 있었을까? 어머니를 향한 그리움? 자기가 죽여 버린 유카리 누나를 향한 참회인가? 아니면 그저 생리 현상이었을 뿐인가?

생각해 본들 평생 알 수 없을 것이다.

나는 주머니에서 녹음기를 꺼내 쓰레기통에 버리고서 출구를 향해 걸어 나갔다.

"보고서는 그럭저럭 잘 썼군."

조사 보고서를 읽다가 고구레는 파일을 닫았다.

"신세 많이 졌습니다."

나는 고구레에게 감사의 인사를 했다.

스즈모토가 알려 줬는지는 잘 모르겠지만, 고구레는 에노키의 목숨이 얼마 남지 않았다는 걸 알고 있었으리라. 이 의뢰를 수락하지 않으면 평생 후회하게 될 거라는 그의 말이 떠올랐다.

고구레는 일어나서 내 옆을 지나갔다. 잠시 뒤 내 맞은편으로 돌아와 칼집에 담겨 있는 아웃도어 나이프를 탁자 위에 올려 놨다.

15년 만에 내 손으로 돌아온 아버지의 선물…….

'이제…… 이제 된 거겠죠…….'

나는 나이프를 쳐다보면서 마음속으로 아버지에게 물었다.

"근데 이제 뭐하고 살 건가?"

고구레가 물었다.

"역시 이 사무소는 그만두는 걸로……."

"새 의뢰가 들어와 버렸는데."

내가 말을 끝내기 전에 그는 조사 의뢰서를 내밀었다.

나는 하는 수 없이 의뢰서를 들고 일단 살펴봤다.

조사 대상자 칸에 '오구라 다카토시'라고 적혀 있었다. 의뢰인의 이름은 '엔도 리사'…….

"아가씨가 꽤 귀엽길래 조사비용은 서비스로 꽤 깎아 줬어. 성공보수도 필요 없다고……. 이 몸을 댄디하고 멋진 신사로 봤겠지?"

고구레가 헤벌쭉거리며 말했다.

아마도 조사 대상자는 리사의 아버지를 죽였던 남자이리라.

그녀도 마주할 작정인가…….

어째서 그러기로 결심을 한 건지 나는 잘 안다.

"알겠습니다. 이 의뢰를 맡겠습니다. 다만……, 그 전에 열흘쯤 휴가를 다녀오고 싶습니다만."

"또? ……어디 느긋하게 낚시라도 하러 가는 건 아니겠지?"

"그것도 나쁘지 않겠군요."

나는 웃었다.

에필로그

나는 모리오카 역에 내렸다.

요 열흘 동안 나는 어떤 사람을 찾았다.

살아 있는 동안에 반드시 만나고 싶은 사람이 있기 때문이다.

현재 소재만을 파악하는 거라면 이토록 시간이 걸리지는 않았을 테지만, 출생부터 지금까지의 인생을 더듬어 가듯 그 사람에게 다가갔다.

나는 그 사람이 유치원 재롱잔치 때, 백설공주 역할을 맡은 적이 있다는 걸 안다. 초등학교 운동회 달리기에서 언제나 1등이었다는 것도. 아버지가 돌아가셨을 때, 장례식에서는 눈물을 보이지 않았던 그녀가 며칠 뒤 학교에서 닭똥 같은 눈물을 펑펑 흘렸다는 것도……. 그리고 양아버지와 동거한 뒤 이어진 괴로운 나날……. 도쿄에 와서 여러 직장을 전전했다는 것도…….

나는 4년 동안 탐정이라는 일을 생업으로 삼아 왔다. 하지만 그 사람을 알고 싶다고 이토록 갈망하면서 발이 닳도록 돌아다닌 적은 없었다.

괴로울 때, 혼자 있지 마……. 언젠가 넌 나에게 말했었지.

너란 사람을 알면 알수록 주체할 수 없는 사랑이 솟아난다. 널 혼자 내버려 두고 싶지 않다. 아니, 내가 곁에 있어 주고 싶은 거다…….

모리오카 역에서 버스를 타고 20분쯤 가니 커다란 쇼핑센터가 보였다.

나는 그 인근 정류장에서 내렸다.

그녀는 아침부터 저녁까지 이 안에 있는 잡화점에서 일하며 봄부터 이발사가 되기 위해 학교에 다닐 거라고 단골 찻집 주인과 그 부인에게 말했다고 한다.

나는 가게 안으로 발을 내디뎠다. 계산대에 다가가니 손님과 즐겁게 이야기를 하는 그녀를 찾을 수 있었다. 얼굴에는 아직도 희미하게 흉터가 남아 있었다.

나는 난생처음으로 여자에게 줄 선물을 고르는 소년처럼 안절부절못하며 가게 안을 서성였다.

그녀가 내 쪽으로 고개를 돌렸다. 나와 눈이 마주쳤다. 그 순간, 희미하게 남아 있던 그녀의 흉터가 미소로 바뀌었다.

〈끝〉

옮긴이 | **박춘상**

1987년 서울에서 태어나 한성대학교를 졸업했다. 마음에 깊이 남는 일본 소설을 소개하기 위해 노력하고 있다. 옮긴 책으로는 모리 히로시의 『모든 것이 F가 된다』, 『웃지 않는 수학자』, 『환혹의 죽음과 용도』를 비롯하여 『사쿠라코 씨의 발밑에는 시체가 묻혀 있다』, 『날개 달린 어둠』, 『허구추리 강철인간 나나세』, 『에콜 드 파리 살인사건』, 『뒷골목 테아트로』 등이 있다.

악당

1판 1쇄 펴냄 2016년 8월 5일
1판 2쇄 펴냄 2025년 3월 18일

지은이 | 야쿠마루 가쿠
옮긴이 | 박춘상
발행인 | 박근섭
편집인 | 김준혁
책임편집 | 장은진
펴낸곳 | 황금가지

출판등록 | 2009. 10. 8 (제2009-000273호)
주소 | 06027 서울 강남구 도산대로 1길 62 강남출판문화센터 5층
전화 | 영업부 515-2000 편집부 3446-8374 팩시밀리 515-2007
홈페이지 | www.goldenbough.co.kr

도서 파본 등의 이유로 반송이 필요할 경우에는 구매처에서 교환하시고
출판사 교환이 필요할 경우에는 아래 주소로 반송 사유를 적어 도서와 함께 보내주세요.
06027 서울 강남구 도산대로 1길 62 강남출판문화센터 6층 민음인 마케팅부

한국어판 © ㈜민음인, 2016. Printed in Seoul, Korea
ISBN 979-11-5888-146-7 03830

㈜민음인은 민음사 출판 그룹의 자회사입니다.
황금가지는 ㈜민음인의 픽션 전문 출간 브랜드입니다.